目次

比類なきジーヴス

1．ジーヴス、小脳を稼動させる

「おはよう、ジーヴス」僕は言った。

「おはようございます。ご主人様」ジーヴスが答える。

　彼は紅茶のカップをベッドの横のテーブルにそっと置き、僕は目覚めの一口を啜《すす》る。完璧である。いつもの通りだ。熱すぎず、甘すぎず、薄すぎず、濃すぎもしない。ミルクの量もちょうどいい。また受け皿に一滴たりとも茶はこぼれていない。実にこのジーヴス、驚嘆すべき男である。ありとあらゆる点でとてつもなく有能なのだ。前からも言ってきたが、何度でも繰り返す。小さな例を挙げよう。今までに使った執事は皆、僕がまだ眠っているうちに部屋にどすどす侵入してきては僕を苦しめたものだ。しかしジーヴスは僕が目覚めるのを一種のテレパシーで感知するらしい。僕がこの世に復活した、きっかり二分後に、彼はカップを手にふわりと部屋に入ってくる。一日の始まりに大きな差がつくというものである。

「天気はどうだい、ジーヴス」

「まれに見る好天でございます」

「何か注目すべき記事は？」

「バルカンで少々軋轢《あつれき》がございます他は取り立ててございません」

「昨晩クラブで会った男に今日の昼の二時のレースでプリバティアー号に大きく賭けるように言われたんだが、どうしたものかなあ」

「手控えるべきかと存じます。あの厩舎は好調ではございません」

僕は満足した。ジーヴスは何でもわかっている。どういうわけかは知らないが、彼は何でも知っている。彼の助言を笑い飛ばして前進し、全てを失った頃もあった。しかし今の僕はちがう。

「シャツのことだが、僕の注文した藤紫色のはもう届いたかな」

「はい。ご主人様。わたくしが送り返しましてございます」

「送り返した?」

「はい。ご主人様にはお似合いでございません」

あのシャツはたいそう気に入っていたのだが、しかし優越した知識には従うことにした。弱腰と言うならそうかもしれない。確かに、大抵の人は執事にはズボンの折り目をつけさせるだけで、家事全般を取り仕切らせることはない。しかしジーヴスはちがうのだ。うちに来た最初の日から、僕は彼のことを一種の先導者、哲学者、そして友人と見なしている。

「つい先ほど、リトル様からお電話がございましたが、まだお休みでいらっしゃると申し上げておきました」

「メッセージはあったかい?」

「いいえ、ご主人様とお話になりたい何か重要なご用件がおありとのことでしたが、詳細はお話になられませんでした」

「奴ならクラブで会えるな」

「さようと存じます」

急ぎの話とは思えなかった。ビンゴ・リトルはいっしょに学校に通った友達で、今でもよく会っている。奴は、たっぷり蓄財して先頃引退した老モティマー・リトル（脚すっきりしなやかリトルの湿布薬の名はおそらくご存じだろう）の甥にあたる。ビンゴは伯父さんからごく潤沢な小遣いをもらってロンドンでごくごく陽気に暮らしている。奴が重要な用件などと言うことが、おそろしく重大だとはおよそ思われない。新しいタバコの銘柄を見つけて僕にそれを試せとか、そんなところだろうと高をくくって、朝食に専心することにした。

朝食がすむと僕はタバコに火をつけて窓に歩み寄り、一日の品定めをした。確かに最高、最善の陽気である。

「ジーヴス」僕は言った。

「何でございましょう」朝食の皿を片づけていた彼だが、若主人の声にかしこまって手を止めた。

「君の言ったとおりだ。素晴らしい天気だな」

「全くでございます」

「春が来たというものだ」

「さようでございます」

「ジーヴス、春となれば溌剌たるアイリスが艶麗《えんれい》たる小鳩の上にきらめくんだったな［テニソンの詩「ロックスレイ・ホール」を参照］」

「おおせの通りでございます。ご主人様」

「よーし。じゃあ僕の竹ステッキに一番黄色の靴、それとあの緑のホンブルグ帽を持ってきてくれ。

ハイドパークに行って田園風のダンスを踊るんだ」

四月の終わりから五月の始めあたりの、ライトブルーの空に綿毛雲、西からのそよ風が吹く頃のこうした気分をおわかり頂けるだろうか。気分が上を向いている。ロマンティック、と言ったらわかるだろうか。僕はそれほどご婦人向けの男ではないが、しかしこの朝は、今の僕に本当に必要なのはチャーミングな女性が駆け寄ってきて僕に暗殺者か何かから救ってくれと懇願することなのだと思えた。だからビンゴ・リトルに出くわした時は言ってみればクライマックスに邪魔が入ったような気分だった。奴は蹄鉄《ていてつ》の模様の深紅のサテンのタイをして、実にみっともない格好だった。

「やあ、バーティー」ビンゴは言った。

「お前、なんだいそのタイは」僕は咽喉《のど》をガラガラ言わせた。「紳士のネクタイじゃないか。どうしたんだよ。どういうわけだ?」

「あ、このタイか?」奴は頬を赤らめた。「も、もらったんだ」

ばつの悪そうな様子だったので話題を変えることにした。我々はしばらく歩き、サーペンタイン池の脇の椅子に並んで座った。

「ジーヴスが何かお前が話したがってるって言ってたぞ」僕が言った。

「えっ?」ビンゴはまずそう言うと、「ああ、そうだった、そうだった」

僕は奴が本題に入るのを待ったが、乗ってこない。会談は棚上げだ。奴は心ここにない様子で正面を見つめている。

「バーティー、なあ」一時間十五分はそうしていたか、奴が言った。

「ハーロー」

「お前、メイベルって名前は好きか？」

「いや」

「嫌いなのか？」

「嫌いだ」

「この名前には一種の音楽が感じられないか？　木々の梢を風がそよぐような」

「いや」

奴は落胆した様子だったがすぐに気を取り直した。

「お前にゃあわからなくて当然だ。お前はいつだって心の無いデカ頭のイモ虫だったよな」

「何とでも言え。で、どんな女の子なんだ？　全部話せよ」

また始まった、と僕は了解した。知り合って以来――奴とは子供の頃からいっしょに学校に通った仲だが――春になると奴は永久不変に誰かしらと恋に落ちてきた。学校時代、奴は誰もかなわないほど、当時人気の女優の写真のコレクションを所有していた。オックスフォード大学時代、奴のロマンティックな性癖は物笑いの種だった。

「昼食を取るからいっしょに来て彼女に会わないか」奴は時計を見ながら言った。

「結構だな」僕は言った。「どこで会うんだい、リッツか？」

「リッツ？　近いな」

地理的には奴の言ったことは正確だった。リッツの五十メートルほど東に、ロンドン中どこにでもあるようなしみったれた紅茶とパンの店がある。信じられないことに、ビンゴが巣穴に跳び込むウサギみたいにいそいそと入ったのがここだった。僕が何か言い出す前に、我々はもう席についていた。早い昼食を済ませた先客が残して行ったコーヒーが物言わずテーブルに置かれている。

　このシナリオの展開にはついて行かれなかったと、僕は告白せねばならない。ビンゴは大金持ちと言うほどではないが、小遣いは十分なはずだ。伯父さんからもらう金のほか、奴が今期の障害レースのシーズンを黒字にあげたのを僕は知っている。では一体どういうわけで奴はこんな神も見捨て給うた食堂で女の子と昼食をとろうというのか。金に困っているからではないはずだ。

　すぐにウエイトレスがやってきた。なかなか可愛い娘である。

「待った方がいいんじゃないか?」こんな所に昼食に誘った上、本人の来る前に食事を始めるわけにはいかないと思ってそうビンゴに言ったところで、奴の表情に気がつき、次の言葉を止めた。

　この男は目をむいて、顔中を紅潮させている。信仰のめざめを済ませて、ピンク色になっているみたいだ。

「やあ、メイベル」ぐっと息を飲み込んで奴は言った。

「こんにちは」その娘が言う。

「メイベル、こいつはバーティー・ウースター。友達なんだ」ビンゴは言う。

「お目にかかれて嬉しいわ」その娘は言った。「いい天気だわね」

「全く」僕が言う。

「見てくれよ。あのタイをしてきたんだ」ビンゴが言った。

「とってもよく似合ってよ」娘は言う。

　僕なら、あんなタイがお似合いだと言われたら、年齢性別に関わらず、やおら立ち上がって顔を張り飛ばしてやるところだが、哀れなビンゴは歓喜に身を震わせると、身の毛もよだつような笑みを得意げに浮かべた。

「えーと、今日は何になさいますか?」娘はビジネス口調に戻って尋ねる。

ビンゴは熱心にメニューを検討した。

「ココアと仔牛とハムの冷製パイ、フルーツケーキとマカロンを頼むよ。同じでいいな? バーティー」

僕はこの男をじっと見つめた。胸が悪くなる。こいつは長年僕の友人をやってきたくせに、僕が大事な胃袋をこんな間に合わせもので侮辱できるような人間だと思っているのだろうか。

「それとも熱いステーキ・プディングをレモネードで流し込むってのはどうだい?」ビンゴが言った。

愛が人間をかくも変えるとは考えるだに恐怖である。僕の前に座っているこの男、マカロンやレモネードなどと気楽に語っているが、もっと幸せだった頃にはクラリッジの給仕長に、舌平目のシャンピニオン添えグルメ風をシェフにきっかりどう料理してもらいたいか弁舌を振るい、その通りでなければそのまま皿を突き返すなどと言っていたものなのだ。恐ろしい、あまりにも恐ろしい。

恨みを抱く相手のために腹黒いボルジア家の一族が特別にこしらえたのでない食べ物はメニュー上で唯一、パンとバターとコーヒーだけであるように見えたので僕がそれを頼むと、メイベルは立ち去った。

「で、どうだ?」ビンゴは恍惚《こうこつ》として言った。

今去って行った女毒殺者について僕の意見が聞きたいという意味だと思って僕は言った。

「いい娘じゃないか」

奴は不満げである。

「お前は彼女を今まで会った中で一番素敵な娘だとは思わないのか?」心外そうに奴は言った。

「ああ、全くその通りだ」奴をなだめようと僕は言った。「どこであの娘に会ったんだい?」

「キャンバーウェルの会費制ダンスでなんだ」

「一体全体どういうわけでキャンバーウェルの会費制ダンスなんかに行ったんだい?」

「お前のところのジーヴスがチケットを買ってくれと言ってきたんだ。何かのチャリティーだとかでな」

「ジーヴスが? 僕はあいつがそんな所に出入りしてたなんて知らなかったぞ」

「まあ、ジーヴスも時にはリラックスする必要があるってことだろう。とにかくあいつもすごく達者に踊っていたぞ。俺も最初は行くつもりじゃなかったんだが、からかい半分で出かけてみたんだ。ああバーティー。もし出かけてなかったら大変な損失だった」

「損失と言うと?」僕が尋ねると、奴は顔をわずかに曇らせて言った。

「メイベルだよ。行かなかったらメイベルに会えなかった」

「はあ、そうか」

この時点でビンゴは忘我の境地に入った。そして我に返るとパイとマカロンを胃の腑《ふ》に収めた。

「バーティー、お前の助言が欲しいんだ」奴は言った。

「話を続けろよ」

「いや、少なくとも、お前の助言じゃない。そんなもの誰の役にも立たないからな。つまり、お前ときたら救いようのない馬鹿だろう。別にお前の気分を害そうってつもりじゃないぞ、無論な」

「いや、わかってる」

「お前にしてもらいたいのはこの話を全部ジーヴスにして、奴がどうすればいいと言うか聞いて来ることだ。お前はいつもあいつが友達を困りごとから助け出してくれた話をするじゃないか。お前の話からすると、奴は一族の脳みそだな」

「あいつにがっかりさせられたことはまだ一度もない」

「じゃあ、俺の話も取り次いでくれ」

「何の話だって？」

「俺の問題だよ」

「問題って何だ？」

「馬鹿だなあ、伯父貴に決まってるじゃないか。伯父貴がこれを聞いて何て言うと思う？　この話をこのましたら、暖炉の敷物の上で自分の身体をリボン結びに結んじまうぜ、伯父貴は」

「感情的な人物なのかい？」

「いずれにしてもニュースを報告する前には心の準備をしておいてもらう必要がある。だが、どうしたらいいんだ？」

「あー」

「〈あー〉だって、お前は頼りになるよ。わかったろう。俺は伯父貴に完全に頼りきっているからな、もし小遣いを減らされることにでもなったら、大弱りなんだ。だからジーヴスに言って何とかハッピーエンディングにできないか聞いてみてくれよ。俺の未来は奴の両腕にかかっていると伝えてくれ。もしウエディングベルが鳴らせたら、どんと任せてくれ。わが王国の半分だって譲るよ「『マルコによる福音書』六・二三。ヘロデ王からサロメへの言葉」。一〇ポンドでどうだ。ジーヴスなら一〇ポンドで実力を発揮できるだろう、どうだ?」

「間違いないな」僕は言った。

ビンゴが自分の個人的な事柄にこんな風にジーヴスを巻き込もうとするのには全く驚かない。僕がもし穴に落っこちるようなことがあったとしたら、まず最初にそれを考えるだろう。しばしば観察する機会がある通り、彼は最高に熟した知性をもった男で、賢明な知恵にあふれている。もし哀れなビンゴのために何かできる人物が誰かいるとしたら、それは彼だ。

僕はこの話をその晩夕食後に彼に伝えた。

「ジーヴス」

「はい、ご主人様」

「今忙しいか?」

「いいえ、ご主人様」

「何か特にしているわけじゃないな?」

「いいえ、ご主人様。この時間は有益な本を読むのがわたくしの習慣でございますが、ご用とあれば後回しにいたします。また今日は読書はなしにしてもいっこう構いませんが」

「君の助言が欲しいんだ。リトル氏のことなんだが」

「お若いリトル様でいらっしゃいますでしょうか。それともパウンスビー・ガーデンズにお住まいの伯父上の老リトル様のことでございましょうか」

ジーヴスは何でも知っているらしい。驚くべきことだ。ビンゴと僕とはほとんど全生涯を友人として過ごしているが、奴の伯父さんがどこに住んでいるかなど聞いた覚えがない。

「どういうわけでパウンスビー・ガーデンズに住んでいるってわかるんだ?」僕は尋ねた。

「わたくし、老リトル様のコックと親しく付き合いをいたしております。実を申しますと、互いに了解がございまして」

これには少々面食らったと言わねばなるまい。ジーヴスがこの方面のことに手を染めるとは、考えたことがなかった。

「君らは婚約してるって言うのか?」

「そう申し上げてよろしいかと存じます」

「おや、おや」

「彼女はきわめて優秀なコックでございます」説明する必要を感じたかのようにジーヴスは語った。「それで、リトル様のことでわたくしにお尋ねになりたいというのは、どのようなことでございましょうか」

僕は詳細を打ち明けた。

「そういうわけでジーヴス、僕らは哀れなビンゴがこの問題を片づけるのに手を貸してやらないといけない。リトル老人というのはどんな親爺《おやじ》なのか話してくれないか」

「いささか風変わりな御仁《ごじん》でいらっしゃいます。仕事を退かれてからはすっかりご隠遁の身でおられ、唯一食卓の快楽にのみ、身を捧げていらっしゃいます」

「がっついた豚というわけだな」

「そのような表現を用いますのはわたくしには専横かと存じます。あの方はいわゆる美食家でいらっしゃいます。召上りものにことのほかやかましくていらして、それゆえワトソン嬢のサーヴィスをたいそう高く評価しておられます」

「コックのことだな?」

「さようでございます」

「うーん。となると一番いいのはビンゴを晩餐後に送り込んで話をさせることだな。心とろけるムードというやつだ」

「ところがそうは参りません。ただいまリトル様は痛風の発作で食餌制限中でいらっしゃいます」

「困ったことだな」

「いえ、ご主人様。老リトル様のご不運はお若いリトル様にはかえって好都合かと存じます。リトル様の執事とつい先日話をいたしましたのですが、その者の申しますところでは、晩方にリトル様に何か読んで差し上げるのが日課になったと。わたくしがご主人様のお立場でしたらば、お若いリトル様を伯父上様にご本を読んで差し上げにおやりになるべきかと存じますが」

「献身的な甥っ子というわけだな。優しさに老人の心も動かされるか」

「それもございますが、むしろリトル様がお読みになる文学の選択のほうが重要かと存じます」

「それはだめだ。ビンゴは顔は優しいが、読み物はスポーティング・タイムズ止まりだ」

「そのような問題は何でもございません。わたくしがリトル様がお読みになるご本をお選び申します。もう少々ご説明申し上げた方がよろしいでしょうか?」

「まだ話が飲み込めないな、続けてくれ」

「わたくしがとりますのは、広告会社が直接暗示と呼ぶ方法でございます。すなわち、不断の反覆による、ある概念の刷込みでございます。ご存じでいらっしゃいますね」

「何かの石鹸が一番いいと言い聞かせ続けてしばらくすると、その影響でそこらの雑貨屋でその石鹸を買ってしまう、って奴だな？」

「さようでございます。近年の戦争のプロパガンダの全てはこの方法を用いております。老リトル様の階級差に関するご見解に望ましい結果をもたらすために、この方法を用いない理由はございません。身分違いの若いお方と結婚するのはありうべき話で賞賛すべきことだと書かれた一連の物語を、お若いリトル様がくる日もくる日も読んでお聞かせになれば、甥ご様がティーショップのウエイトレスとご結婚を希望しておいでだという情報を受け入れるご準備が、老リトル様にもおできあそばされるのではないかと拝察いたします」

「そんな本が最近出ているのかい？　書評誌には人生灰色だっていう夫婦がもういっしょにいるのは我慢できないって言ってる話がひとつあったきりだったが」

「ご主人様。書評家に黙殺されながらも広く大衆に愛読されている本がたくさんございます。ロージー・M・バンクスの『すべては愛のために』はご存じではいらっしゃいませんか」

「ああ知らない」

「同じ作者にかかる『紅い、紅い夏の薔薇』もご存じではない」

「ああ」

「わたくしにはロージー・M・バンクスの全作品を揃えております叔母がございますので、お若いリトル様がお入用になるだけ、いくらでも借りて参れます。きわめて軽い、興味深い読み物になるかと存じます」

「やってみる価値はあるな」

「この策を強くお勧めいたします」

「わかった。明日は叔母さんのところに飛んで行って、生きのいい奴を持ってきてくれ。事は急を要する」

「かしこまりました、ご主人様」

2. ビンゴが為にウエディングベルは鳴らず

三日後、ビンゴはロージー・M・バンクスは慰問品としてまさしく大当たりだったと報告してよこした。小説は好まず、従来重たい月刊評論誌を読むだけだったリトル老人は、読書の献立変更に当初顔をしかめたが、『すべては愛のために』の第一章で警戒は解け、後は一瀉千里《いっしゃせんり》に事が進んだ。その後彼らは『紅い、紅い夏の薔薇』、『むこうみずなミルテ』、『ただの女工』を読了して、現在『ストラスモーリック卿の求愛』を読み進んでいるところだ。

ビンゴはこれらを皆、シェリー酒で泡立てた卵を食べながらしゃがれ声で僕に話して聞かせた。奴によるとこの計略の唯一の問題は声帯に負担をかける点で、緊張のため損傷が進行している兆候がある。自分の症状を医学辞典で調べてみたのだが、思うところどうも「牧師咽喉炎」を患っているらしい。しかしこの他では正しい方向にヒットを飛ばしたのは間違いない。夕べの読書の後、奴はいつも晩餐《ばんさん》まで居残っているのだという。奴の話によると、老リトルのコックの手にかかる晩餐は、食べていない人にはわからないくらい素晴らしいものだという。クリア・スープについて語るとき、この男の目には涙すら浮かんでいた。何週間もマカロンとレモネードと格闘してきた男には、天国に住まいするようなものだろう。

老リトルはこの饗宴を共にするわけにはいかなかったが、ビンゴが言うにはテーブルについてクズウコンを苦い顔ですすり、料理のにおいをかいでは過去に食べたアントレの数々の話をし、医者の許可が下りたら将来どんなご馳走をどう食べるかというシナリオを語るのだそうだ。つまり僕の思うところ、彼は彼なりに楽しんでいるわけだ。ともかく事態はきわめて満足のいく方向に進展している。またビンゴには、この事態に決着をつけるいいアイディアがあるのだというが、それが何かについては話さない。しかしそれは素晴らしい考えなのだそうだ。

「我々は前進しているぞ、ジーヴス」僕は言った。

「それは結構なことでございます、ご主人様」

「リトル氏の言うには、『ただの女工』の山場に差しかかったとき、奴の伯父さんはおびえたブルドックの子供みたいにぐっと涙をこらえてたそうだ」

「さようでございますか」

「クロード卿が彼女を腕にかき抱いて、こう言うんだ――」

「そのくだりならばよく存じております、ご主人様。そこはわたくしの叔母の気に入りの箇所で」

「この調子で間違いないないな」

「そう拝察いたします、ご主人様」

「いや全く、またひとつ手柄が増えたことになるな。常々言ってきたことだし、これからも言い続けるつもりだが、その脳みそだけで、君は卓越しているぞ。現代の他の偉大な思想家たちだって、君の行進を見物するだけの群集に過ぎない」

「ありがとうございます、ご主人様。ご満足頂けるよう努力いたしております」

それから一週間ほどして、ビンゴがふらっとやって来て、伯父さんの痛風は収まって、明日からは従前どおりナイフとフォークを持っての仕事に精を出せると伝えた。

「それでなんだが、伯父貴はお前と明日の昼食をいっしょにしたいと言うんだ」

「僕だって？　何で僕なんだ。お前の伯父さんは僕の存在すら知らないはずだぞ」

「いや、知ってるんだ。俺が伯父貴に話したからな」

「一体なんて話したんだ？」

「まあ、色々だよ。とにかく彼はお前に会いたがっている。いいか、俺の言うことを聞くんだ。お前は明日伯父貴のところに行く。明日の昼食は大変なご馳走になるぞ」

どうしてそうなるのかはわからなかったが、なんだか変な——邪悪と言っていい——様子がビンゴにあると、そのとき既に僕には感じられた。こいつは何か袖の中に隠し持っている様子だ。

「他に何かわけがありそうだな」僕は言った。「何でお前の伯父さんは、会ったこともない僕なんかと昼食をとらなきゃいけないんだ」

「このデカ頭。お前のことはみんな伯父貴に話したって今言ったばかりだろう。お前は親友だとか、学校でいっしょだったとかその手のこと色々さ」

「だとしても、おかしいな。お前はどうしてそんなに僕を行かせたがるんだ？」

ビンゴはしばらく躊躇《ためら》っていた。

「前に、考えがあるって言ったろ。これがそれなんだよ。お前から伯父貴に話してもらいたいんだ。自分で話す勇気がないんだよ」

「そんなことをしたら僕がしばり首だ」

「お前は俺の友達だろう?」

「そりゃそうだが限界ってものがある」

「バーティー」ビンゴは咎《とが》めるように言った。「俺はお前の命を一度救ったことがある」

「いつの話だ?」

「ちがったか? じゃあ別の誰かだったかあれは。とにかく、俺たちは子供の時分からずっと友達なんだ。がっかりさせないでくれ」

「ああ、わかった」僕は言った。「だがお前、勇気がないなんて言ってるが、そんな玉《タマ》か、お前は。お前みたいな男は……」

「いいな、決定だ!」ビンゴは言った。「明日の一時半だ。遅れるなよ」


考えれば考えるほど、この仕事が気に入らなかった。素晴らしい昼食をご馳走してくれるのは有難いことだが、スープが出たばかりのところで耳をつかまれて通りに放り出されるなら、どんなにすごいご馳走も何の意味もない。しかしながらウースター一族たるもの、いったん口にしたことは証文も同じである。したがって翌日一時半きっかりに、僕はパウンスビー・ガーデン十六番地の階段を上り、呼び鈴を押した。三十秒後、僕は客間に通されて、生まれてこのかた会った中で一番肥満した男と握手を交わしていた。

リトル家の一族のモットーは明らかに「多様性」であるようだ。若いビンゴは長身でやせた男で、最初に会ったときから余分な肉をつけたためしがない。しかし彼の伯父さんはビンゴと合わせて二で割っても平均よりも少しばかり上を維持しそうだ。僕の手をつかんだ彼の手は、僕の手のひらを包み込んでしっかり握り合わされていたから、何か重機でも使って掘削しないと再び掘り出せないのではないかと心配になったほどである。

「ウースターさん、本当に嬉しいことです。私は実に誇らしいですぞ。実に光栄です」

ビンゴは何か目的があって僕のことをやたらに吹聴《ふいちょう》したにちがいないと僕は思った。

「あ、はあ」僕は言った。

彼は後ろに少し下がったが、僕の右手はまだつかんだままだ。

「あれほどのことを成し遂げられた方がこれほどお若いとは！」

どういうわけでこう言われるのか僕には理解できなかった。僕の家族、特にアガサ伯母さんは、子供時代からずっと僕のことを絶えず低能呼ばわりし、僕の人生は空費されているという事実を正当にも指摘し続けてきた。また、小学校の夏休みに野の草花の標本を作って一等賞で表彰されて以来、一度たりともわが国の名望録に名を載せたことはない。彼は僕を誰かと勘違いしているのではないかと思い始めたところ、ホールの外で電話が鳴り、メイドが入ってきて僕にだと伝えた。とんで行くと、ビンゴからだった。

「ハロー」ビンゴは言った。「じゃあ着いたんだな。結構。お前は信頼できる奴だと思ってたよ。伯父貴はお前に会って喜んでたろう」

「すごい歓迎だ。どういうわけかわからん」

「いや、それでいい。説明しようと思って電話したんだ。つまり、お前は気にしないってわかってたからな、今読んでる一連の本の作者はお前だって伯父貴に話したんだよ」

「何だって！」

「そうなんだ。〈ロージー・M・バンクス〉ってのはお前のペンネームだって言ったんだ。つまりお前は引きこもりの若隠居で、有名になるのが嫌いだってわけだ。伯父貴、お前の言うことなら何でも聞くぞ。一字一句絶対にだ。いい考えだろう？ ジーヴスだってこれほどの名案は思いつかないと思うんだ。いいか、強気に出ていいんだぞ。俺の小遣いを上げてもらわなきゃならないっていう事実を前面に押し出すんだ。今もらってる小遣いじゃとても結婚できないからな。この映画が抱擁シーンのスロー・フェイド・アウトで終わるなら、二倍はもらいたいところだ。まあいい、じゃあ頼んだぞ。チェーリオ！」

そして電話は切られた。その時ゴングは鳴り、愛想のいい主人が階段を転がり落ちんばかりの勢いでかけ下りて来た。石炭が一トン届いたかのようだ。

僕はあの昼食を一種の心痛む悔恨とともに思い起こす。それは生涯一度というほどのランチだったが、僕はそれを楽しむ心境になかった。意識下では、僕にはこれが特別なものだとわかっていたが、ビンゴが僕を陥れた恐ろしい状況にすっかり動転していたから、その深い意義は十分に掘り下げられることはなかった。ほとんどずっと、僕は木くずを食べているような気分でいた。

老リトルは最初から文学の話題で攻めてきた。

「甥が申し上げたと思うのですが、私は貴君の作品を最近詳しく研究いたしております」と、彼は始めた。

「ええ、そう教えてくれました。ああ――あのろくでもない作品を、どう思われましたか」

彼はうやうやしい面持ちで僕を見た。

「ウースターさん。甥が読んでくれるのを聞くにつけ、涙が目に溢れます。貴君のようにお若い方が人間の本性をかくも深く掘り下げることができるものかと、瞠目《どうもく》いたしておるような次第です。読者の心の琴線にかくもしっかりと触れ、かくも真実な、かくも人間的な、かくも感動的な、かくも命ある小説を書かれるとは」

「い、いや、小器用なだけの仕事です」

僕の額《ひたい》からは玉の汗が盛大にあふれ出していた。僕はかつてないほど動揺していたのだ。

「この部屋はいささか暑すぎますかな？」

「え、いや、大丈夫ですが」

「ならばきっとコショウですかな。私のコックにもし欠点があるとしたら――もっとも私はそう認めるつもりはありませんが――料理にいささかコショウを利かせる傾向がある点でしょうか。ところで彼女の料理はお気に召しましたかな」

文学の知識を披瀝しなくてよくなった安堵から、僕はバリトンを響かせて肯定の意を伝えた。

「そう伺って安心しました。ウースターさん。私の欲目かもしれませんからな。しかし、私にとってはあの女性は天才です」

「全くその通りです」僕は言った。

「私のところに来て七年になりますが、その間彼女の料理には、最高の基準からして一度たりとも間違いはありませんでした。いや、一九一七年の冬に、純粋主義者ならマヨネーズにクリーミーさが足りないと言ったかもしれないことが一度だけありましたが、それくらいは許してやらねばなりません。あの頃何度か空襲がありましてな。あの哀れな女性はおびえてしまったにちがいありませんよ。完璧なものなどこの世にはありません、ウースターさん。私にも背負うべき十字架があります。この七年というもの、私は、誰か邪悪な人物が彼女を私の雇用下から奪い去るのではないかと常に憂慮してきました。他所で働かないかという好条件の申し出を彼女がいくつも受けてきていることを、私は存じております。まさしく今朝、彼女が辞職の申し出をしてきた時の、私の絶望をおわかりいただけるでしょうか」

「なんとまあ！」

「ここで仰天なさるとは、さすが『紅い、紅い夏の薔薇』の作者でいらっしゃいますな。しかし、有難いことに最悪の事態は回避されました。この問題には修正が加えられたのです。ジェーンは私の許を去りません」

「でかした！」

「でかした！　ですな、全く。とはいえこの表現には記憶がありませんな。貴君のご著書でこの言い回しに出会ったことはまだないようにと思いますが。またご高著の話に戻りますが、私が貴君のご本に感銘を受けるのは、物語の心動かす痛切さもさることながら、貴君の人生哲学に共鳴させられるからです。ウースターさん、貴君のような方がもっとたくさんおられれば、ロンドンももっと住みやすい町になるでしょうに」

これまたアガサ伯母さんの人生哲学とは正反対の見解である。彼女は常に、ロンドンが悪風の発生源なのは僕のような男がいるせいだと、僕にわからせようとしてきた。まあ、それはそれでいい。

「ウースターさん。疲弊した社会慣習への盲従に、貴君が勇敢にも挑戦されておられることを私は高く評価いたすものです。実に全く素晴らしい！　貴君は階級など、ただのレッテルに過ぎず、『ただの女工』のブレッチモア卿の素晴らしい言葉を借りれば、〈たとえ出自が卑しかろうと、善良な女性はこの世で最高のレディーと同等なのだ〉ということを理解しておられる」

僕は座りなおした。

「本当にそう思われるのですか？」

「思いますとも、ウースターさん。恥ずかしながら私も他の男同様、階級差というつまらない因習の囚われであったこともございました。しかし、貴君のご高著を拝読して以来というもの……」

そうなのだ。ジーヴスがまたやってくれた。

「つまりある一定の社会的地位にある男性が、社会的地位の低い娘と結婚するのは全くかまわないと考えてらっしゃるんですね」

「その通りですよ、ウースターさん」

僕は深く息を吸い込み、彼によい知らせを報告した。

「甥ごさんのビンゴ君なんですが、ウエイトレスと結婚したいと言っています」

「祝福してやりますよ」老リトル氏は言った。

「ご反対はなさらないので？」

「とんでもない」

僕はもう一度深く息を吸い込むと、さもしい方向に話を進めた。

「余計なことにくちばしを挟むようで恐縮なんですが、えー、あちらのほうはどうなりますか」

「おっしゃることがよくわかりませんが」

「つまり、彼の小遣いのことなんです。あなたが寛大にも彼にやっている金のことなんですが、何とか小遣いを上げる方向で考えてくれないかって話なんです」

老リトルはすまなそうに首を横に振った。

「残念ながらそれは全く無理と言うものです。おわかりいただけますかな、私のような立場に置かれた者は一ペニーだって無駄にできないんです。これまでどおり甥っ子に小遣いは出してやります。だが増額というわけにはいかん。それでは妻に申し訳が立たない」

「何ですって？　あなたは結婚してらっしゃらないじゃありませんか」

「今はまだしておりませんが、これからすぐにでも、その聖なる状態に進みたいと存じております。私のために何年も料理をしてきてくれたレディーが、今朝私の求婚を受け入れてくれたのです」

彼の目には勝利の冷たい輝きが宿った。「彼女を私から奪えるものなら、奪ってみよ」彼は挑むがごとくに、つぶやいた。


「お若いリトル様が午後ずっと電話を掛けて来ておいでです」その晩家に帰るとジーヴスが言った。

「そうだろうな」僕は言った。ランチの後すぐにメッセンジャー・ボーイを使って、あわれなビンゴに事態の概要を知らせてあったのだ。

「だいぶ動転されておいでのご様子でしたが」

「そうだろうな、ジーヴス」僕は言った。「気をしっかり持てよ、悪い知らせがあるんだ。あの本を老リトルに読んでやるという君の計略だが、ひどいことになった」

「ご老人の態度は軟化しなかったのでございますか？」

「軟化したんだよ。それがいけなかったんだ。ジーヴス、残念だが君のフィアンセのワトソン嬢、あの、コックの……それがその早い話、彼女は正直者より金持ちを選んだんだ。わかってもらえるかなあ」

「と、申しますと?」

「彼女は君を捨てて、老リトル氏と婚約したんだ!」

「さようでございますか、ご主人様」

「あまり驚いていないようだな」

「実は、そのような結果になるのではと存じておりました」

僕は彼を見つめた。「じゃあどういうわけで君はあんな計略を提案したんだ?」

「実を申しますと、ご主人様。ワトソン嬢との関係の断絶につきましてわたくしはそれほど残念に思ってはおりません。実を申しますとわたくしはそれを望んでおりました。ワトソン嬢は誠に立派な女性ですが、大分以前からわたくしたち二人は合わないと感じておりました。今はわたくし、別の若い女性と了解がございます」

「なんてこった、ジーヴス。別の娘がいるだって」

「さようでございます、ご主人様」

「どれくらい前から続いてるんだ?」

「ここ何週間かでございます。キャンバーウェルの会費制ダンスで一目会ったときから、強く惹《ひ》かれるところがございまして」

「なんてこった、まさか」

ジーヴスは厳粛な顔でうなずいた。

「はい、不思議な偶然でございますが、お若いリトル様が見初《みそ》められたのと同じ若い女性でございます。……おタバコは小テーブルに置いておきました。それではお休みなさいませ、ご主人様」

3. アガサ伯母、胸のうちを語る

本当に真っ当な性格の持ち主だったら、先のビンゴの結婚計画の失敗の後、憂鬱やら苦悩やらに苛《さいな》まれてしかるべきだと思うのだ。つまり、もし僕の心が高潔であるなら、心はもうぼろぼろに壊れてしまっているはずだ。しかし、どういうわけか僕にはこの手のことはそれほどこたえない。悪い知らせの後一週間もしないうちに、シーロスでビンゴが野生のガゼルみたいに踊っているのに出会って、僕の心はさらに活気づいた。

ビンゴ、立ち直りの早い男だ。奴はダウンはしても、絶対にアウトにはならない。奴の小さな愛の物語が進行している間は、世の中の誰よりも真剣で傷つきやすいのだが、いったんヒューズが飛んで、女の子に帽子を渡されてお願いだから二度と私の前に顔を見せないでちょうだいと言われてしまうと、以前と同じ陽気で明るい男に戻るのだ。

だからビンゴのことはもう心配しない。いや実のところ他の何だって僕は気にしていない、か。ともあれ、僕がこの頃より陽気だった時代はなかったんじゃないかと思うのだ。すべてが好調だった。僕が結構な額賭けた馬が一馬身差で勝ったことが三回も続いたのだ。僕が馬券を買った馬はいつもレース半ばで馬群に沈むのがきまりだというのに。

かてて加えて、相変わらずの好天続きだったし、新しい靴下は各方面から母さんの手作りみたいだと賞賛を浴びた。何よりも、アガサ伯母さんはフランスに出かけてしまって、少なくとも向こう六週間は僕の人生に首を突っ込んでこない。そしてまた、もし僕のアガサ伯母をご存じなら、その一事だけで誰にとってても幸せなことだとおわかりいただけるだろう。

ある朝入浴中、僕はこの世に悩みなどひとつもないことに突然思い当たり、スポンジをごしごしやりながらナイチンゲールのように陽気に歌いだした。世の中すべてが絶対的に最善の最高であるように感じられたのだ。

しかし人生の不可思議にお気づきだろうか。つまり世の中全体についてとても幸せだと感じているまさにその瞬間に、何かが近寄ってこっぴどく殴りつけてくるのだ。体を拭いて服を着て居間に歩き始めた瞬間に、その一撃が襲ってきた。マントルピースの上にアガサ伯母さんからの手紙が載っていたのだ。

「なんてこった！」読み終えて僕は言った。

「いかがなさいました？」ジーヴスが言った。彼は何やかやと用事を足しに僕の後ろを歩き回っていた。

「アガサ伯母さんからだ、ジーヴス。グレッグソン夫人だよ」

「さようでございますか」

「僕が置かれてる状態がわかったら、そんな軽い、気楽な調子じゃ話せなくなるぞ」そう言って僕はうつろで陰気な笑いを放った。「ジーヴス、呪《のろ》いはついにわれらが許に達した。伯母さんはこっちに来て合流しろと言ってよこしたぞ。なんて場所だって？　ローヴィル・シュル・メールだ？　けっ！」

「荷造りを開始いたしましょうか、ご主人様」

「そうしてくれ」

アガサ伯母を知らない人に、どうして彼女がかくも僕を恐怖させるのかを説明するのはきわめて困難である。つまり、僕は伯母に財政的に依存しているとかそういうわけではない。これは純粋に人間性の問題だ、というのが僕の結論である。僕の子供時代ずっとと、それから学校に行っていた時分ずっと、伯母はひと睨《にら》みで僕を裏表にひっくり返すことができた。それで僕は未だにその影響から逃れられないのだ。うちの一族は少々背が高いほうだ。このアガサ伯母さんという人は身長一七九センチ、鳥の嘴《くちばし》みたいな鼻と、猛禽《もうきん》の目、たっぷりした灰色の毛髪、全体的にきわめて恐るべき印象である。とにかく、こういう状況で尻込みして行かないなどということは僕には思いもよらなかった。彼女が僕にローヴィルに来いと言うなら、チケットを買うほかないのだ。

「ジーヴス、どういうわけで伯母さんは僕を呼んだんだと思う？」

「わかりかねます、ご主人様」

そんなことを話しても仕方がない。ささやかな心の慰め、厚い雲間にのぞくわずかばかりの青空は、ローヴィルでなら六カ月前に買ったまま着ける勇気がなかったちょっと陽気なカマーバンドをやっと締められる、という事実だ。ウエストコートの代わりに腰の周りに締める、サッシュみたいなものだがもう少し実質的な、あのシルクの考案品である。ジーヴスとの間にまたひと悶着《もんちゃく》起こるのを恐れて、今まであれを着用する勇気はなかった。あれはまたひどく明るい真っ赤なのだ。しかし、ローヴィルみたいな場所に行けば、おそらくフランスの陽気さとジョア・ド・ヴィーヴル［生きる喜び］とやらが溢れ返っていると思われるから、何事か成し遂げられそうな気持ちになる。

荒波の航海を終え、さらに一夜を列車に揺られた末、たどり着いたローヴィルというところはなかなか気の利いた場所で、伯母の形をした邪魔者さえいなければ一週間かそこらは快適に過ごせそうな様子だった。フランスのこういう場所はどこも同じだが、おもに砂とホテルとカジノから成っている。不幸にもアガサ伯母さんのご愛顧に与かってしまったホテルはスプランディドというのだが、僕が到着したときその不幸を深く感じていないスタッフは一人もいない様子だった。僕は彼らに同情した。僕は前にもアガサ伯母さんとホテルでいっしょしたことがある。無論僕が着いたときには本当に荒っぽい仕事はみんな終わっていたが、皆が彼女にひれ伏す様子から、彼女が最初の部屋は南向きでないから嫌だと言って替えさせ、二番目の部屋はワードローブがキイキイ音をたてると言って替えさせた上、料理の問題、給仕の問題、客室清掃の問題、その他すべてについて完全なる自由と虚心坦懐さをもって己《おの》が見解を表明してきた、ということが一目で知れた。彼女は全員を自らの完全な支配下に置いていた。ほおひげの山賊みたいなマネージャーの男が、伯母の目線が飛んでくるときまり正しく居住まいをしゃんとさせたものだ。

ここでの完全勝利は伯母の中に一種の厳格な優しさとでも言うべきものを生じさせていた。僕が会ったとき彼女はまるで母親のようだった。

「お前がここまで来られて本当に嬉しいよ、バーティー」彼女は言った。「ここの空気はお前にきっといいよ。ごみごみしたロンドンのナイトクラブで時間をつぶすよりどれだけいいか知れやしない」

「そうかなあ」僕は言った。

「ここでは気持ちのいい人たちに会えますよ。お前にヘミングウエイ嬢と弟さんを紹介しなきゃね。ここでとってもいいお友達になったんだよ。お前はきっとヘミングウエイ嬢が気に入るにきまってますよ。とってもいい子、おとなしい子でね、いまどきのロンドンで会うような図太い娘とはまるでちがうんだよ。弟さんはドーセットシャーのチップリー・イン・ザ・グレンの副牧師をしてるそうだよ。弟さんの話だと二人はケント・ヘミングウエイの親戚なんだって。とっても立派な家柄じゃないの。あの子はそれはかわいらしい娘さんだよ」

恐るべき運命の予感がした。これほど他人を持ち上げるのはロンドン社交界最大最強の酷評家たるアガサ伯母さんらしくない。僕は怪しく思ったが、恐るべし、予感は的中した。

「アライン・ヘミングウエイはお前が結婚したらいいと考えてるとおりの娘なんだよ、バーティー。お前は結婚のことを真剣に考えないといけないよ。結婚したらお前も何とかなるかもしれないからね。アラインほどいい奥さんなんていないよ。あの娘がついていてくれれば、お前にもどんなにかいい影響があるってものだよ」伯母は言った。

「だけどね、僕は！」僕はここで口を挟んだ。骨の髄まで凍り付いて。

「バーティー！」こう言ってアガサ伯母さんは母親みたいに振舞うのをしばらく中断して、僕に冷たい視線をよこした。

「わかった、だけど僕にだって……」

「人類の未来を心憂える者を絶望させるのはね、バーティー、お前みたいな若造なんだよ。有り余るお金に呪われて、お前は役に立ったかもしれない、人様《ひとさま》のためになったかもしれない、実り多かるべき人生を怠惰に自分勝手に浪費しているんだよ。お前ときたら軽薄な快楽に時間を無駄にするばかり。お前はただの反社会的動物、人の稼ぎで暮らすなまくら者なんだよ。バーティー、結婚するってのは命令だからね」

「だけど、全くもう！」

「わかったね。お前は子供を生み育てて、それで……」

「だめだよ、本当に。やめて、お願いだから！」僕は顔を赤らめて言った。アガサ伯母さんは二つか三つ婦人クラブに入っているが、そこが喫煙室でないことをいつもすぐ忘れるのだ。

「バーティー」彼女はまた始めた。邪魔が入らなければ間違いなくスラックスの裾《すそ》をたくし上げていたところだ。「ほら、来た来た！」彼女は言った。「アライン、ここだよ」

そこで僕は若い男女が僕に向かって急襲して来るのを視認した。嬉しそうな顔で微笑んでいる。

「あなたたちにうちの甥っ子のバーティー・ウースターに会ってもらいたいわ」アガサ伯母さんは言った。「今着いたばかりなんだよ。なんて驚きだろうね。この子がローヴィルに来るなんて私はこれっぽっちも知らなかったよ」

僕はこの男女に用心深く上から下まで目をやった。なんだか山ほどの猟犬に囲まれた猫になったような気分だった。とらわれの身、と言ったところか。僕の内なる声が、バートラム、立ち向かえ！と、ささやいている。

弟のほうは小さな丸っこい男で、羊によく似た顔をしている。鼻めがねをしており、善行の人という雰囲気で、首の後ろでボタンを留めるカラーをしている。

「ウースターさん、ローヴィルへようこそ」彼は言った。

「ねえ、シドニー」娘の方が言った。「ウースターさんって参事会員のブレンキンソップさんにとてもよく似てらっしゃらないこと。ほら、去年のイースターにチップレーに説教にいらした」

「本当だ！　驚くほどよく似てらっしゃるよ」

二人は僕のことをまるでガラス・ケースに入ってる何かみたいにしばらくじっとみつめた。僕はぎろりと見返してやって、娘の様子をよく見た。確かにアガサ伯母さんが言っていたような、いまどきのロンドンの図太い娘とは違う。ボブ・ヘアーもタバコもなしだ。これほど「きちんとした」人に最後に会ったのはいつか思い出せない。飾り気のないドレスを着て、髪型も地味、顔つきは温厚で聖人のようだ。僕はシャーロック・ホームズでもなんでもないが、彼女を見た瞬間「この娘は村の教会でオルガンを弾いている」と心の中でつぶやいた。

さて、我々はしばらく睨《にら》み合っていたが、しばらくのおしゃべりの後、僕はその場を急いで立ち去った。しかし辞去するまでに、その日の午後、この姉弟を素敵なドライブに連れてゆく約束ができ上がっていた。そのことを考えると気分がめいって、どうしてもあるひとつのことをし遂げずにはいられない気持ちになった。僕は自分の部屋に直行し、カマーバンドを引っ張り出して腹に巻きつけてみた。僕が向き直るとジーヴスが驚いた野生馬みたいにあとずさりした。

「失礼ですが、ご主人様」彼は声を抑えて言った。「まさかそれをご着用で人前に出られるおつもりではいらっしゃいませんでしょうな」

「このカマーバンドか？」僕は軽く受け流すと気楽な、屈託のない調子で言った。「そのつもりだが」

「それはお勧めできかねます、ご主人様。本当にいけません」

「どうしてだ？」

「ご印象がにぎやかきわまりすぎでございます」

僕はこの悪党と渡り合うことにした。つまり、ジーヴスが知恵の王者たることは僕が誰よりもわかっているが、しかし、それでも自らの魂は我がものとせねばならない。執事の奴隷にはなれない。それに、僕はものすごく落ち込んでいたから、このカマーバンドだけが気持ちを晴れればれさせてくれる唯一のものだったのだ。

「君の欠点はジーヴス」僕は言った。「君はあまりにも……何て言うか、あまりにもイギリス的なんだな。君は自分がいつもピカディリーにいるわけじゃないってことがわからないんだ。こういう場所に来たらちょっと色目を加えて詩的ないろどりというものが必要なんだ。僕はたったいま階下《した》で黄色いベルベットのモーニング・スーツを着た男を見かけたぞ」

「それでもしかし、ご主人様……」

「ジーヴス」僕はきっぱりと言った。「僕の気持ちは決まっている。僕は少しばかり気持ちが沈んでいるからな、気晴らしが必要なんだ。それに、これがそんなに悪いか？　このカマーバンドこそ求められてるものなんだよ。スペイン風の印象だと思うが。スペイン貴族の味だな。ビンセンテ・ブラスコ、だったかな、名前は。陽気なスペイン貴族が闘牛にご出陣、ってわけだ」

「大変結構でございます、ご主人様」ジーヴスは冷たく言った。

これには狼狽《ろうばい》させられた。僕を不快にさせるものがあるとしたら、それは家庭内のごたごただ。僕らの関係が当面きわめて緊張を孕《はら》んだものになるであろうことは理解できた。ヘミングウェイ嬢に関するアガサ伯母さんの爆弾問題の最中にあったことだし、僕は誰も僕を愛してくれないと感じたと告白しよう。

午後のドライブは思った通りうんざりだった。副牧師はあれやこれやとべらべら無駄話をし、娘の方は景色を眺めていた。僕はというと始めからずっと頭痛に悩まされていた。この頭痛は足の裏から始まって上に行くほど痛みは激しくなるのだ。僕はディナーのために着替えに、砕土機の下のカエルみたいな気持ちで部屋によろめき帰った。もしカマーバンドのことがなければ僕はジーヴスの首にすがり付いてさめざめと泣き、抱えている問題をすべて彼の前に投げ出したことだろう。この状況にあっても、僕は問題を一人で抱え続けることはできなかった。

「あのなあ、ジーヴス」僕は言った。

「何でございましょうか?」

「思い切り濃いブランデー・アンド・ソーダをつくってくれ」

「承知いたしました」

「濃い奴だぞ、ジーヴス。ソーダを入れすぎるなよ。ブランデーにちょっと振り掛けるくらいでいいんだ」

「承知いたしました、ご主人様」

アルコール摂取後、幾分気分がよくなった。

「ジーヴス」僕は言った。

「はい」

「僕はスープに浸かっているようなんだ」

「さようでございますか」

僕はやっとの思いでこの男を見た。何という冷たい態度だ。まだカマーバンドのことを根にもっているんだ。

「そう、足の上までなんだ」僕はウースター家の誇りを抑え、彼にもっと友好的になってもらおうと試みた。「牧師の弟といっしょにここらを歩いてる娘を見たかい?」

「ヘミングウェイ様でいらっしゃいますか。はい、存じております」

「アガサ伯母さんが僕にあの娘と結婚しろって言うんだ」

「さようでございますか」

「ああ、どうしたらいいかなあ」

「と申されますと?」

「つまり、何か名案はないかなあ?」

「ございません」

この悪党の態度はひどく冷たく、突き放すようで、僕は歯を食いしばって快活を装った。

「ああそうか、トゥラララ、だな」

「さようでございます」

そういうことだ。

4. 真珠の涙

僕はこんな詩を読んだのを思い出す。近頃その手のことはとんとしていないから、あれはおそらく学生時代のことだろう。僕の記憶が正確ならこんな具合だった。「監獄の影、伸びゆく少年の上に迫りて［ワーズワースの詩「霊魂不滅の頌」より］」。つまり僕が言いたいのは、それからの二週間というもの、僕の置かれた状態はまさにそれだったということだ。僕の耳には彼方《かなた》でかすかに鳴るウエディングベルが聞こえたし、その音は日ごとに大きくなった。どうやって逃げ出すかは僕の思考の範囲を超えていた。ジーヴスだったら間違いなく数分のうちに一ダースくらいのいい計略を思いつくだろうが、彼は依然よそよそしく冷たい。また僕も彼に率直に頼むことができずにいる。つまり、彼には自分の若主人が窮地に陥ってることが容易に察知できるだろうに、それでも僕があのカマーバンドに夢中なのを見逃してくれないとすると、すなわちそれは古《いにしえ》の封建精神はこの男の胸の中ではもはや死しているということだし、それはもうどうしようもないということなのだ。

ヘミングウエイ姉弟が僕に夢中なのはつくづく奇妙だ。僕は自分がものすごく素晴らしい男だなどと手放しで吹聴《ふいちょう》したりはしない――実際、大抵の人は僕のことをカスだと思っている。ところがこの姉弟にとって僕はそよ風であるという事実を、払拭《ふっしょく》するすべはないのだ。彼らは僕がそばにいないと不幸せそうにしている。姉弟のどちらかがどこからか飛び出してきてへばりつかれることなしに、一歩だって歩けない。実際、いくらかでも息がつきたいときには自室に引きこもるのが僕の習慣になった。三階にプロムナードを見下ろすなかなか素敵なスイートを確保したのだ。

ある晩早めにスイートに戻って落ち着くと、その日初めて人生も捨てたもんじゃないというような気分になった。朝から昼食までずっとヘミングウエイ嬢といっしょだった上、昼食が済むとすぐにアガサ伯母さんが僕ら二人をさっさと追い払ったのだ。街灯に照らされたプロムナードを、幸せそうな人々がディナーやらカジノやらにいそいそと向かうのを見ていると、僕の胸は哀愁で満ちてきた。アガサ伯母さんとあのいやな連中がどこか他所《よそ》に行ってくれたら、僕はここでどんなにか幸福に過ごせるだろうに、と思わずにはいられなかった。

僕はため息を漏らした。と、その瞬間ドアを誰かがノックした。

「誰かドアのところにいるようだが、ジーヴス」僕は言った。

「はい、ご主人様」

彼がドアを開けると、アライン・ヘミングウエイとその弟が飛び込んできた。僕が一番会いたくない連中だ。ついさっきまで僕は自室でならせめて一分間くらい、独りで過ごせると思っていたのだ。

「やあ、ハロー」僕は言った。

「あのう、ウースターさん」娘は息をあえがせて言った。「どうお話ししてよろしいかわからないのですけれど」

そこで僕は彼女がだいぶ狼狽《ろうばい》している様子なのに気がついた。弟の方は秘密の悲しみを抱えた羊みたいな顔をしている。

それで僕は座りなおして、彼らに注目した。最初はただの儀礼的な訪問だと思ったのだが、明らかに何か困ったことが起きたようだ。もっとも、だからといってどうして僕のところに来ないといけないかはわかりかねるが。

「何かあったんですか?」僕は聞いた。

「かわいそうなシドニーのことなんですの。私のせいですわ。あんなところに一人でやっちゃいけなかったんです」娘は言った。だいぶ動転している。

よれよれの上着を脱ぎ、帽子を椅子の上に置いてそのまま黙って立っていた弟のほうが、ここで小さく咳をした。山のてっぺんで霧にまかれた羊のようだ。

「こういうことなんです、ウースターさん」奴は言った。「誠に嘆かわしいことが起こったのです。今日の午後、あなたがご親切にも姉をエスコートしてくださっている間、私は時間を多少もてあましまして、それであの、カジノでのギャンブルに誘惑されたのです」

僕はこの男を、今までよりずっと優しい気持ちで眺めた。こいつに賭け事好きの血が流れていたということの証拠は、奴をこれまでよりずっと人間的に見せたと言わねばならない。奴がこういうことが好きだともっと早くから知っていたら、僕らはもっと楽しく時を過ごせたはずだ。

「そうか、それで君は当てたのかい?」僕は言った。

奴は深くため息をついた。

「勝ったかという意味でお尋ねでしたら、否《いな》とお答えしなければなりません。赤が続けて七回以上出ておりましたもので、遠からず黒が出るのが必定《ひつじょう》との見解に固執したのが性急でございました。

私は間違っていたのです。ウースターさん、私はとぼしい有り金のすべてを失ってしまいました」

「そりゃあ残念無念」僕は言った。

奴は続けた。「私はカジノを立ち去りまして、ホテルに戻りました。そういたしましたらたまたまこちらで休日を過ごしておられた教区民のマスグレーヴ大佐とおっしゃる方にひょっこり出会いまして、それで、わ、私、その方にお願いしてロンドンの銀行にある私の口座宛で、一〇〇ポンドの小切手を換金して頂いたのです」

「そりゃあよかった」と言って僕は哀れな男に、明るい面を見させようとした。「すぐに知り合いに会えたなんてラッキーだったじゃないか」

「ところがそうではないのです、ウースターさん。もっと悪いことになりました。申し上げていても恥ずかしさに身を焼く思いなのですが、私はすぐさまカジノに取って返しまして、またもや有り金全部を失ってしまったのです。このときも黒が出る頃合とのあやまった推測に基づきまして」

「そりゃあたいした一夜を過ごしましたたね」僕は言った。

「この一件の一番嘆かわしいことは、あの小切手を呈示しても私の口座にはもうそれだけの預金がないことなのです」

思い切って白状するが、この時点でいずれ僕はたかられるのだとわかってはいたが、僕の心はこの間抜けに対する温かい心で一杯になっていた。実際僕はこの男を少なからぬ関心と賞賛をもって見つめた。これほどとことん刺激的な副牧師には未だ会ったことがない。純朴な村の若者に見えるが、こいつは本当のタバスコ野郎なのだ。もっと早くこっちの面を僕に見せてくれていたらと思ったものだ。

奴は涙をこらえながら言った。「マスグレーヴ大佐はこのようなことを見逃すような方ではありません。厳しいお方です。私を教区司祭様につき出すでしょう。教区司祭様も厳しいお方です。要するにマスグレーヴ大佐があの小切手を呈示されたらば私の身は破滅なのです、ウースターさん。その上大佐は今夜イギリスへ発たれるのです」

ハンカチーフを噛みながら立っていた姉の方は、弟が上述の告白をする間、合間合間にうめき声を上げていたが、続けて話し始めた。

「ウースターさん」彼女は泣きながら言った。「お願い、お願いですから私たちをお助け頂けませんでしょうか。どうか助けるとおっしゃって下さい。九時までにマスグレーヴ大佐から小切手を取り返さなければいけません。あの方は九時二十分にご出発されます。どうしていいか思い悩んだ末に、あなたがずっと私たちにご親切でいらして下さったことを思い出しましたの。ウースターさん、シドニーにお金を貸してこれを担保にとって頂けませんか」何だかわからないうちに彼女は自分のバッグに手を突っ込むと、ケースを取り出してそれを開けて見せた。「私の真珠です」彼女は言った。「どのくらいの値打ちのものかはわからないのですが……父からのプレゼントなんですの」

「もういい、頼むからやめておくれよ！」弟が割り込んで言った。

「けれど必要な額よりはずっと値打ちがあるはずです」

これはいやだ。質屋になったような気分ではないか。

「いや、駄目です」僕は反対した。「担保なんかは要りません。金なら喜んで貸しますよ。運良く今朝いくらか引き出したところなんです」

僕は金を取り出して彼らに渡した。弟の方が頭を下げて言った。

「ウースターさん、ご寛大さに感謝いたします。私どもを信頼してくださるそのうるわしい、温かいお心に感謝いたします。しかし、そのようなわけには参りません」

「シドニーが言っているのは、あなたが私たちのことをそれほど深くご存じでいらっしゃるわけではないということですの。よく知りもしない私たち二人のために、担保もおとりにならないでお金を貸してはいけませんわ。あなたがビジネスライクにして下さると思ったからこそ、私たちこうしてこちらに伺いましたの」

「こんな土地の質屋でこの真珠を質入れするなんて、思っただけでもとんでもないことです。おわかりでしょう」と、弟が言った。

「書面で預り証を頂けますでしょうか、ほんの形式として――」

「お安いご用ですよ」僕は言った。

僕はばかばかしいと思いながらも預り証を書いて渡した。

娘は紙を受け取ると、バッグに仕舞い、金をわしづかみにするとシドニーに渡し、何が何だかわからないうちに僕に突進してくるとキスをして、部屋を立ち去った。

これは僕を狼狽させたと言わねばならない。こんなに突然、思いもかけず。つまり、ああいう娘が、だ。いつも静かで慎ましやかで……どうしたって男にキスしてまわるような娘ではない。ぼうっとしていると、霧の向こうにジーヴスが後ろから現れ、弟が上着を着るのに手を貸しているのが見えた。僕は漠然と、一体全体どうしたらあんなずた袋みたいな上着を着ようって気になるのかと考えていたのを憶えている。それから弟の方がやって来て僕の手を強く握り締めて言った。

「どう感謝申し上げればいいのか、ウースターさん」

「いや、何でもありませんよ」

「あなたは私の名誉を守ってくださいました。神よ、男であれ女であれ、名誉というものは魂を飾るものです」奴は僕の手を熱っぽく撫でつけながら言った。「私の財布を奪っても奪われるのは塵芥《ちりあくた》でしかない。私のものでもあり、彼のものでもあり、千の主人に仕えてきた奴隷なのだ。しかし私の名誉を汚す者は、自らも富むことなく、私を貧困にする［シェークスピア『オセロ』三幕三場のイアーゴの科白］。心底よりお礼を申し上げます。おやすみなさい、ウースターさん」

「おやすみ、友達」僕は言った。

ドアが閉まると僕はジーヴスに瞬《まばた》きして言った。「かわいそうだったなあ、ジーヴス」

「さようでございます、ご主人様」

「僕がちょうど金を持っていてよかったな」

「ええ……ああ、さようでございます、ご主人様」

「君はそう思っていないようだな」

「ご批判を申し上げるのは専横かと存じますが、あえて申し上げますと、ご主人様はいささか軽はずみでいらしたと拝察いたします」

「何だって、金を貸したことか？」

「さようでございます。こちらのようなファッショナブルなフランスの海浜歓楽地は不正直な人物が多数出没することで悪名高うございます」

これはあんまりだ。

「ジーヴス、僕は大概のことは我慢する男だが、君が聖職にある人物を何だ、とやかく、だ、言うとなると……」

「おそらくわたくしの思い過ごしかと存じます、ご主人様。しかしわたくしはこのようなリゾート地を数多く見て参りました。ご主人様にお仕えする少々前、わたくしがフレデリック・ラネラフ卿のもとでお勤めいたしておりました折、卿はソーピー・シドとか申します詐欺師に、見事にいっぱい食わされたことがおありでございます。奴はモンテ・カルロでわたくしどもの知遇をうまく得まして、その折には女性の共犯者が手助けをしておりました。その折のことは忘れ難く存じております」

「君の追憶なんかにかかずらわってるつもりはないんだ、ジーヴス」僕は冷たく言った。「しかし君は馬鹿を言いすぎじゃないか？　これの一体どこが怪しいって言うんだい？　彼らは真珠を置いて行ったろう？　口に出す前にちゃんと考えないといけないよ。君はこれを受付に持って行ってホテルの金庫に預けるよう頼んだほうがいいぞ」僕はケースを取り上げてそれを開けた。「ややっ、何てこった！」

このいまいましい箱は空っぽだった。

「何てこった！」茫然として僕は言った。「結局のところあれは汚い仕事だったなんて僕に言ってくれるなよ」

「おっしゃる通りでございます、ご主人様。わたくしが今申しましたフレデリック卿が騙《だま》された折と全く同じ手口でございます。女共犯者がフレデリック卿に熱烈に抱擁を加えている間に、ソーピー・シドが真珠入りのケースを空のケースとすり替えまして、宝石、お金とそれから預り証を持って立ち去りました。それから預り証を盾にとって彼《か》の者は卿に真珠の返還を要求し、卿は返還できませんから、かわりに高額の賠償金の支払いを余儀なくされました。単純ながら巧妙な策略でございました」

　僕は床の底が抜け落ちたような気がした。

「ソーピー・シド、シドだって？　シドニー、弟のシドニー！　何てこった！　ジーヴス、あいつはソーピー・シドだって思うのかい？」

「はい、ご主人様」

「しかし、とんでもない話じゃないか。奴のカラーは後ろボタン止めで……つまり、奴は主教様だって騙せるぞ！　本当に君は奴がソーピー・シドだって思うのかい？」

「はい、ご主人様。入室されてすぐ、気がつきました」

　僕はこの悪党を見つめた。

「気づいてたって？」

「はい、ご主人様」

「じゃあ、何てこった」僕は胸を衝《つ》かれる思いだった。「そう言ってくれたってよかったじゃないか」

「上着を着せる際にポケットからケースを抜き取っておきますれば、騒ぎや不愉快はなく済ませるかと存じましたもので。こちらでございます」

　彼は空《から》のケースの隣にもうひとつ、ケースを並べて置いた。なるほど、見分けがつかない。ケースを開けるとかのなつかしの真珠が入っていて、僕を見上げて陽気に明るく微笑んでいる。僕は弱々しく彼を見つめた。感極まって僕は言った。

「ジーヴス、君は全く天才だ！」

「はい、ご主人様」

安堵の念が全身に浸みわたった。ジーヴスのおかげで、これから何千ポンドも巻き上げられるのは免れられた。

「君は我が家を救ってくれたようなものだ。いくらシドが鉄面皮だからって、ここに戻ってきて真珠を取り返すなんて度胸はあるまい」

「さようでございます、ご主人様」

「だが、その真珠は模造品だとかそういうことじゃあるまいなあ」

「いえ、ご主人様。この真珠は真正品でたいそう高価なお品でございます」

「それじゃあ、僕の立場は安泰だな。悠々たるものだ。何百ポンドか渡してしまったが、立派な真珠は手もとにあるわけだからな。そうじゃないか?」

「そういうわけには参りません、ご主人様。真珠は持ち主の元に返還されねばなりません」

「何だと! シドにか? 僕の目の黒いうちはそんなことは絶対許さないぞ!」

「そうではございません、ご主人様。正当な所有者の元にでございます」

「だが誰が正当な所有者なんだい?」

「グレッグソン夫人でございます、ご主人様」

「何だって! どうしてそんなことがわかるんだ?」

「グレッグソン夫人の真珠が盗まれたと、一時間ほど前からホテルじゅうが大騒ぎをいたしております。あなた様がお帰りになられるすぐ前に、グレッグソン夫人のメイドと話をいたしましたところ、ホテルのマネージャーがグレッグソン夫人のスイートに呼ばれているところだと聞いております」

「で、油を絞られているわけだな」

「さようと拝察いたします」

事情がだんだん飲み込めてきた。

「僕が出かけていって伯母さんに返してやるわけだ。僕の株も上がるというものだな」

「さようでございます、ご主人様。わたくしに提案をお許しいただけますなら、その際には真珠を盗んだのは誰であるかという事実を強調なさるのがご賢明かと存じます」

「おお！　そうだった！　伯母さんが僕に結婚させようと押し付けていたあの娘が盗んだんだったな」

「その通りでございます」

僕は言った。「ジーヴス、これは僕の愛するこの親類にとって、世界史上最大の大事件になるぞ」

「あり得ることかと存じます」

「伯母さんをちょっとは黙らせられる。しばらく僕を馬鹿にさせないぞ」

「その効果はあるかと存じます、ご主人様」

「やったぞ！」僕はこう言い、躍り上がってドアに向かった。

アガサ伯母さんの棲息地にたどり着くずいぶん前から、狩猟の気配が察知できた。ホテルの制服を着た探索者たちやらたくさんの客室係たちやらが廊下をうろうろしていたし、ドアの向こうからは何人もの声が入り混じって聞こえてきた。一番甲高いのはアガサ伯母の声だった。僕はドアをノックしたが誰も気づいた様子はないので入ることにした。室内に数々いた人々の中で、僕に見覚えがあるのはヒステリー状態の客室係、髪の毛を逆立たせたアガサ伯母、それから山賊みたいなほおひげをたくわえたホテル・マネージャーである。

「やあ、こんにちは。こ、ん、に、ち、は」僕は言った。

アガサ伯母は僕をにらみつけた。バートラム氏を笑顔で歓迎する様子はない。

「今は邪魔をしないでおくれ、バーティー」きつい声で彼女は言った。僕が来たのが不幸にとどめを刺したとでもいった様子だ。

「どうかしたの?」

「そう、そう、そうだよ! 真珠がなくなったんだよ」

「真珠? 真珠だって? 真珠ねえ」僕は言った。「そりゃあ困ったね。最後に見たのはどこで?」

「最後にどこで見たかなんてどうでもいいんだよ。盗まれたんだよ」

それまでラウンドの合間の休憩を取っていたらしいほおひげの王者ウィルフレッドが、再びリング上に進み出ると早口のフランス語でなにやらまくし立てた。感情をひどく害している様子だ。客室係は部屋の隅でむせび泣いている。

「確かに全部どこも探したんですね」

「もちろんどこも全部探したさ」

「でも、ほら、僕なんかよくカラーをなくすんですが……」

「バーティー、お前と話してると気が狂いそうだよ。お前の馬鹿に付き合ってる暇はないんだよ。お黙り! 黙りなさい!」特務曹長やサンズ・オブ・ディーで放牧中の家畜を呼び戻す人たちが使うような声で伯母は叫んだ。その人間性の強烈な磁力のゆえに、ウィルフレッドは壁に衝突したかのように沈黙した。客室係は依然激しく泣き続けている。

「さて」僕は言った。「こちらの娘さんが何かお困りのご様子ですが。泣いていらっしゃるんじゃありませんか？　伯母さんはお気づきでないかもしれませんが、僕はこういうことには目ざといんですよ」

「この娘が真珠を盗んだんだ。そうに決まってるよ」

この言葉でまたほおひげ専門家は活動を開始した。数分のうちにアガサ伯母は氷の貴婦人となり、いつもはレストランのウエイターを叱り飛ばすのに使っている取っておきの声で山賊の最後の一人を刺し貫いた。

「あなた、私はもう何百回も言ってますけれどねえ……」

僕は言った。「口を挟むようで悪いんだけど、もしかしてこれがお探しの真珠じゃないですか」

僕はポケットから真珠を出して掲げて見せた。

「なにこれ、真珠のようだけど、まあ！」

こんなに美味なるひと時がかつてあったろうか。これは僕が自分の孫に繰り返し話して聞かせてやる出来事になる――それも僕に孫ができればの話だが。今のところその確率は百対一くらいがせいぜいだ。アガサ伯母は僕の前でたちまちしぼんでいった。それは前に友達が風船の空気を抜いていた様子を思い出させた。

「ど、ど、どこで」彼女はうめいた。

「伯母さんのお友達のヘミングウエイ嬢から預かったんですよ」

まだわからないようだ。

「ヘミングウエイ嬢からだって。ヘミングウエイ嬢？　でも一体どうしてこれを彼女が持っているんだい？」

「どうしてですって」僕は言った。「なぜって彼女はうまいことこいつを盗んだんですよ。盗《と》ったんです。かっぱらったんですよ。それがなんと彼女の仕事なんです！　疑いを知らないホテルの滞在客に取り入っては宝石を盗むことがです。僕は彼女の名前を知りませんが、カラーのボタンを後ろで留めてる弟のほうは、犯罪者仲間の間ではソーピー・シドという名で知られています」

伯母は目をぱちぱちさせた。

「ヘミングウエイ嬢が泥棒だって！　私は、私はね……」彼女は言葉を止め、弱々しく僕を見た。「だけどどうやってお前は真珠を取り返してくれたんだい、ねえバーティー」

「気にしないで下さい」僕はきっぱりと言った。「僕には僕のやり方があります」僕は持てる限りの男らしい勇気をかき集め、短い祈りの文句を口の中で唱えると相手の胸郭に突き立てるような具合にこう言った。

「アガサ伯母さん。言わせてもらいます」僕は厳しく言った。「伯母さんは悪魔のように不注意だったと思いますよ。ホテル中のどの部屋にも、宝飾品貴重品はマネージャーのオフィスの金庫に預けるようにと注意書きが印刷されて置かれています。貴女はそれらを完全に無視しました。その結果がどうです。最初にやってきた泥棒は貴女の部屋に簡単に入って真珠を盗んだじゃないですか。それでご自分の落ち度を認める代わりに、貴女は哀れな人物に噛み付き始めた。貴女はこの哀れな人物に対してとても、とっても不正なことをしたんです」

「そう、そうです」その哀れな人物はうなり声を上げた。

「それとこちらの不幸な娘さん。彼女はどうなんです？　どうするおつもりですか？　貴女は全く何の証拠もないにもかかわらずこの娘さんを犯人呼ばわりしてきたんですよ。彼女は訴訟を提起して、被害の補償を要求すべきだと思います」

「ウイ、ウイ、セ、トロ、フォール（そう、そう、ひどすぎます）」山賊の頭領は叫び声を上げ、僕の肩を持った。客室係の娘は、太陽が雲の合間から顔を出したかどうか、様子を見るかのように顔を上げた。

「あの子には弁償するよ」アガサ伯母は弱々しく言った。

「今すぐ、大急ぎでそうすることを強くお勧めします。彼女の主張の正当性は鉄壁、負けようのないケースです。僕が彼女なら二〇ポンド以下なら一ペニーだって受け取りませんよ。しかし何と言っても一番不愉快なのは、貴女がこちらにいる方を不当にも口汚くののしった上、こちらのホテルに汚名を着せようとした点です」

「その通り、全くひどい！　あんまり過ぎますよ！」ひげの男が叫んだ、驚くべき人物だ。「あんたは不注意なばあさんだ！　あんたはうちのホテルの評判を落としたよ、そうでしょう？　明日にはホテルを引き払ってもらいますよ、絶対ね！」

この後にも同じような気の利いた文句がずいぶん続いた。言うだけのことを言って彼は引き下がり、客室係もいっしょに帰って行った。後者の方はパリッとした一〇ポンド札を、悪党めいた手つきでぎゅっと握っていた。二人は部屋の外でそれを山分けにしたものと僕はにらんでいる。フランス人のホテル・マネージャーたるもの、現金が自分の目の前を飛び去るのをただ眺めているわけがない。

僕はアガサ伯母さんのほうに向き直った。いまや線路でひなぎくを摘んでいたら下りの急行がやって来て背中に衝突された人みたいな様子だ。

僕は冷たく言った。「お気持ちを逆なでするつもりはないんですが、アガサ伯母さん、帰る前にこれだけははっきり言わせてもらいます。貴女の真珠を盗った娘は、僕がここに着いて以来ずっと貴女が僕に結婚させようと押し付けていた娘さんなんですよ。まったく笑止ですよ。もしことが進んでいたら、膝であやしてる間に僕の時計を盗み取っちまうような子供が生まれてたはずだってことがわかってるんですか？　僕はいつまでも文句を言うような男じゃないつもりですが、伯母さんは僕の結婚相手を選ぶのにもっと気をつけるべきだと思うから、言わせてもらいますよ」

僕は彼女をひとにらみすると、踵《きびす》を返して部屋を出た。

「午後十時。天気晴朗。異常なしだな、ジーヴス」すっかりなじんだ僕のスイートに戻って僕は言った。

「そう伺って深甚《しんじん》に存じます、ご主人様」

「二〇ポンドほどだが、何かに使ってくれ、ジーヴス」

「感謝申し上げます、ご主人様」

しばしの間があった。しかる後に僕は……つらい別れだったが、僕はやり遂げた。僕はカマーバンドを外すと、ジーヴスにそれを手渡したのだ。

「アイロン掛けをご所望でいらっしゃいますか、ご主人様」

僕はカマーバンドに名残を惜しみつつ、最後のまなざしを送った。こいつは僕にとってほんとに愛《いと》しい奴だった。

「いやちがう」僕は言った。「心正しき貧民にやってくれ。僕はもう二度とこれを着けないつもりだ」

「大変有難うございます、ご主人様」ジーヴスが言った。

5. ウースター一族の誇り傷つく

僕が好きなものをひとつ挙げろと言われたら、静かな暮らしだと答えよう。僕はいつも何かが起こっているのでないと落ち着かないし、気が滅入るといったタイプの男ではない。僕にとって何か静か過ぎるということはない。普通の食事と気の利いた音楽付きのショー、それといっしょに出歩く友達を一人か二人、ときどき与えてくれれば、それ以上僕は何も望まない。

だからこそ、あの突然の打撃が、僕にとってあれほど猛烈な一撃だったのである。つまり、僕はローヴィルから、今後僕を困らせることは何にも起こりようがないなどと思いながら帰ってきたところだった。アガサ伯母さんがヘミングウエイ嬢の一件から立ち直るには少なくとも一年はかかると僕は考えていた。アガサ伯母さんを別にしても、僕を悩ます人物は当面誰もいない。空は青く、視界に雲はないように思われた。

僕は考えてもみなかった、つまり……いや、何が起きたかはこれから話そう。これで動転しない人物がいるかどうか尋《き》きたいものだ。

一年に一度ジーヴスは何週間かの休暇をとり、海かどこかに出かけて身体組織の活力を回復させるのを常としている。彼がいない間、無論僕は大弱りだが、これは決まりだから我慢している。彼のほうでもいつも留守中僕の面倒を見てくれるよくできた男を見つけてきてくれている。

それでその時が今年もやって来た。ジーヴスは代わりに来た男に台所で仕事の内容を説明していた。僕はたまたま切手か何かが必要になって、彼に聞こうと廊下をのこのこやって行ったところだった。あの馬鹿男は台所のドアを開け放ったままにしていた。僕が二歩足を進めるかどうかの間に、彼の声が僕の鼓膜を直撃した。

彼は代わりの男にこう言っていた。「あなたはウースター氏をきわめて心根のよい、気立てのよい若い紳士だが、知的ではないと感じるでしょう。とにかくまったく知的ではない。精神的にはあの方は取るに足らない、まったく取るに足らないお方ですから」

いや、何と言うことだ、まったく！

厳密に言えば、僕はあの場でジーヴスの言動を咎《とが》め、きっぱりとあの悪党を叱りつけるべきだったのだ。だが僕にはジーヴスを叱りつけることなど人間として果たして可能かどうか疑問だ。僕個人としては金輪際《こんりんざい》そんなことはしたことがない。僕はただ帽子はどこかを尋ね、平静を装いつつその場を立ち去った。しかし、思い出すだにくやしい。おわかりいただけるだろうか。我々ウースター一族は、そうやすやすとは忘れないのだ。少なくとも、約束とか、誰かの誕生日とか、投函しなきゃいけない手紙について忘れることはあっても、上述のような絶対的にとてつもない侮辱は決して忘れない。僕は何とかしてやろうと悪童のように計をめぐらせ、考え込んだ。

バックスのオイスター・バーに何か手っとり早く飲めるものをと思って立ち寄ったときにも、僕はまだ考えていた。そのとき僕は特別に気付けの飲み物を必要としていた。なぜなら僕はアガサ伯母さんのところに昼食に呼ばれていく途中だったのだ。ローヴィルであんなことがあった後だし、伯母さんもかなりしおらしく御《ぎょ》しやすくはなっているだろうが、それでもなお、きわめて恐るべき拷問ではある。一杯目をひとのみで飲み干し、続けて二杯目はややゆっくりと、僕はこの状況下で可能な限り最大限の陽気な気分に浸りつつあった。そのとき、北西の方角から間の抜けた声が僕の耳を捉え、僕が身をひるがえすと部屋の隅にビンゴ・リトルがパンとチーズに囲まれて座っているのが目に入った。

「ハロー、アーロー、アロー」僕は言った。「ずいぶん長いこと見なかったな、この辺にいなかったろう?」

「そうなんだ。田舎で暮らしてたんだ」

「何だって?」僕は聞き返した。ビンゴの田舎嫌いは有名なのだ。

「どの辺にいたんだって?」

「ハンプシャーさ。ディタレッジって所なんだ」

「本当かい。僕の知人でそこに家がある奴がいるんだが。グロソップっていうんだ。会わなかったかい?」

「なんだって。俺がいるのはその家だよ」ビンゴは言った。「グロソップ家の子供の家庭教師をしているんだ」

「何でまた」僕は言った。ビンゴが家庭教師だなんて僕には理解できない。そりゃあ、奴はオックスフォードで何かの学位をとっているし、それがあれば人を騙《だま》かしてしばらく過ごすことはできるだろうが。

「何でまたって、金のために決まってるだろう。ヘイドック・パークの第二レースでどうしようもないうすのろ馬がいいとこなしで馬群に沈んだんだ。それで俺のひと月の小遣いはパーだ。伯父貴に頼む勇気はないから、斡旋所に頼んで職を得たってわけさ。三週間働いたぞ」

「僕はグロソップの子供に会ったことはないが」

「会うな」ビンゴが短く助言した。

「あの一家で僕が知ってるのは女の子だけなんだが」僕がこう言い終わるかどうかの間に、ビンゴの表情にきわめて著しい変化が生じた。奴の目はとび出し、頬は紅潮し、咽喉ぼとけは射撃場の噴水のてっぺんにあるゴムボールみたいに跳び上がった。

「ああ、バーティー」絞め殺されそうな声で奴は言った。

僕は心配してこの哀れな男を見た。奴がいつだって誰かに恋をせずにいられないことはわかっているが、いくら奴でもオノリア・グロソップに恋するなんて考えられないことだ。僕にとってあの娘は毒薬のつぼみみたいなものだ。きわめて大柄、頭のいい、精力的でダイナミックな、近頃の娘にありがちなタイプだ。彼女はケンブリッジのガートン・コレッジに行って、そこで恐ろしいほど脳みそを肥大させただけでなく、ありとあらゆるスポーツをこなしてミドル級のレスラー並みの身体を鍛え上げたのだ。大学代表のボクシング選手になったかどうかは定かではないが、彼女の姿には、地下室に潜って警報解除のラッパが鳴るまで床に伏せていたいと僕に思わせる力がある。

しかし、ビンゴは明らかに彼女にぞっこんらしい。間違いない。奴の目には恋の灯が点っている。

「俺は彼女を崇拝しているんだ、バーティー。彼女が歩いたその地面にひれ伏したいよ」

病人は大きな、よく通る声で言った。フレッド・トンプソンと奴の仲間が二、三人が入ってきたし、バーテンダーのマクガーリーも耳を拡げて話を聞いている。しかしビンゴにひるんだ様子はない。奴を見ているといつも僕は、ステージの中心に位置取り、若者たちに円く囲まれ、声を張り上げて自分の恋について語るミュージカル・コメディーの主役を思わずにはいられない。

「彼女には伝えたのか?」

「いや、勇気がなくてさ。だがほとんど毎夜、二人で庭を散歩したし、彼女が僕を見る目つきが何かを語ろうとしてる時もあった」

「あの目つきなら知ってるぞ。特務曹長みたいなあれだろ」

「まったくちがう。優しき女神だ」

「ちょっと待て、お前」僕は言った。「僕らが話してるのは同じ女の子についてだろうな。僕が言ってるのはオノリアのことだぞ。もしかして彼女には僕の知らない妹か誰かいるのか?」

「彼女の名前はオノリアだ」うやうやしげにビンゴは言った。

「それで彼女はお前には優しき女神だって言うのか?」

「その通りだ」

「神のご加護を!」僕は言った。

「雲なき夜の星空の美のごとく彼《か》の女は歩み来る。闇と光のうち最も優れたるものは彼の女の姿に、そしてそのまなざしに宿るのだ［バイロンの詩「彼の女は歩み来る」より］。パンとチーズ、お代わりを頼む」奴はバーテンダーに言った。

「何だか体力をつけてるようだな」僕は言った。

「これが昼食なんだ。ウォータールー駅で一時十五分にオズワルドに会って、帰りの汽車に乗らなきゃいかん。奴を歯医者に連れてきたんだ」

「オズワルドって、その子供かい?」

「そうだ。かなりの疫病神だ」

「疫病神だって、それで思い出した。僕はアガサ伯母さんと昼食をとるんだった。今すぐ行かないと遅刻しちまう」

真珠の一件以来アガサ伯母に会うのはこれが初めてだった。彼女といっしょに過ごして何かしら大きな喜びが得られるとは期待していないが、彼女が決して触れないであろう話題がひとつあるだろうと僕は確信している。つまり僕の結婚話だ。つまり、アガサ伯母さんがローヴィルでしでかしたような失敗をした女性であれば、一、二カ月は羞恥《しゅうち》の念のあまりその話題を避けるのが普通だろう。

ところが女性というものはいつも僕を打ちのめす。無論、精神的にという意味だ。信じられないだろうが彼女はいきなり僕に女の子の話をぶつけてきた。正直本当の話、女の子のことをだ。天気の話をするかしないかのうちに、恥ずかしげもなく彼女はその話を持ち出してきたのだった。

「バーティー」伯母さんは言った。「またお前のことと、お前にとって結婚がどれだけ必要かってことを考えてたんだよ。ローヴィルであったあの恐ろしい、嘘つきの娘については私の意見はまったくひどく間違ってたって認めなくちゃいけない。だけど今度の話は間違いないんだよ。まったく素敵な幸運なんだけど、お前の奥さんにぴったりの娘さんがいるんだよ。最近会ったばかりなんだけど、今度は間違いようのない一族でね。彼女も大変な金持ちだし。まあ、そんなことはお前にはどうだっていいことだろうけど。とにかく素晴らしいのは彼女が強くて、自立心があって分別があるってことで、お前の性格の欠点や弱点をちょうど埋め合わせてくれるってところだよ。彼女はお前に会ったことがあるし、もちろんお前の欠点もたくさん知っているんだけど、だけどね、お前のことは嫌じゃないって言うんだよ。なぜこんなことを知ってるかって言うと、もちろん内緒でそっと聞いてみたからなんだけどね。とにかくお前がまずあの娘に働きかけさえすればいいんだよ」

「で、誰のことなんです」もっと早くそう言っているべきだったが、ショックの余り僕はロールパンのかけらを間違ったほうに飲み込んでしまい、顔を紫色にして気道に空気を送り込もうと必死になっていた状態からやっと回復したところだったのだ。

「誰なんです」

「サー・ロデリック・グロソップの娘のオノリアだよ」

「だめ、だめです！」僕は日焼けした褐色の皮膚の下で青ざめながら叫んだ。

「馬鹿をお言いでないよ、バーティー。あの娘はお前の奥さんにぴったりなんだから」

「いや、でも聞いてください」

「あの娘はお前の人格を陶冶《とうや》してくれるよ」

「でも僕は陶冶してもらいたくなんかないんです」

子供の頃ジャム戸棚の中で見つかったとき僕をにらむのに使ったのと同じ目つきで、アガサ伯母さんは僕を見た。

「バーティー、手間を掛けさせないでもらいたいもんだね」

「でも、僕は……」

「レディー・グロソップはご親切にもお前を二、三日ディタレッジ・ホールにご招待して下さったんだよ。お前は喜んで明日伺うともう言ってしまってあるんだからね」

「すみませんが明日は大事な約束があるんです」

「どんな約束だい？」

「いや、あの……」

「約束なんかないんだろ。あったとしたって、後回しにおし。バーティー、お前が明日ディタレッジ・ホールに行ってなかったら、私は本当に、本当に怒りますからね」

「わ、わかりましたよ」僕は言った。

　アガサ伯母さんと別れて二分もしないうちに、ウースター一族のファイティング・スピリットが湧き上がってきた。僕の前途を翳《かげ》らせる危険は恐ろしく大きいが、僕は気分が一種高揚するのを感じていた。確かにこれは窮地だが、窮地であればあるほど、ジーヴスの助けなしにこの窮地を乗り切れば、奴をぎゃふんと言わせてやれるというものだ。いつもは無論、ジーヴスに相談して難局の解決を彼に委ねるのだが、台所で奴の話してるのを聞いてしまったからにはそんな振舞いは馬鹿げている。

　帰宅すると僕はややくだけた調子で奴に話しかけた。

「ジーヴス、僕はちょっと困ったことになった」

「それは残念なことでございます、ご主人様」

「そうなんだ。実に困ったことなんだ。断崖絶壁のふちに立ち、恐るべき呪《のろ》いに取りつかれていると言えるな」

「もしわたくしでお役に立てるようでしたらば、ご主人様」

「いや、いいんだ。構わない。有難いが遠慮するよ。君を煩わすわけにはいかない。僕だけの力で何とかできると思うんだ」

「それは結構でございます、ご主人様」

これだけだ。もう少し好奇心のあるところを見せてくれてもよかったと思うのだが、ジーヴスの反応はこれだけだった。己が情念を覆い隠している、というわけだ。と言っておわかり頂ければだが。


僕が翌日の昼過ぎにディタレッジに着いたとき、オノリアは外出中だった。彼女の母親によると、彼女は近所のブレイスウエイトとかいう家に泊まっており、明日その家の娘を連れて戻ってくるということだった。彼女は庭に出ればオズワルドがいると言い、母の愛に満ちた彼女の口ぶりは、だからこそ庭に行くのはお勧めだと言いたげだった。

ディタレッジの庭園はなかなか立派なものだった。一対のテラス。真ん中にヒマラヤ杉の生えた芝生が少々、低木の植え込みが少々。それから仕上げには小さいが立派な湖があって石橋が渡されている。僕は植え込みを抜けて直進した。橋の上にビンゴが仰向けに寝転んで煙草を吸っているのが見えたのだ。石橋に座って魚を釣っている子供が、すると疫病神のオズワルドだろう。


ビンゴは僕を見て驚き、また喜んでくれ、それから僕をその子供に紹介した。後者がもし驚き、喜んだのだとしても、彼は外交官のようにそれを隠しきった。彼は僕を見ると眉をわずかに揚げ、釣りを続けた。こいつは、自分は不釣り合いな学校に来てしまったとか、僕の着ている服は似合わない、とかいった不安を人に抱かせるような、人を小馬鹿にした少年である。

「こちらがオズワルド君だ」ビンゴが言った。

「何とまあ」僕は礼儀正しく言った。「かわいい坊やだね。ご機嫌はいかがだい?」

「ああ、まあまあだ」子供は言った。

「いい所だね、ここは」

「ああ、まあね」子供は言った。

「魚釣り、楽しいかい?」

「ああ、まあね」子供は言った。

ビンゴが僕と話をしようとその場を離れた。

「あのオズワルドってガキにあの調子でしゃべられたんじゃ、頭が痛いんじゃないか?」僕は尋ねた。

ビンゴはため息をついた。

「大変な仕事なんだ」

「何が大変な仕事なんだい?」

「愛するということがさ」

「奴を愛するだって?」僕はびっくりして聞いた。そんなことができるとはとても思えない。

「愛そうとしてるんだ」ビンゴは言った。「彼女のためさ。明日は彼女が帰ってくる、バーティー」

「そう聞いてる」

「彼女が戻ってくる。わが愛、わが人……」

「わかった」僕は言った。「で、オズワルドの話に戻るけど、お前は奴と一日中いっしょにいないといけないのか? どうやって我慢してるんだい」

「まあ、奴は大して手はかからないよ。勉強する時間以外はああして橋に座って魚を釣ってる」

「水に突き落としてやったらどうだ?」

「突き落とすだって?」

「絶対にそうすべきだ」僕は少年の背中を嫌悪の念を込めて見ながら言った。「奴の目も少しは覚めるだろう。そしたら物事も少しはわかるんじゃないか」

ビンゴは切なげに首を振った。

「お前の提案はもっともだが、そりゃあできない相談だ。そんなことをしたら彼女は絶対に許してくれない。彼女はあのガキにぞっこんなんだ」

「なんてこった」僕は叫んだ。「わかったぞ!」霊感を感じる瞬間がどういうものかご存じかどうか、今つけてるカラーからウォーキージーの靴の底まで脊椎《せきつい》を伝ってびりびりと霊感が走るこの感覚である。ジーヴスならいつだってこんなふうに感じているんだろうが、僕にはなかなか訪れない。だが今や大自然が僕に向かってこう叫んでいる。「わかったな」、と。僕はビンゴの腕を馬が嚙みついたくらいに強くつかんだ。奴の繊細に整った顔立ちが苦痛でゆがみ、一体お前は何をしてるつもりなのかと僕に聞いてきた。

「ビンゴ、ジーヴスだったらどうすると思う?」

「ジーヴスだったらって一体どういう意味だ?」

「お前のケースにジーヴスだったらどんな助言をくれるだろうってことさ。お前はオノリア・グロソップと付き合いたいんだろう。僕の考えはこうだ。ジーヴスならお前を向こうの植え込みの後ろに潜ませておく。それで僕に橋の上になんとかオノリアをおびき寄せさせる。それから適当な頃合を見て、僕にあのガキの背中に少々きつめのジャブを見舞って水に落とすように言う。そしたらお前が飛び込んであいつを救出するってわけだ。これでどうだい?」

「お前が一人で考えついたわけじゃないだろう、バーティー?」ビンゴは声をひそめて言った。

「いや、僕が考えたんだ。いいアイディアはジーヴスの専売特許ってわけじゃないぞ」

「だけどこいつは絶対最高だよ」

「まあ、ちょっとした提案だ」

「だが、俺にもわかる問題点は、それじゃあお前にあんまりだってことだよ。あのガキが回復して、突き落としたのはお前だって言ったら、お前は彼女にひどく嫌われるぞ」

「そのくらい構わないさ」

この男は深く感動したようだった。

「バーティー、なんて気高い心だ」

「いや、いや」

奴は僕の手を静かに握り、それから風呂の湯の最後の一滴が排水溝に流れ込むときみたいな音をたてて笑い出した。

「今度はどうした?」僕が聞いた。

「考えたんだが、オズワルドの奴どんなにずぶ濡れになることだろうなあ。何て素敵な日だろう」

6・英雄の報酬

　こう感じたことがおありかどうか、世界の何物も絶対的に完璧であったためしがないというのは不思議である。このただただ素敵な大活劇の欠点は、ジーヴスがこの場にいて僕の活躍を見ていないという事実だ。しかし、その点を除けば非の打ち所がない。この計画の素晴らしい点は、どう転んでも失敗しようがないところである。ある人物AをB地点で、人物CがD地点にいるのとまったく同じ瞬間に動かすということが、普通はどうなるものかおわかりかと思う。失敗の可能性は払拭《ふっしょく》できないものだ。大きな作戦を計画している将軍の例をとってみよう。将軍が、別の連隊が谷あいの橋頭堡《きょうとうほ》か何かを制圧しているまさにその時に、てっぺんに風車がある丘を制圧せよと一個連隊に命令する。ところがすべては混乱して失敗してしまう。その晩彼らがキャンプでその日のことをあれこれしゃべっていると、後者の連隊の大佐がこう言う。「いや、申しわけない。風車のある丘とおっしゃいましたか。こちらは羊の群れのいる丘と言われたと思いまして」とまあ、そういうものだ。しかし、今回の場合、こんなことは起こりようがない。なぜならオズワルドとビンゴは二人いっしょに目的地にいるわけだから、僕としては適当な頃合にオノリアを現場にやればいいのだ。で、その手はずは完了した。僕は彼女に、特別に話したいことがあるので庭を散歩しないかと声をかけたのである。

彼女は昼食後間もなくブレスウエイト家の娘といっしょに車で到着していた。僕は後者の娘に紹介された。背が高く青い目をした金髪の娘である。僕は彼女が気に入った――オノリアとはまったく正反対なのだ――もし時間が空いたら、ちょっと彼女と話をしてもいいなと思わされた。しかし、仕事は仕事である。ビンゴには三時かっきりに植え込みのうしろに隠れているよう話をつけてあった。だから僕はオノリアを伴って庭を抜けて湖の方向に歩いていった。

「ウースターさん、ずいぶん静かでらっしゃるわね」彼女は言った。

と言われて僕は軽く飛び上がった。僕はそのときかなり緊張していたのだ。湖の見えるところまで来たので、すべては順調かどうか僕は熱心に庭に目を配った。準備は完了したようである。オズワルドのガキは橋の上に背を丸めて座っている。ビンゴの姿は見えないので、既に位置についたものと看て取った。僕の時計は三時二分過ぎを指している。

「あ、ああ。そうかな、ちょっと考えごとをしてたんだ」僕は言った。

「何か重要な話がおありって言ってらっしゃったわね」

「そうなんだ」僕はビンゴのために道を均《なら》してやることで、事を始めることにした。つまり、奴の名前は伏せたままにして、だ。僕としては自分を傍でずっと愛してきた男がいるという驚くべき事実に対して、この娘の気持ちの準備をさせておいてやりたかった。「こういうことなんだ。変な話と思うかもしれないけど、君のことをものすごく愛している男がいるんだ。僕の友人なんだけどね」

「あら、あなたのお友達なの？」

「そうなんだ」

彼女は一種の笑い声を上げた。

「じゃあ、どうしてその人私にそう言わないのかしら」

「いや、そういう男なんだよ。気の小さい、内気な男なんだ。勇気がないんだよ。君のことを崇拝してるのさ。君を一種の女神だと思ってる。君の歩いた地面にひれ伏すんだが、面と向かってそう言う度胸はないんだな」

「面白いお話ね」

「そうかな。奴は悪い男じゃない、まあ彼なりにだがね。たぶん馬鹿なほうだが、気はいいんだ。大体そんなところだ。心に留めておいてくれよ。いいかな?」

「あなたって何ておかしな人!」

彼女は首を後ろにのけぞらせると、豪快に笑った。彼女の笑いには人の胸に突き通るようなところがある。汽車がトンネルに入る時のような具合にだ。その声は僕にも音楽的には聞こえなかったが、オズワルドのガキにとっては少なからず気に障ったようだ。奴は嫌悪の念をたっぷり込めて我々を見た。

「その大騒ぎはやめてくれないかな」奴は言った。「魚がびっくりして逃げちゃうんだよ」

これでやや呪《のろ》いは解かれた。オノリアは話題を変えた。

「オズワルドはあんなふうに橋の上に座らないでほしいわ」彼女は言った。「危険だわよ。落っこちてしまうわ」

「僕が行って話してくるよ」僕は言った。

あのガキと僕との距離はほぼ五メートルほどだったと思う。しかしそのときの僕の印象では百メートルはある感じだった。そして、この二者間の距離を進み始めたとき、前にまさにこういうことをしたことがある、というおかしな感覚が僕の身を捕らえた。それで思い出した。何年か前になるか、田舎のハウス・パーティーでだが、何かのチャリティーで素人芝居の執事役を演じたことがある。その時僕は下手から登場して誰もいないステージを横切り、上手でテーブルの上に盆を置いて舞台の幕開けをするという役目を果たさねばならなかった。リハーサルの際、皆は僕にこのコースを競歩レースで優勝する選手みたいな速いヒールアンドトーで歩いてはいけないと印象づけた。その結果僕はずっとブレーキを掛けて歩き、あのいまいましいテーブルに一生たどり着かないのではないかと思ったくらいである。ステージは僕の前で人跡未踏の砂漠のように縦に膨張した。そして大自然が個人的に僕に注意を集中するために動きを止めたというような、息もつかせぬ沈黙があたりを支配した。で、今僕はその時と同じように感じている。咽喉は渇いて息が詰まったし、僕が歩けば歩くほど、子供の姿は遠ざかるように思われた。そして突然、僕は奴の背中のすぐ後ろに立っていた。どうやってそこに着いたものかはわからない。

「ハーローー」弱々しい笑いを浮かべて僕は言った。しかし笑ってやったのは無駄だった。奴はわざわざ振り向いて僕を見たりなどしなかったのだ。奴は左耳を不機嫌そうに動かしただけだった。そいつの人生にとって僕がまったく無意味だと、これほど感じさせられる人物に今まで会ったことがあったかどうか疑問である。

「ハロー、魚釣りかい?」僕は聞いた。

僕は兄貴らしい様子で奴の肩に手を置いた。

「ここ、気をつけて」足もとをぐらぐらさせながら奴は言った。

こういうことはすぐに済ませるか全然やらないかのどっちかだ。僕は目をつぶり、押した。何かが起こった。急を告げる声、かん高い叫び声、やがて悲鳴がし、それから水音がした。そして長い一日が過ぎようとしていた。

僕は目を開けた。奴は水面に浮かんできたところだ。

「助けてくれ!」ビンゴが飛び出してくるはずの植え込みを見ながら僕は叫んだ。

何も起こらない。ビンゴが姿を見せる気配はまるでない。

「助けてくれ!」僕はもう一度叫んだ。

こういうときに僕の舞台の経験談などをして皆さんを退屈させたくはないが、僕が執事役をやったときの話をここでもう一度せずにはいられない。台本では僕がテーブルに盆を置くとヒロインが現れて僕と二、三言交わし、僕は退場することになっていた。ところが、その晩この女性は間違えてスタンバイせず、探索隊が彼女を探しあててステージに送り出すまで一分以上は確実に経過した。その間ずっと僕はそこに立って、待ち続けたのだ。嫌なものだ。今回もあれと同じだ。しかもずっと悪い。時が動きを止めると作家連中は書くが、それがどんなものか僕にはわかったように思う。

このままではオズワルドはおそらく夭逝して果てるところだが、何か次の手段を取らねばという思いが僕に湧いてきた。これまで見たところこの少年は特にかわいいというわけではないが、だからといってこのまま死なせるのは少々やり過ぎだ。橋から見下ろした湖くらい汚らしくて不快なものが他にあるかどうか知らないが、ことをなさねばならないのは明白である。僕は上着を脱ぎ捨てて飛び込んだ。

ただ水浴びするより服を着て入ったときの方が水というものは濡れて感じると言ったらおかしいだろうが、僕の言うとおりだから信じてもらいたい。僕が水中にいたのは三秒くらいのものだろうが、顔を出した時には新聞で読むような「明らかに水中に数日間はあったものと思われる」水死体のような気がしていた。冷たく濡れて膨満した気分だった。

この時点でシナリオは別の障害にぶつかった。水面に出たらすぐ子供を抱えて水辺まで勇敢に進路を取ればいいと僕は思っていた。しかし奴は進路を定められるべく待っていてはくれなかった。僕が自分の顔にかかった水を拭いてやっと周りを見渡せるようになったとき、既に奴は十メートル向こうにいた。オーストラリアン・クロールと思われる泳ぎで力強く泳いでいる。その光景はぼくの心を真っ白にした。つまり、こう言っておわかりいただけるか、この救助作戦の要諦は第二の当事者が静止して一箇所に留まっている点にある。もし彼が自力で水泳を開始し、百メートル泳げば少なくとも四十メートルは水をあけられるというのであれば、一体どうしたらいいのだ。すべては崩壊である。岸に上がる他はないように思われたので、そうすることにした。しかし僕が上陸するまでの間に、子供のほうは家に向かって半分以上歩いていた。どのアングルから見ても、すべては大失敗だ。

スコットランド行きの急行列車が橋の下を通過するような音がして、僕の思考は中断された。オノリア・グロソップが大笑している。彼女は僕の肘の脇に立ち、おかしな目で僕を見ている。

「ああ、バーティー、あなたって何ておかしいのかしら」彼女は言った。その瞬間すでに、僕は彼女の言葉のうちに不吉なものを感じ取っていた。彼女は僕を「ウースターさん」以外の呼び名で呼んだことはなかったはずだ。「ほんとにずぶ濡れね」

「ああ、ずぶ濡れだよ」

「家に急いで入って着替えてらしたほうがいいわ」

「ああ」

僕は服から何リットルもの水をしぼり出した。

「あなたって本当におかしいわ」彼女はまた言った。「最初にあんな変に遠まわしな言い方でプロポーズしたかと思うと、かわいそうなオズワルド坊やを湖に突き落としたりして、あの子を助けて私の気を惹こうとしたんでしょう」

この恐るべき解釈を修正すべく、僕はやっとのことで咽喉から水を吐き出して言った。

「ちがう、ちがうよ」

「あの子はあなたが押したって言ったし、私もあなたが押すのを見たわ。あら私怒ってなんかいないのよ、バーティー。あなたってほんとにかわいいわ。でももう私、あなたのプロポーズをお受けしなくちゃいけないわね。あなたには面倒を見てくれる人が本当に必要なの。あなたってあんまりたくさん映画を見すぎたんだわ。次は私を救い出すために家に火をつけかねないんだから」彼女は自分の所有物を見るような目で僕を見た。彼女は言った。「私ならあなたを何とかしてあげられると思うの、バーティー。確かに今までのあなたの人生は無為に費やされてきたけど、あなたはまだ若いんだし、いいところもたくさんあるんだから」

「いや、いいところなんて全くない」

「あら、あるわよ。ただそれをもっと引き出していかなきゃね。さあ、すぐに家に入って濡れた服を着替えなさい。じゃないと風邪をひくわよ」

おわかりいただけるかどうか、彼女の声には母親のような調子があり、そのことが彼女の実際の言葉にも増してこう語っていた。異存はありませんね、と。

着替えて階下に降りていく途中で、やたら陽気な様子のビンゴに会った。

「バーティー！」奴は言った。「会いたかったんだよ、バーティー。素晴らしいことが起きたんだ」

「悪党！」僕は叫んだ。「一体どうしてたんだ、わかってるのか――」

「ああ、あの植え込みに隠れるって話か。話してる時間がなかったんだ。全部取りやめだ」

「取りやめ？」

「バーティー、俺が植え込みに隠れようとしたまさにその時だよ。もの凄いことが起こったんだ。芝生を横切る途中で俺は、輝くばかりの、世界一美しい女性に出会ったんだ。あんな女性はいないよ、どこにもさ。バーティー、一目ぼれを信じるかい？　お前は一目ぼれを信じるだろう、絶対に。なあ、バーティー、我が友よ。見た瞬間に、彼女は磁石みたいに俺を惹きつけたんだよ。俺はすべてを忘れてしまった。俺たち二人だけが音楽と太陽の世界にいたんだ。俺は彼女に近づいて、話をした。彼女の名はミス・ブレスウエイトだ、バーティー。ダフネ・ブレスウエイトだぞ。俺らの目と目があった瞬間、オノリア・グロソップに対する愛だと思っていた感情が、一時の気まぐれに過ぎなかったってことを俺は理解した。バーティー、お前は一目ぼれを信じるよな、信じるだろう？　彼女はほんとに素晴らしいんだ。とても思いやりがあって、優しき女神のようなんだ」

この時点で僕はこの悪党の許を辞去した。

二日後、ジーヴスから手紙が来た。

そのしまいはこうだ。「……相変わらずの好天続きです。きわめて愉快な水浴を楽しみました」

僕はうつろで陰気な笑いを浮かべ、オノリアと語らうべく階下に降りた。彼女と客間で会う約束だった。彼女は僕にラスキン［十九世紀英国の評論家・社会思想家・美術史家］を読んで聞かせてくれるのだ。

7．クロードとユースタス登場

その一撃は一時四十五分ちょうど（夏時間の）に放たれた。その瞬間、アガサ伯母さんの執事のスペンサーは僕にフライドポテトをよそってくれているところだった。僕は激情のあまりスプーンでこれを打ち上げて六本ほど戸棚に乗せてしまった。こう言っておわかり頂けるか、骨の髄までうちのめされたのだ。

僕が既にきわめて衰弱した状態にあったということにご留意頂きたい。オノリア・グロソップと婚約して既に二週間近くがたっていた。この間ずっと、アガサ伯母さんが僕を「陶冶」すると呼んだような方向で大量の勉強を押し付けられることなしに、一日たりとも日が過ぎることはなかった。僕は目から泡が出るくらいまで堅い本を読んだし、二人して何キロも美術館を巡り歩き、信じてはもらえないだろうが、いくつものクラシック・コンサートを耐え抜くことも余儀なくされていた。したがって僕は衝撃を受容できるような体調にはなかったのだ。特にこういうショックは駄目だ。オノリアは僕をアガサ伯母さんのところへランチに引きずってきたのだった。で、彼女がその爆弾を放り投げたとき、僕はちょうど心の中で、「死んじまえ、強い酒はないのか？」と言っているところだったのだ。

「パーティー」突然彼女は、まるで急に思い出したとでもいうふうに言った。「あなたの執事の名前、何といったかしら」

「ジーヴスのことかい？」

オノリアは言った。「あの人はあなたによくない影響を及ぼしていると思うわ。私と結婚したら、ジーヴスは追い払ってね」

僕がスプーンを振り上げて一番いい、カリカリのところを六本、カップボードの上に飛ばしてしまったのはこの時だ。威厳に満ちた年寄りのリトリバー犬みたいに、スペンサーがそれを追いかけた。

「ジーヴスを追い出すだって」僕はあえぎながら言った。

「そうよ、私、あの人嫌いなの」

「私もあの男は嫌いだね」アガサ伯母さんが言った。

「だけど、そんな、できないよ……どうして。僕はジーヴスなしじゃ一日だってやっていけないよ」

「やっていけるようにならなきゃだめよ」オノリアは言った。「私あの人全然好きじゃないわ」

「私もあの男は全然好きじゃないよ」アガサ伯母さんが言った。「好きだったためしはないね」

なんてことだ。僕だって結婚がある程度身辺整理を伴うものだとは思っていた。しかしこれほど恐るべき犠牲を男に要求するものだとは、思ってもみなかった。あとの食事の時間は茫然自失のまま過ぎた。

予定では、昼食後僕はリージェント街でオノリアの買い物のキャディー役に出かけることになっていた。だが、彼女が立ち上がって僕と手荷物とをまとめにかかったとき、アガサ伯母さんが彼女を引き止めた。

「ねえあなた、一人で行きなさいな。バーティーにちょっと言っておくことがあるんだよ」

それでオノリアは席を立ち、アガサ伯母さんは椅子を引き寄せて話し始めた。

「バーティー、オノリアはまだ知らないんだけどね、お前たちの結婚にちょっと問題が起きてきてね」

「えっ、本当ですか!」僕は言った。希望の曙光《しょこう》が射し始めてきた。

「無論たいした事じゃないんだよ。ちょっとしゃくにさわるってだけでね。実は、サー・ロデリックがちょっと厄介な具合なんだよ」

「僕が頼りにならないと考えてらっしゃる。婚約を解消したいんですって? おそらくそのお考えは正しいですよ」

「そんな馬鹿げたこと言うもんじゃないよ、バーティー。サー・ロデリックは職業柄少し慎重過ぎるんだよ」

よくわからない。

「慎重すぎるですって?」

「そうなんだよ。まあしょうがないことなんだろうね。広く臨床に接している神経の専門家だからね、そりゃあ人間に対してゆがんだ見方を持ってもしょうがないよ」

彼女が言わんとしているところがやっとわかった。オノリアの父親であるサー・ロデリック・グロソップは、聞こえがいいので神経の専門家と呼ばれているが、その実は精神病院の玄関番みたいなものだ。つまり、もしも伯父さんの公爵が緊張を感じ始めて、頭に麦わらをくっつけて青い客間にいるのを見かけるようになったら、彼を最初に送る先はグロソップ博士の許だ。博士はぐるぐる歩き回って、ざっと患者を診ると神経システムの過度の興奮について語り、完全な休息と隔離が必要ですとか何とか奨《すす》める。この国の上流階級の一族のほぼすべてが一度か二度は彼の世話になっているわけで、そういう立場にいたら、つまり、最も愛する近親が精神病院に電話を掛けて救急車を呼んでいる間、病人の枕元に座っていなければならないというのは、確かに人をして人間に対するゆがんだ見方をとるに至らしめてもしかるべきであろう。

「つまり僕は気が違ってるかもしれないって思っていて、義理の息子がキチガイじゃあ困るってことかな?」

アガサ伯母さんは僕の知性が回転の早いところを見せたので、いらいらしたようだった。

「もちろんあの方だってそんな馬鹿馬鹿しいことを考えてなんかいやしないよ。ただちょっと慎重すぎるんだって言ったじゃないか。お前が完全に正常だって知って安心したいんだよ」ここで彼女は一呼吸置いた。スペンサーがコーヒーを持って入ってきたからである。彼が行ってしまうと、彼女は続きを始めた。「お前がディタレッジ・ホールで息子さんのオズワルドを湖に突き落としたなんていうとんでもない話を耳にしたらしいよ。信じられない話だよ。いくらお前だってそんなことするはずがないだろう」

「あー、あの時は僕があの子にもたれかかるような形になりまして、それで橋から落っこっちゃったんですよ」

「オズワルドはお前が水に突き落としたんだって言い張ってるよ。それがサー・ロデリックの気に障ってね。それで不幸にもお前の身辺を調査する気になったんだね。そしたらお前のかわいそうなヘンリー伯父さんのことを聞きつけちまったんだよ」

彼女は厳粛な様子で僕を見た。僕は陰気な具合にコーヒーをすすった。僕らは一族の秘密のことを考えていたのだ。今は亡きヘンリー伯父はまったくもってウースター家の汚点であった。個人的には非常に好ましい人物であったし、僕が学生の時分にはたっぷり小遣いをくれたから、愛してやまない伯父であった。しかし、時おり彼は明らかにかなりエキセントリックだった。特にすごかったのは寝室にペットのウサギを十一匹飼っていたことだ。純粋主義者であれば彼のことを多少はキチガイと考えたものと思う。実のところ、打ち明けた話、彼はその生涯をある種のホームで、完全にウサギたちに囲まれて終えたのだ。

「無論まったく馬鹿げたことなんだけど」アガサ伯母さんは続けた。「ヘンリーの変わったところを受け継いだ家族の者がいるとしたら、クロードとユースタスのはずなんだけどね。あんなに利口な子たちは他にいやしないよ」

クロードとユースタスは双子で、僕が卒業する年の夏学期から同じ大学に通っていた。僕に言わせれば「利口な」なんて言葉じゃあ奴らを形容しきれない。その学期は丸々、一連の恐るべき大騒動から彼らを救出するのに費やされたことが思い出される。

「あの子たちがオックスフォードでどんなにうまくやってるか、ご覧よ。お前のエミリー叔母さんがつい先だってクロードから手紙をもらってね、シーカーズっていうとっても権威のある大学のクラブのメンバーに選出されそうだって言ってよこしたよ」

「シーカーズ［探求者たち］ですって？」僕の頃のオックスフォードにそんな名のクラブがあったかどうか、思い出せない。「で、何を探すんです？」

「クロードは言ってなかったけど、真理とか知識とかだろ？　入るのは大変なことらしいよ。ダッチェット伯のレインズビー卿もいっしょに候補に挙がっているってことだよ。だけども肝心なことから話がそれてしまったね。つまり、サー・ロデリックはお前と二人だけで静かに話がしたいんだそうだよ。そこでパーティー、お前に知的でいてくれとは頼まないから少なくとも分別は備えていて欲しいんだよ。神経質にイヒイヒ笑ったりしちゃだめ。お前の目の、その嫌などんよりした表情をなくしてもらいたいね。あくびをしたり、そわそわするのも駄目だよ。それからサー・ロデリックは西ロンドン反ギャンブル連盟の会長だってことを忘れてもらっちゃ困るよ。頼むから競馬の話はよしておくれ。あの方は明日の一時半にお前のアパートで昼食をとることになってるからね。あの方はワインも飲まないし、喫煙には強力に反対しておられるし、食べるのはごくごくシンプルなものだけ、消化機能がお悪いんだそうだよ。こういうことをよくよく心得ていておくれ。そうそう、コーヒーはお出ししちゃいけないよ。世の中の神経症の原因の半分はコーヒーだって考えてらっしゃるんだからね」

「じゃあ、犬用のビスケットとコップの水を出しとけばいいかなあ」

「バーティー！」

「わかってるよ。ちょっとした冗談だよ」

「そういう馬鹿みたいなことを言ったら、サー・ロデリックに最悪の疑念を起こさせるよ。お願いだからあの方といるときには軽率な言動は慎んでおくれ。それはそれは真面目な方だからね。あれ、お前帰るのかい？　いいね、私が言ったことを忘れるんじゃないよ。頼んだよ。何か間違いをしでかしたら、絶対に許さないからね」

「お安いご用さ！」僕は言った。

明日という日を楽しみに、僕は家に帰った。

翌朝僕はだいぶ遅く朝食をとり、それから散歩に出かけた。いやな気分を払うためにできることは何でもすべきだと僕には思われたし、新鮮な空気は一日の始めのぼんやりした感じを取り去ってくれるものだ。僕が公園内を散策して周り、ハイドパーク・コーナーまで戻って来たところで、不埒《ふらち》な何者かが肩甲骨の間をパンチしてきた。見れば従兄弟のユースタスだ。奴はもう二人の男と腕を組んでいた。片方が従兄弟のクロードで、もう一人、真ん中にいるのはピンク色の顔で金髪の、言い訳がましい顔をした男だ。

「バーティー、兄貴」ユースタスは愛想よく言った。

「ハーロー」僕はあまり嬉しそうでなく言った。

「会えてよかった。いつも僕らを助けてくれるロンドンの兄貴さ。ところでドッグ‐フェイスに会うのは初めてだよな。ドッグ‐フェイス、こっちは僕らの従兄弟のバーティーだよ。こっちはレインズビー卿だ、ウースターさん。今ちょうどあんたのアパートに行って来た所なんだ。出かけたって聞いてがっかりしてたんだが、ジーヴスの温かい歓待を受けたよ。あいつは素敵な男だな、バーティー。絶対手放すなよ」

「ロンドンで何してるんだ？」僕は聞いた。

「うろうろしてるのさ。一日だけ来てみたんだ。とんぼ返りさ、完全に非公式のね。三時十分の列車で帰るんだ。そうそう、それであんたがご親切にも招待してくれるっていう昼飯のことなんだけど、どこにしようか。リッツ？　サヴォイ？　カールトンか？　あんたがシーロスかエンバシーのメンバーならそこでもいいよ」

「悪いが昼食には付きあえないよ。約束があるんだ。こりゃ、いかん！」僕は時計を見て言った。「遅刻だ！」僕はタクシーを止めた。「悪いな」

「じゃあ、男と男の約束ってことで」ユースタスが言った。「五ポンド札一枚貸してくれよ」

立ち止まって言い返している時間はなかったので、五ポンド札を手渡すとタクシーに飛び乗った。家に着いた時は二時二十分前だった。僕は居間に飛び込んだが、そこには誰もいない。

ジーヴスが静かに入ってきた。

「サー・ロデリック様はまだお着きになりません」

「なんてこった！」僕は言った。「御大《おんたい》は家具をぶったたいている頃かと思ったよ」僕の経験では、歓迎しない客人であればあるほど、時間を厳守する傾向がある。それで僕としては、彼が居間の敷物の上を歩き回って、「彼《か》の人、来《きた》らず［テニソンの詩「マリアナ」より。乙女が来ぬ人を待ちこがれる詠嘆］」とか言いながら、全体的に温度を上げているというのが、想像していたところなのだ。「準備はいいかな？」

「ご満足頂けるよう手配してございます、ご主人様」

「何を出してくれるのかな？」

「冷たいコンソメにカツレツ、食後のお口直しを一品でございます。それと冷たいレモンスカッシュもごいっしょに」

「それじゃ、彼の気を害しようがないな。興奮のあまりコーヒーを運んでなんかくるんじゃないぞ」

「そのようなことはいたしません、ご主人様」

「いいか、目をどんより光らせるんじゃないぞ。そんなことしたら気がついたら保護房に入れられてるってことになりかねないからな」

「承知いたしました、ご主人様」

ベルが鳴った。

「用意はいいな、ジーヴス」僕は言った。「突撃だ！」

8・サー・ロデリック昼食に招待される

無論、僕は前にサー・ロデリック・グロソップに会ったことがある。しかしそれはオノリアといっしょの時だけだった。オノリアには、比較の力で同じ部屋にいる人物を実際よりも小さめに、重要でなく見せる効果がある。この瞬間まで僕はどれほど彼がとてつもなく恐るべき老人であるか、認識していなかった。一揃いのぼさぼさした眉毛は、その眼光にすべてを射貫く力を与えており、とてもすきっ腹を抱えた状態でまともに対峙できる人物ではなかった。背はかなり高く、かなりがっしりした体格で、巨大な頭のてっぺんはほぼ無毛である。そのため頭はますます大きく、セントポール寺院のドームみたいに見える。帽子のサイズは九号かそこらだろう。脳みそを発達させすぎるのも困りものだということがこれでわかる。

「やあ、これは！　やあ！　やあ！」愛想のよい調子を出すべく僕は言った。それから気づいたのだが、こういう言い方はするなと警告されていた言い方そのままだ。こういう状況で適切に事を進めるのは実に難しいものだ。ロンドンのフラットに住む男はハンデを負っていると言える。つまりどういうことかと言うと、もし僕が田舎で客を迎える紳士であったら、「ミドウスイート・ホールへようこそ！」とか何とかそんなふうに言えただろうにということだ。「バークレー街、クリックトン・

マンション6A号室へようこそ！」なんて言っても馬鹿げて聞こえる。

「少々遅れて申し訳ない」いっしょに椅子に腰を下ろしながら彼は言った。「クラブでラムファーリン公爵のご子息のアラステア・ハンガーフォード卿に捕まってしまいましてな。公爵閣下は新たな症状を示しておられ、ご家族はたいへん心配しておられる。そういうわけですぐにその場を立ち去るわけにも行かず、遅れたような次第だが、不都合はありませんでしたかな」

「いえいえ、全く。それじゃあ、公爵はだいぶいかれちゃってるんですか？」

「そのような言い方はおそらくはイギリスで最も高貴な家柄のお方の頭を指して用いるべき表現とは言えんが、しかし小脳の興奮が、君の言うとおり少なからぬ程度に達しているのは事実だ」彼は口中いっぱいにカツレツをほおばったまままたため息をついた。「私のような職業は、まったく大変な緊張を強いられますぞ。まったくな」

「そうでしょうね」

「時おり私は自分の周りで起こっていることにぞっとさせられます」ここで彼は突然話を中断し、体を硬直させた。「ウースター君、君は猫をお飼いかな？」

「はあ？　猫ですか？　いえ、猫は飼ってませんが」

「この部屋の中か、さもなくば我々の座っているすぐ近くで、猫がみゃーっと鳴く声を聞いたという確たる印象があるのだが」

「たぶん外の通りのタクシーか何かでしょう」

「どういうことかな、意味がわからんが」

「つまり、タクシーはブーブー音がするでしょう。ちょっと猫みたいにね」

「両者に類似は認められんが」少々冷たく、彼は言った。

「レモンスカッシュをあがって下さい」僕は言った。この会話は少々難しくなってきた。

「ありがとう。グラスに半分でいい」飲み物のおかげでだいぶ元気になったようだ。わずかだが打ち解けた調子になってきた。「私は猫が特別嫌いでな。何の話をしておったかな……。そう、自分の周りで起こっていることにぞっとすることがあるという話だったかな。仕事の上で私の許に来る患者のことばかりじゃあない。ロンドンを歩いていて目にすることだが、時おり私には、この世界全体が精神的にバランスを欠いているように思われるのだよ。たとえば今朝の話だが、家からクラブまで車でゆく途中で、まったくとんでもない、嘆かわしい出来事が起こったのだよ。好天であったから私は運転手に言って幌を開けさせ、背もたれを倒して陽光から少なからぬ快楽を得ておった。そのとき、ロンドンのような混雑した交通システムの下では不可避であるあの交通渋滞のため、私の車は通りの真ん中で進行の停止を余儀なくされたのだよ」

僕は少しばかり心ここにあらずといった状態だったのだと思う。というのは、彼が話を中断してレモンスカッシュをすすったとき、僕は講義の途中で、何か発言を求められているような気分になっていたからである。

「賛成、賛成！」僕は言った。

「さて、何とおっしゃった？」

「何でもありません。今のお話は……」

「対向車線を走っていた車も、一時的に停止させられておったが、まもなく動き出した。それから私が黙考しておると、突然信じられんようなとんでもない事が起こったのだよ。私の帽子が突然、奪い取られたのだ。振り返ると走り去るタクシーの中から、一種勝利の熱情をもってそれが打ち振られておるのが見えたのだが、やがて車の間に消え、視界を離れてしまったのじゃ」

　僕は笑わなかったが、緊張のためあばら骨が何本か繋留場所を浮かび離れる音が確かに聞こえた。

「プラクティカル・ジョークなんでしょうね」僕は言った。「どうでしょう?」

　この示唆は老人を喜ばせなかったようだ。

「私にユーモアを理解する能力が欠落しておるとは思わんが、しかしながらこの非道に何ら面白いところがあるとは断じて思えんと言わねばならん。この行為が精神的にバランスを欠いた者によることに疑問の余地はない。こうした精神障害はほぼあらゆる形態で発症するものなのだよ。これは絶対に秘密にせねばならんことだが、先ほど話したラムファーリン公爵は、自分はカナリアだと思い込んでおられる。それでアラステア卿が狼狽《ろうばい》しておられた今日の発作というのは、従僕が不注意をして砂糖の塊を朝のうちに運んでやらなかったという事実が原因じゃった。女性を待ち伏せして髪の毛をひと房切り取る男のケースなどは、よくあることじゃ。私を襲った者が病んでいるのはこの後者のタイプのマニアだと推察される。適切なコントロールの下に置かれないことには、いずれ……ウースター君。猫がすぐ近くにおりますぞ! 表の通りなどではない。すぐ隣の部屋からニャーニャー言う声が聞こえておりますぞ!」

　今度は間違いなくそうだと認めざるを得なかった。隣の部屋から確かにニャーニャー鳴き声が聞こえている。僕がベルを押してジーヴスを呼ぶと、彼はすぐさまやって来て尊敬と献身を身体中で表して立って僕の言葉を待った。

「ご主人様、何のご用でございましょう？」

「ジーヴス」僕は言った。「猫だ。どういうわけだ？　ここに猫がいるのか？」

「ご主人様のご寝室に三匹おりますだけでございますが」

「なんと！」

「寝室に猫がいるですと！」サー・ロデリックが一種、恐怖に打ちひしがれた調子でささやく声を僕は聞いた。彼の目は弾丸のように僕のみぞおちを射抜いた。

「どういう意味だ？」僕は言った。「寝室に三匹いるだけだって？」

「黒、ぶち、それとレモン色の仔猫が一匹でございます、ご主人様」

「一体全体そりゃあ……」

僕はテーブルの周りをドアの方向に突進した。不幸なことに、サー・ロデリックも同じ方向にじりじりと走りよっており、ドアの前で我々はかなりの勢いで衝突し、二人してホールによろめき出た。彼は僕の手の届かない距離に速やかに走り出ると傘立から傘をつかみ取った。

「近寄るな！」頭上で傘を振り回しながら彼は叫んだ。「近寄るな！　私は武器を持っておりますぞ！」

この場は何とか鎮静させねばならないと僕は思った。

「ぶつかって申し訳ありません」僕は言った。「二度とこんなことはないようにします。何が起こってるのか見ようとして慌てたものですから……」

彼は少しは安心した様子で、傘を下ろした。しかし、まさにその瞬間、恐るべき騒ぎが寝室内で起こった。まるでロンドン中の猫が、郊外地区の代表者も交えて、互いの見解の相違点を一時に和解調停すべく集合したといった騒がしさだった。猫の拡大版オーケストラといったところか。

「この音は我慢ならん」サー・ロデリックが叫んだ。「私の声も聞こえんくらいだ」

「ご主人様、わたくしが思いますところ」ジーヴスがうやうやしく言った。「ウースター様のベッドの下に魚を見つけて、猫たちはいささか興奮しておりますのではありますまいか」

老人はよろめいた。

「魚ですと！　私の耳は確かですかな？」

「はい、何とおっしゃいましたか？」

「君はウースター君のベッドの下に魚があると、そうおっしゃたかな？」

「はい、申しました」

サー・ロデリックは低くうめくと、帽子とステッキに手を伸ばした。

「お帰りじゃありませんよね？」僕は聞いた。

「ウースター君、私は帰りますぞ！　余暇時間はもっと尋常な仲間と過ごしたいものですからな」

「でも、ちょっと待ってください。いっしょに行って話をさせてください。全部説明しますから。ジーヴス、僕の帽子だ」

ジーヴスは近寄ってきた。僕は彼の手から帽子を受け取り、頭に載せた。

「何だこれは！」

大変な衝撃だった。そいつは完全に僕を包み込んでいた。そいつをかぶろうとしながら既に僕はこれはいささか大きすぎると感じていた。かぶった瞬間そいつはまるでロウソク消しみたいに僕の耳に覆いかぶさった。

「何だ、こりゃあ。これは僕の帽子じゃないぞ」

「それは私の帽子ですな」僕が今まで聞いた中で最も冷たい、最も悪意に満ちた声でサー・ロデリックは言った。「車の中で、盗まれた帽子ですぞ！」

「だが一体……」

ナポレオンか誰かなら、こんな難局にも対処できただろう。しかしこいつは僕には荷が重過ぎる。僕は一種の昏睡状態でその場に立ちすくんだ。その間に老人は僕の頭から帽子を取り上げるとジーヴスのほうに向き直って言った。

「君、私といっしょにちょっと表の通りに出てくれると有難いのだが。君に少々訊ねたいことがある」

「承知いたしました」

「ちょっと待ってください！」僕は言ったが、彼は僕を置いて行ってしまった。彼は大股で歩き去り、ジーヴスは付き随って行った。そしてその瞬間、寝室の騒ぎが再び始まり、前にも増して騒音は激しくなった。

僕はもうこれにはうんざりだった。つまり、猫が寝室にいるなんてちょっと困ったことじゃあないか。一体全体どういうわけで奴らが入り込んだのかは知らないが、これ以上ここでピクニックを続けるのはやめてもらいたいものだ。僕はドアを勢いよく開けた。一瞬、僕には百十五匹くらいのあらゆるサイズとあらゆる色柄の猫が部屋の真ん中でつかみ合いをしているのが見えた。奴らは僕を見て正面のドアからあわてて走り去った。群集シーンが終了すると、残ったのはやけにでかい魚の頭だけで、そいつはカーペットの上に横たわって僕の顔を厳粛な顔で見上げていた。書面で説明と謝罪を要求したいとでも言いたげだ。

この事態は僕を完全に凍りつかせた。僕は爪先立ちでそうっとその場を立ち去り、ドアを閉めた。その時僕は誰かにぶつかった。

「あっ、すみません」そいつは言った。

僕はくるりと向き直った。そいつはピンク色の顔をした、あの何とか卿だった。クロードとユースタスといっしょにいた奴だ。

「すみません、お邪魔して本当に申し訳ないんですが、今階下に逃げていった猫は僕の猫じゃありませんよね。僕の猫みたいに見えたんですが……」

「あいつらは僕の寝室にいたんだ」

「じゃあ、僕の猫です！」奴は悲しげに言った。「何てこった！」

「君が僕の寝室に猫を入れたのか？」

「あなたの執事の、名前はなんと言ったか……彼が入れたんです。汽車が出発するまでここで預かってくれると、親切にも言ってくれたもので。それで受け取りに来たんですが、みんな逃げちゃいましたか。ああ、でもどうしようもないですよね。だけど帽子と魚は持って帰ります」

僕はこの男が嫌いになり始めていた。

「あのいまいましい魚を入れたのも君か？」

「いえ、あれはユースタスのです。帽子はクロードのです」

僕は椅子に沈み込んだ。

「君、この件について説明してくれないかな」僕が言うとこの男はびっくりした様子で僕を見つめた。

「何ですって、ご存じじゃないんですか?」奴は盛大に頰を染めた。「ご存じじゃないとすると、だいぶ不可解だと思われたでしょうね」

「まさしく不可解だよ」

「シーカーズのためなんです」

「シーカーズだって?」

「オックスフォードのいかしたクラブなんです。あなたの従兄弟さんたちと僕は入会したくてたまらないんですよ。選ばれるためには何かを盗んでこないといけないんです。何か記念になる、たとえば警官のヘルメットとか、ドア・ノッカーとかそんなものなんですが。年に一度のディナーの席では、部屋中がそういったもので飾られて、それでみんながスピーチをするんです。素敵でしょう!それで僕らは何とかかっこよくそいつをやり遂げようって努力をしたわけで、それでロンドンにやって来てちょっと珍しいものを見つけようとしたんです。そしたら最初から驚くべき幸運にぶち当たって、あなたの従兄弟のクロードが通りすがりの車から素敵な山高帽をうまく取り上げましてね。それでユースタスのほうはハロッズですごく大きな鮭《しゃけ》だか何かを手に入れて、僕は素敵な猫を三匹捕まえたってわけなんです。僕らはものすごくツイていたんですね。そこで汽車の時間までそいつをどこにおいておくかって問題が生じたわけです。ロンドンの街中を魚と猫をたくさん持って歩いたら恐ろしく不審でしょう。そしたらユースタスがあなたのことを思い出しましてね、それで僕たちみんなでタクシーに乗ってここへ来たんです。あなたは外出中だったけどあなたの執事が大丈夫だと言ってくれて。あなたに会った時はすごく急いでらしたんでお話しする時間がなかったんですよ。差し支えなければ帽子は頂いて帰ります」

「もうないよ」

「ないですって」

「君らがそいつを盗んだ相手はね、たまたま今日ここに昼食に呼ばれてきた客人だったんだ。その人が持って行ってしまったよ」

「えっ、じゃあかわいそうなクロードの奴は残念がりますよ。じゃあ大きな鮭だか何かのほうはどうなりました？」

「残りが見たいかい？」残骸を見て奴はだいぶ打ちひしがれた様子だった。

「あれじゃ委員会が受け取ってくれるかどうか」奴は悲しげに言った。「もう全然残ってないですよね」

「猫がみんな食べた」

奴は深いため息をついた。

「猫なし、魚なし、帽子なしか。あれだけやって何もなしだ。大変だなあ。その上……すみません。本当に申し訳ないんですが一〇ポンド、お貸しいただけませんか」

「一〇ポンドだって、どうしてだい？」

「えー、つまりですね、僕は戻ってクロードとユースタスの保釈金を払ってやらないといけないんです。逮捕されちゃったんですよ」

「逮捕されただって！」

「そうなんです。つまり、帽子と鮭だったか何かを獲得した興奮に加えて、昼食はだいぶご馳走にしちゃったもので、かわいそうに彼らはちょっと度を越しちゃったんです。それでトラックを盗もうとしたんですが、そりゃあ馬鹿げてますよ。だってそんなものを盗《と》ったってどうやってオックスフォードまで運んで委員会に見せるんです。でも理屈を言ったって駄目なんです。で、運転手が騒ぎ始めて、少々揉め事になりまして、それでクロードとユースタスは僕が行って保釈してやるまでヴァイン街の交番で惨めに過ごしてるってわけなんです。なのでもし一〇ポンドお持ちでしたら……あ、どうもすみません。ご親切ありがとうございます。彼らをあそこに置いていくわけにはいかないでしょう。つまり、彼らはものすごくいい奴らなんです。大学じゅうのみんな彼らのことを好きなんですよ。もの凄く人気があるんです」

「そうだろうね」僕は言った。

ジーヴスが帰ってきたとき、僕は玄関マットのところで奴を待ち構えていた。この悪党に言ってやらねばならない。

「で、どうだった?」僕は言った。

「サー・ロデリックはわたくしにいくつかご質問をなさいました。あなた様の習慣とか、暮らしぶりについてでございます。その点につきましてはわたくしが慎重にお答えしておきました」

「そんなことはどうだっていいんだ。僕が聞きたいのはどうして君が、最初から本当のことを説明しなかったのかってことだ。君が説明してくれれば、すべてははっきりしたはずなんだ」

「はい、ご主人様」

「これで彼は僕のことをキチガイだと思って行ってしまったぞ」

「わたくしといたしました会話の中身から拝察いたしますと、そのようなお考えを持たれるのが順当かと存じます」

僕が話そうとしたところで電話のベルが鳴り、ジーヴスがそれに応えた。

「いいえ、奥様。ウースター様はおいでになりません。いいえ、奥様。いつお戻りかは存じません。いいえ、奥様。メッセージはございません。はい、奥様。お伝え申し上げます」彼は受話器を置いて言った。「グレッグソン夫人でいらっしゃいました」

アガサ伯母さん！　覚悟はしていた。あの昼食会が決裂して以来というもの、彼女は僕に不吉な影を落としていた。

「伯母さんはもう知っているのかい？」

「サー・ロデリックが電話でお話しになられたそうでございます。それで……」

「ウエディングベルは鳴らないというわけだな」

ジーヴスは咳払いをした。

「グレッグソン夫人はその旨お話しになられませんでしたが、そのようなことと拝察いたします。伯母上様はことのほかご動揺されたご様子でいらっしゃいました」

おかしなことだが、あの老人やら猫やら魚やらピンク色の顔の男やら何やらに余りにもうんざりさせられたため、今の今まで僕にはこの明るい面が見えていなかった。何てことだ。胸の上の重石《おもし》が転がり落ちたような気がした。僕は純粋な安堵のあまり叫び声をあげた。

「ジーヴス、君がやったんだな」

「とおっしゃいますと、ご主人様」

「君は最初から事態を掌握していたな」

「はい、ご主人様。グレッグソン夫人の執事のスペンサーが、たまたまご昼食の際のあなた様のお話を漏《も》れ聞きまして、詳細をわたくしに聞かせてくれたような次第でございます。こう申し上げるのははなはだ僭越ではございますが、告白申し上げますと、ご結婚をはばむ何事かが起きないものかとの希望をわたくしは心にもてあそんでおりました。あの若いご婦人があなた様にふさわしいお相手かどうか、わたくしには疑問でございました」

「彼女のほうは結婚式が済んだら五分後に君の耳をつかんで放り出すつもりだったんだぞ」

「はい、ご主人様。あの方がそのような意思を表明なさった件につきましてもスペンサーから聞いております。グレッグソン夫人はあなた様にすぐに電話をおよこしになるようにとのことでございましたが」

「そうなのか。さて、ジーヴス、どうしたらいい?」

「外国にご旅行なさるのがご愉快かと存じますが」

ぼくは頭を振った。「伯母さんは追いかけてくるぞ」

「十分遠くにお逃げになればよろしいかと存じます。ニューヨーク行きの結構な船が毎週水曜と土曜に出港いたしますが」

「ジーヴス」僕は言った。「君の言うことはいつも正しいな。切符の予約だ」

9．紹介状

長く生きれば生きるほど、この世の揉め事の半分は人が気安く無分別に紹介状をある人物に、第三者に配達するようにと手渡すことによって引き起こされるということが、ますます明らかになってくるというものだ。石器時代に生まれていたらよかったと思わされる一事である。つまり、何が言いたいのかというと、あの時分に紹介状を誰かにやりたいと思ったら、一カ月かそこら掛かって巨大な丸石の上にそれを刻みつけないといけないし、そいつを預った人物は暑い太陽の下でそいつを転がしていくのに疲れ果てて、最初の一キロで放り出してしまうだろう。しかし今日紹介状を書くのはまったく簡単だし、おかげで皆がろくろく考えもしないで書いてしまう。その結果、僕みたいにまったく人畜無害な好人物がスープに浸かって散々な目に遭うというわけだ。

注意してもらいたいのだが、上記の見解はいわゆる惨憺たる経験の結果、僕が得るに至った果実である。以下の点を認めるのにやぶさかではないのだが、最初僕は……いわゆる、それは僕がアメリカに着いて三週間ほど過ぎた頃のことだったのだが、シリル・バジントン＝バジントンという名の男が着いたとジーヴスが僕に言い、奴がアガサ伯母さんの紹介状を持って来ていることがわかったとき……何の話だったっか、そうそう、僕は最初何だかほっとしたということを認めるのにやぶさかでないという話だ。僕がイギリスを去る理由となったあの痛恨事の後、アガサ伯母さんからいかなる形であれ検閲をパスするような手紙はもらえないものと僕は思っていた。開封して中身がほとんど真っ当な文面であったのは嬉しい驚きだった。部分的には冷たい箇所もあったが、全体的には許容できる程度に礼儀正しかった。僕はこれを希望の兆《きざ》しと理解した。オリーブの枝のようなものだ。それともオレンジの花だったか。つまり何が言いたいかというと、アガサ伯母さんが僕に悪罵の限りを尽くすことなく手紙をよこしたという事実は、多かれ少なかれ平和の方向にことは進んでいることを示している。

僕はというと平和には大賛成で、それも迅速な解決を望んでいる。とはいえニューヨークが気に入らないとかそういうことではない。この土地は好きだし、楽しんでもいる。しかし生涯をロンドンで過ごしてきた男には、異国暮らしはホームシックのもとだ。僕は懐しいバークレー街のフラットに早く帰りたかった。しかしそうするにはアガサ伯母さんに頭を冷やしてもらってグロソップの一件を水に流してもらうしかない。ロンドンは大きな街だが、手斧を持ったアガサ伯母さんに追われる男が住むには狭すぎるのだ。したがって僕はこのバジントン＝バジントンなる男が到着したとき、平和の鳩のように思って歓迎したと言わなければならない。

今思い返すと、彼はある朝七時四十五分にひょっこりやって来たのだった。ニューヨーク着の客船から客が吐き出されるのはそんなとんでもない時間なのだ。奴はジーヴスから、慇懃《いんぎん》な拒絶を申し渡され、三時間後にまた来るように言われた。その頃になれば新たな一日を迎える喜びの快哉《かいさい》とともに僕がベッドから起き上がっている確率はかなり高い。とはいえ、このことはジーヴスという人物の立派さを示している。というのは我々二人の間にはそのとき些細な離間、いささかの冷たい感情、言い換えればちょっとしたいざこざがあったのだ。それは値段のつけようがないくらい素敵な、紫色の靴下を彼の意に反して僕が履いたことに由来する。もっと器の小さい男なら、一番の親友とだって二分と立って話していられないような時間に寝室にこのシリル氏を送り込んで僕に意趣返しができるチャンスを逃しはしないものだ。朝の紅茶を一杯飲んで、完全に誰にも邪魔されないまましばらく人生についてじっと考えた後でないと、僕は愉快なおしゃべりの相手にはなれないのだ。

そういうわけでジーヴスはこのシリル氏を爽やかな朝の空気の中に手際よく追い払い、紅茶といっしょに彼の名刺を運んでくるまでその存在を僕に告げなかった。

「それでこれは何だ？　ジーヴス」名刺にうつろに目をやって僕は言った。

「わたくしの理解いたしますところ、こちらの紳士がイギリスからご到着なさったということでございます。ご主人様にお目にかかりたいと朝早くに一度おこしでいらっしゃいました」

「何だって、ジーヴス。君は一日が今より早くから始まっていると言うのか？」

「お客様は後ほどまたお戻りになられる旨、お伝えするようおっしゃられました」

「こいつの名前は知らないなあ。ジーヴス、お前は聞いたことがあるか？」

「バジントン＝バジントンというお名前でしたらば存じております、ご主人様。バジントン＝バジントン家には三つの系統がございまして、シュロップシャーのバジントン＝バジントン、ハンプシャーのバジントン＝バジントン、ケントのバジントン＝バジントンとございます」

「イギリスにはバジントン＝バジントンの在庫は十分だな」

「許容できる範囲内かと存じます」

「急に足りなくなるなんてことはないだろうな」

「おそらくさようかと」

「で、この標本はどの種に入るのかな？」

「先ほどお目にかかった限りではわかりかねます」

「二対一で賭けよう、ジーヴス。君の見たところこいつは悪人か余計者なんじゃないかな」

「いいえ、ご主人様。そのような不利な賭け率では賭けかねます」

「そうだろうな。となると究明さるべきはこいつがどの種の悪人かってことだな」

「時が究明してくれましょう、ご主人様。そのご紳士は手紙をお持ちでいらっしゃいました」

「ああ、そうか、そうか」僕はそう言って手紙をつかんだ。そして筆跡に気づいた。「ジーヴス、これはアガサ伯母さんからだぞ」

「さようでございますか、ご主人様」

「そんなに軽く流すなよ。この意味がわからないわけじゃないだろう。伯母さんはこの余計者がニューヨークにいる間、面倒を見てやれと言ってよこしたんだぞ。やったぞ！　ジーヴス。こいつをちょっとちやほやしてやって、指令本部に帰ってから好感触の報告をしてもらえれば、グッドウッド［ウェスト・サセックス州チチェスターにある競馬場。毎年七月にレースがある］までにイギリスに帰れるぞ。善良なる者みな集いて朋友を助けるときは来《きた》りぬだ、ジーヴス。力を合わせて抜かりなくこいつをもてなさないといけないな」

「承知いたしました、ご主人様」

「奴はニューヨークに長いこといるってわけじゃない」手紙を見返しながら僕は言った。「この後ワシントンに向かうんだ。外務省に入る前に向こうのお偉方に挨拶しておくってことらしい。昼食とディナーを何回かご馳走すれば、こいつの尊敬と愛情は勝ち得るな、どうだ？」

「まったく適切なお考えかと拝察いたします」

「これはイギリスを離れて以来、一番素敵な出来事だぞ。雲の合間より陽はまたその姿を現したようだな」

「そのようでございます」

彼は僕の支度を用意してきた。いやな沈黙が二人の間に流れる。

「その靴下はだめだ、ジーヴス」怒りをぐっとこらえて、なんでもない風を装いながら僕は言った。

「紫のを出してくれ」

「何とおっしゃいましたか、ご主人様？」

「あの素敵な紫のだ」

「承知いたしました」

彼は、まるで菜食主義者がサラダにくっついた青虫をつまみ出すような様子で引き出しから靴下を取り出した。心深く傷ついているのがわかる。実にまったく痛々しいが、しかし男子たるもの時には己が主張を通さなければならない。絶対的に。

朝食がすんだらすぐにもこのシリルなる人物がやってくるものと思っていたが、彼は現れなかった。それで一時近くに僕はラムズ・クラブに出かけた。こっちに来てから友達になったキャフィンという男と食事をする約束があったのだ。ジョージ・キャフィンは、戯曲や何やらを書いている。ニューヨークに来てたくさん友達ができた。この街は見ず知らずの他人に胸襟を開いて歓迎の腕を差し延べてくれる寛大な人物に満ち満ちている。

キャフィンは新しいミュージカル・コメディー『パパにお願い』のリハーサルに手間取ったそうで、少し遅れたがやって来た。食事を終え、コーヒーに手を伸ばしたところでウエイターが来て、ジーヴスが僕に会いに来ていると告げた。

ジーヴスは、ウエイティング・ルームにいた。僕が入っていくと彼はさも嫌そうに靴下に目をやり、それから目を逸らした。

「バジントン＝バジントン様からお電話がございました」

「そうか」

「さようでございます」

「どこにいるって？」

「刑務所でございます」

僕はよろめいて壁紙に背をもたれた。アガサ伯母さんの被指名人が僕の庇護の下にやって来た最初の朝に起こっていいことではない。

「刑務所だって！」

「さようでございます。電話口でおっしゃられたところでは、逮捕されたのでおこし頂いて保釈して頂けると有難いとのことでございました」

「逮捕されたって、何でまた？」

「その点につきましてはお話しになられませんでした」

「これはちょっと困ったことになったな、ジーヴス」

「おおせの通りでございます」

ジョージは親切にも僕と同行をかって出てくれたので、いっしょにタクシーに飛び乗った。交番の待合室にある木のベンチにしばらく座って待つと警官に連れられてシリルが現れた。

「ハロー、ハロー、ハロー」僕は言った。「どうしたんだい?」

僕の経験では、監房から出て来たばかりの男はベストの状態に見えるものではない。僕がオックスフォードの学生だった頃、ボートレースの夜には必ず誰かが捕まって、それを保釈に行くのがお決まりの役目になっていたのだが、奴らは必ず、根っこから引き抜かれたような様子に見えたものだ。シリルの状態も似たようなものだった。目の周りには黒あざができ、カラーは破れていた。全体に家に手紙に書いてやれるようなことは何もない。アガサ伯母さんに出す手紙にならなおさらである。奴はやせて背が高く、薄茶色の毛がたくさんと、ぎょろぎょろした薄い青い目をした男で、なんだか稀少種の魚のような印象だった。

「メッセージは受け取ったよ」僕は言った。

「あなたがバーティー・ウースターさんですか」

「そうだ。こっちが僕の友達のジョージ・キャフィンだ。戯曲とかを書いてるんだ」

僕らは皆、握手を交わした。警察官は雨にあたらぬよう椅子の裏側に貼り付けてあったチューインガムを取り出すと、部屋の隅に行って無限の瞑想に入った。

「まったくここはとんでもない国だ」シリルは言った。

「へえ、そうかい? おい、そうかなあ。どうだい?」僕は言った。

「僕らはベストを尽くしてるんだがなあ」ジョージが言った。

「ジョージはアメリカ人なんだ」僕は説明した。「戯曲や何かを書いてるんだよ。知らないかい?」

「無論僕がこの国を発明したわけじゃない」ジョージは言った。「そいつはコロンブスだ。だが君に言いたいことがあるなら改善点を考慮の上、喜んでしかるべき筋に伝えてやるがね」

「じゃあ言うが、どうしてニューヨークの警察官はまともな服装をしていないんだ?」

ジョージは部屋の隅でガムを噛んでいる警官に目をやりながら言った。「別に不都合があるようには見えないが」

「つまりさ、どうして奴らはロンドンの警官みたいにヘルメットをかぶっていないんだ? どうして警官に見えないんだ? これはフェアじゃない。まったく紛らわしいじゃないか。僕はあたりを見物しながら路上に立っていただけなんだ。そしたら郵便配達員みたいな男が棍棒で僕のわき腹をつっ突いて来た。どうして郵便配達員に小突かれなきゃいけないのかわけがわからないじゃないか。どうしてはるばる四千キロも旅してきて、郵便配達員に小突かれなきゃならないんだ」

「君の言いたいことはよくわかった」ジョージは言った。「それでどうしたんだい?」

「僕は奴を押しのけたよ。ものすごく腹が立ってね。バジントン゠バジントン家の者は皆、恐ろしく気が短いんだ。そしたら奴は僕の目を殴ってきた。そして無理やり僕をこのひどい場所に引きずって来たんだ」

「心配するな、僕が何とかしてやろう」僕は言った。それから僕は小切手帳を引っ張り出し、シリルはジョージに任せておいて交渉を開始した。僕は少々動転していたことを認めるのにやぶさかでない。眉間にはたてじわが寄ったし、なにやら悪い予感がした。この男がニューヨークにいる限り、僕には責任がある。そしてまたこいつときたら、まともな人間なら三分続けてだって責任を持ちたくない種類の男に属するという印象を僕は得たのだ。

その晩、家に帰ってジーヴスにその晩最後のウイスキーを運んできてもらいながら、僕はシリルについてつくづく考えた。奴のアメリカ滞在が魂の試練となるだろうと思わずにはいられなかった。僕はアガサ伯母さんからの紹介状を取り出してそれを読み返した。彼女が間違いなくこの疫病神と何かしら深い関わりがあり、奴がこの場にいる限り危害から守ってやることが僕の使命だと考えているという事実からは逃れようがない。奴がキャフィンをあんなに気に入ってくれたのはまったく有難い。キャフィンは頼りになる男だ。地下牢から奴を救出した後、二人は兄弟のように仲良く『パパにお願い』の午後のリハーサルを見に出かけてしまった。僕が知る限り、二人は食事もいっしょにするようなことも言っていた。ジョージが見張ってくれている限り僕は安心できるというものだ。

僕の物思いがここまで来たところで、ジーヴスが電報を持って入ってきた。いや電報ではなく国際電信だ。アガサ伯母さんからだ。文面はこうだった。

《シリル・バジントン＝バジントンは到着したか？　劇場関係者に決して紹介するな。きわめて重要。おって手紙送る》

僕はそいつを何度も読み返した。

「変じゃないか、ジーヴス」

「さようでございますか」

「変だしこりゃあ困ったぞ」

「今晩のご用事はこれでお仕舞いでございましょうか」

無論彼がこんな思いやりのない調子なら、奴にしてもらうことは何もない。僕はこの電信を見せて彼の助言を求めるつもりでいた。しかし彼が紫の靴下のことをそこまでとやかく言うなら、ウースター一族のノブリス・オブリージュ［高い身分に伴う徳義上の義務］をそこまで貶《おとし》めてこいつに頭を下げるわけにはいかない。絶対にだめだ。この話はここまでにすることにした。

「ああ、これでいい。ありがとう」

「おやすみなさいませ、ご主人様」

「おやすみ」

彼は浮かぶように行ってしまった。僕はこの件についてもう一度座って考え直した。僕の脳みそをこの問題に向けるべく最善の努力を払って半時間ほどしたとき、呼び鈴が鳴った。玄関に行くとシリルがご機嫌で立っている。

「よければちょっと上がって話がしたいんです。すごい話があるんですよ」奴は言った。

奴は跳ねるような足取りで僕をおいて居間に向かった。僕が玄関のドアを閉めてから居間に戻ると奴はアガサ伯母さんの電信を変な調子でヒャッヒャと笑いながら読んでいるところだった。「こんなもの見ちゃいけなかったんだろうけど、僕の名前が目に入ったんで考えもしないで読んじゃったよ。幼なじみのウースターさん。こいつはおかしいや。何か飲ませてもらえるかなあ。ありがとう、まったく有難いね。僕が何を話しに来たかを考えるとこりゃほんとにおかしいや。あの気のいいキャフィンさんが僕を『パパにお願い』のちょい役に使ってくれるって言うんだ。そりゃまったくのちょい役だけど、なかなか面白い役なんだ。僕はものすごく嬉しいよ」

奴は飲み物を飲んで、話を続けた。奴は僕が大喜びで部屋中を跳ね回っていないことに、気がついていないようだった。

「ね、ご存じの通り僕はいつだってステージに上がりたいって思ってたんだ。だけど僕の親父は絶対だめだって言ってね、ウォーキージーの靴を床にドスンとやってね、その話を持ち出すと真紫になって怒るんだ。僕がこっちに来た本当の理由はそれなんだよ。ロンドンじゃあ、舞台に出たら誰かが見て親父に知らせちまうにちがいないって思って、それで知恵を絞ってワシントンに行って見聞を広めて来るなんて計略を立てたんだ。こっちに来れば誰も邪魔者はいないからね、僕は好きにやれるって寸法さ」

僕はこの哀れな男に言って聞かせようとした。

「だけどいつかは君の父上に伝わるぞ」

「そんなの構いやしない。それまでには僕はスターになってるだろうから、もう足一本だって邪魔はできないはずさ」

「いや、君の親父さんはもう一本の足で僕を蹴飛ばすぞ」

「どうして？　どうしてあんたが出てくるのさ。あんたには何の関係もありゃしない」

「僕が君をジョージ・キャフィンに紹介したんだ」

「そうだった、あんただった。忘れてたよ。あんたに感謝しなきゃいけなかったんだ。じゃあ、さよなら。明日の朝早くに『パパにお願い』のリハーサルがあるんだ。急がなきゃ。『パパにお願い』だなんてやな名前だよね。僕が絶対しないことなのにさ。言ってる意味わかる？　ね、ねえねえ。ピッピー」

「帰れ帰れ！」僕は哀しげに言い、奴は走り去った。僕は電話に飛びついてジョージ・キャフィンに電話した。

「ジョージ、シリル・バジントン＝バジントンの件だがどうしてくれる」

「奴がどうしたって？」

「お前のショーに奴を出すそうじゃないか」

「そうだよ、せりふはちょっとだがな」

「だが僕は今さっき家から、どんなことをしても奴を舞台に出すなって電信を受け取ったところなんだ」

「悪いが、あの役にはどうしてもシリルが必要なんだ。奴の地そのままなんだよ」

「僕にとっちゃ大変なことなんだ、ジョージ。僕のアガサ伯母さんが紹介状を付けてあの厄介者を送りつけてきたんだ。それで僕はあいつの責任を持たされてるんだ」

「お前を遺言状の名宛人から外すってか？」

「金の問題じゃないんだ。だが……お前は一度も僕のアガサ伯母さんに会ったことがないんだからな。説明は難しいが、彼女は一種の人間吸血こうもりで、僕がイギリスに帰ったら恐ろしく不愉快なことになる。朝食前にやって来てがみがみわめくような人間なんだ。わかるか？」

「じゃあイギリスなんかに帰るなよ。ここにいて大統領になってくれ」

「だけどジョージ、お前……」

「じゃ、おやすみ」

「待て、ジョージ。ちょっと……」

「聞こえなかったか？　俺はおやすみって言ったぞ。お前みたいなぐうたらな金持ちは寝る必要もないだろうが、俺は朝には元気溌剌になってなきゃいけないんだ。神のご加護を！」

僕には世界中に一人も友達なんかいないような気分になった。悩み果てた末、僕は部屋を出てジーヴスの部屋のドアをたたいた。僕は普段そういうことはしない男だが、善良なる者みな集いて朋友を助ける時は来りぬだ。たとえ美しき眠りを妨げられようと、ジーヴスが若き主人のために力を貸す時が来たのだ。

ジーヴスは茶色のガウンを着て現れた。

「ご主人様、何でございましょう？」

「ジーヴス、起こしてすまない。だが、ありとあらゆる困ったことが起きているんだ」

「眠ってはおりませんでした。仕事の後は有用な本を読むのがわたくしの習慣でございます」

「そりゃあよかった。つまり頭の体操の後なら、君の脳みそも問題に取り組むのに旬の状態になってるはずだ。ジーヴス、聞いてくれ。バジントン＝バジントンが舞台に出るんだ」

「さようでございますか」

「わからないかなあ。わかってないなあ。いいか、要点はこうだ。奴の家族はみんな奴が舞台に出るのに猛反対なんだ。なんとか奴を止めないともめごとは永遠に続く。で、もっと悪いことにアガサ伯母さんは僕を責めるんだ、わかるだろ？」

「わかります、ご主人様」

「じゃあ何とか奴を止める方法を思いつかないか？」

「いいえ、今のところ何も思いつきませんが」

「頼む、何とかやってみてくれ」

「この問題につきましては今後最善の考慮をいたします。今夜は他にご用はございませんか？」

「ないといいんだが。もう十分我慢の限界だ」

「承知いたしました、ご主人様」

彼は部屋に消えた。

10・お洒落なエレベーター・ボーイ

シリルのためにジョージが書いた箇所はタイプ原稿で二ページほどだった。しかしこの哀れな、勘違いした間抜け野郎が入れ込んでいる様子はまるでハムレットの役でももらったかのようだった。奴のせりふを一度聞いてやったら、最初の二、三日で十回以上は聞かされた。この件に関する僕の態度は熱狂的賞賛に尽き、支援と共感を必ず得られるものと奴は考えているようだった。この件をアガサ伯母さんがどう考えるかを想像し、また夜な夜な眠りも浅いうちに起こされてはシリルの考案にかかるせりふ回しについて意見の開陳を求められて夢も見られぬ日々を過ごし、僕はまったく亡霊のようになってしまった。その間ずっとジーヴスは紫の靴下のせいでひどく冷淡でよそよそしかった。男を老いさせ、若さ溢れるジョア・ド・ヴィーヴルの膝の辺りをいくらかよろめかせるのは、こんな時なのである。

あれやこれやの真っ最中に、アガサ伯母さんからの手紙が届いた。シリルが舞台に立つことに反対する父親の感情を擁護して六ページ、アメリカ滞在中に奴を悪風から遠ざけておかなければ彼女が何を言い、どう考え、何をするかについての説明にさらに六ページが費やされていた。この手紙は午後の配達で届き、これは僕一人で何とかできる問題ではないという確信を僕に抱かせた。僕には呼び鈴を押している余裕すらなかった。ジーヴスを求めてクンクン鳴きながら台所に走った僕は、彼の習慣のティー・パーティーに闖入《ちんにゅう》してしまった。テーブルを囲んでいるのは憂鬱そうな顔をした男で、おそらくは家僕か何かであろう。もう一人は少年でノーフォーク・スーツを着ている。家僕の男性はウイスキー・アンド・ソーダを飲み、少年の方はジャムとケーキを少しばかり乱暴にやっつけている。

「ジーヴス、理性の饗宴、交歓のひととき［ポープの詩「ホラティウスの第二巻」より］を邪魔して悪いんだが……」

この時、少年のまなざしが僕を弾丸のように貫いて、僕のせりふを止めさせた。冷たく、よそよそしい、責めるようなまなざしだった。居ずまいを正してネクタイが曲がっていないかどうか確かめずに居られなくなるような目である。おまけに彼は僕がまるで猫のカスバートが地元のゴミ箱をあさって持ち込んできた不用品であるかのように、僕を見るのだ。そばかすだらけ、ジャムだらけの顔をした、手ごわそうな子供である。

「ハロー、ハロー、ハロー」僕は言った。「どう？」他になんと言ったものかわからなかった。

少年はジャム越しに悪意に満ちた目で僕を見つめた。あるいは彼は僕を一目見て好きになったのかもしれないが、僕が得た印象は、彼は僕のことを何とも思っていないし、大して買ってもおらず、親交を深めても僕への評価が大きく向上することはない、というものだった。彼にとっては、僕の人気は冷めたチーズ・トースト並みであるように思われた。

「お前、名前は何ていうんだ？」彼は聞いた。

「僕の名前？　ああ、ウースターっていうんだ。知らないかい？」

「僕のパパはお前より金持ちだぞ」

これで僕に関する話はすべてらしい。この少年は言うだけのことを言うと、再びジャムに向かった。僕はジーヴスに向き直った。

「ジーヴス、ちょっと時間を空けてもらえないかなあ。君に見せたいものがあるんだ」

「承知いたしました、ご主人様」我々は居間に向かった。

「君の若い友人の、お日さまシドニーは一体誰なんだい？　ジーヴス」

「あちらのお若い紳士でいらっしゃいますか？」

「まあ、そう言って言えないこともないか。君の言わんとするところはわかるぞ」

「あの方をおもてなししておりましたのは勝手に過ぎましたでしょうか」

「そんなことはない。お前が午後のひと時を盛大に楽しみたかったというならそれでいいんだ」

「たまたまあちらのお若いご紳士が、お父上の家僕を連れてお散歩なさっていらっしゃるのに出会いまして、その家僕とはロンドンにおりました際に親しく付き合いがありましたものですから、ここで一緒するようお誘い申し上げたような次第で」

「奴のことはもういい。ジーヴス、こいつを読んでくれ」

彼は手紙をひっくり返した。

「非常に困ったことでございます、ご主人様」彼に言えたのはこれがやっとだった。

「どうしたらいいかなあ」

「時が解決してくれましょう、ご主人様」

「ところがしてくれないかもしれないぞ」

「まったく、その通りでございます」

ここまで話したところで玄関のベルが鳴った。ジーヴスがふっと消え、満面の笑みを浮かべ何やらぺらぺらしゃべりながらシリルが飛び込んできた。

「ウースター。なあ兄貴。あんたのアドバイスが欲しいんだよ。僕の役なんだけど、何を着たらいいかなあ。つまりさあ、第一幕はホテルみたいなとこだろう。時間は午後の三時だ。さあ何を着るべきだろうなあ、どう思う？」

僕は紳士の身だしなみについて議論できる気分ではなかった。

「ジーヴスに聞いた方がいいぞ」僕は言った。

「いかした考えだ。まったくその通りだ。彼はどこだい？」

「台所に戻ったと思うが」

「ベルで呼び出していいかい、いけないいかな？」

「構わない」

ジーヴスが静かに入ってきた。

「ああ、ジーヴス」シリルは話し始めた。「君とほんの少し話がしたいんだ。こういうことなんだが……ハロー、この子は誰だい？」

そして僕はあの手ごわい少年がジーヴスについて部屋に入ってきたのに気がついた。奴はドアのそばに立って、まるで恐れていた最悪のことが起こったとでもいうような顔でシリルを見た。しばしの間沈黙があった。少年はしばらくそこに立ったまま、三十秒ほどシリルに見とれていたが、やがて評決を下した。

「さかな顔だ！」

「えっ、なんだって」シリルが言った。

明らかに母親の膝の上で、真実を語るよう教え込まれたのであろうこの少年は、次は彼の意味するところをやや明確にした。

「お前の顔はさかなに似ている！」

彼の言い方は、あたかもその点についてシリルに非はなく、非難されるよりはむしろ哀れまれるべきだと言いたげであった。この点この少年はよくできた、心の広い人間であると僕は感じたと言わねばならない。シリルの顔を見るといつも僕は、彼の顔がこうなのは彼自身のせいじゃないと思うのだ。僕はこの子供に好感を抱き始めた。絶対的に僕はこの会話が気に入った。

シリルが事態を完全に理解するのに一秒かそこらはかかったようだ。それからだ。バジントン＝バジントン家の血が騒ぎ出す音がした。

「なんだって！」彼は言った。「なんて言った！」

「僕はあんな顔になりたくないなあ」少年は大真面目な顔でさらに続けた。「一〇〇万ドルくれるならいいけど」彼はしばらく考え、見解を修正した。「やっぱり二〇〇万ドルだな」

何が起こったかをそのまま伝えるのは難しい。しかしその後の数分間に起こったことはいささか刺激的だった。シリルは子供に向かって飛びかかって行ったものと思う。腕やら足やら物やらが激しく入り乱れていた。やがてウースター氏のウエスト・コートの第三ボタン近辺に何かが衝突し、僕は長椅子の上に転倒し、しばらく何もかにもに興味を失った。僕が意識を取り戻したときには、ジーヴスと少年はその場を去っており、シリルが鼻息を荒げて部屋の真ん中に立っていた。

「あのとんでもなく野蛮な子供は誰なんだ、シリル、ウースター？」

「知らない。今日初めて会ったんだ」

「あいつが逃げる前に二、三発効き目のいい奴をご馳走してやったぞ。だがな、ウースター。奴はおかしなことを言ったぞ。奴が俺のことを、何だ、奴が言ったみたいに呼べば、ジーヴスが一ドルくれるって約束したなんて、わめいてたぞ」

僕にはそんなことはおよそありえないことに思われた。

「なんだって一体ジーヴスはそんなことをするんだい？」

「俺も変だと思う」

「そんなことをして何の意味がある？」

「俺にもわからない」

「つまりな、ジーヴスにしてみればお前がどんな種類の顔つきをしてようとどうでもいいことだろう」

「その通りだ」シリルは言った。奴の言い方は少し冷たいような気がした。なぜかはわからない。

「じゃあ、俺は帰るよ。じゃあな、プップッー！」

「ピッピー！」

このおかしなエピソードがあって一週間ほどした頃だ。ジョージ・キャフィンが電話をよこして、ショーの通し稽古を見に来ないかと言ってきた。『パパにお願い』は、来週の月曜日に郊外のシェネクタデイで幕を開けるらしい。それで今晩は一種の先行ドレス・リハーサルということになるらしい。それでジョージが説明してくれたところによると、先行ドレス・リハーサルというのは、世の中の何にも似ておらず、深夜まで続くという点では普通のドレス・リハーサルと同じだが、時間無制限で、したがってその場に居る人物全員が己が怒れる情熱の高まるがままにするため、中断される余地が十分にあり、そのため誰にとっても楽しいひと時であるのだという。

八時に始まるというから、開演前に長く待たなくて済むよう僕は十時十五分ごろ現地に集合した。ドレス・パレードはまだまだ続いていた。ジョージは舞台の上でワイシャツ姿の男と、大きなめがねをかけ、ぴかぴかに禿げ上がった頭をしたまん丸に肥った男と話していた。後者の男とはジョージといっしょのところを一、二度クラブであったことがある。彼がマネージャーのブルーメンフィールドだ。僕はジョージに向かって手を振り、けんかが始まるようなことがあっても部外者でいられるよう一番後ろの席に腰を下ろした。しばらくするとジョージが舞台から降りてきて僕の隣に座り、それからまもなく舞台の幕が下りた。ピアノのところの男が鍵盤をたたき出す、舞台の幕は再び上がった。

『パパにお願い』の筋がどんなだったかは僕にはよく思い出せないが、この舞台がシリルの助けなしでも十分うまくやっていけるだろうことはよくわかった。当初僕は当惑した。つまり、シリルのことをくよくよ心配し、奴の役の話を聞き、何をすべきで何をすべきでないかに関する奴の見解を聞いてきたことで、僕の頭の中には奴がこのショーの大黒柱で、残りの連中は奴がたまたま舞台を離れた時に行ってそれを埋める以外にたいしたことはしない、という印象が根を張ってしまったのである。奴の登場を待って僕は半時間近く座っていたが、そこでやっと奴が初めから舞台にいたことに気づいたのだった。実際、奴は変な服装のチンピラで、ヒロインが、愛とは、僕には今思い出せないが何とかかのようなものだとかいう歌を歌っている間、上手から数メートルのところにある鉢植えのヤシの木にもたれかかって知的に見せようと格好をつけているところだ。二回目の繰り返しの後、奴は他に一ダースもいる、同じようにおかしなチンピラといっしょに群舞を始めた。手斧に手を伸ばそうとしているアガサ伯母さんと、一番頑丈な鋲打ちのブーツを履いたバジントン＝バジントン父の姿を思い浮かべる身にはつらい見世物である。

群舞が終わってシリルと仲間たちが両脇に散らばって消えると、僕の右側の暗闇から声がした。

「パパ！」

ブルーメンフィールド氏は手をたたき、主役の男性は横隔膜から次のせりふをまさに発声するところだったが、それを止めた。僕は暗闇の影をのぞき込んだ。それは誰あろう、ジーヴスのそばかす顔の遊び友達ではないか。奴は両手をポケットに入れ、この劇場が自分の持ち物であるかのような顔をして通路を歩いている。尊敬に満ちた注目が劇場内に充満した。

「パパ」奴は言った。「あの曲はよくないよ」ブルーメンフィールドは肩越しににっこり微笑んだ。

「坊やはあれは嫌いかい？」

「僕には苦痛だね」

「まったくお前の言う通りだよ」

「もっときびきびしたところが欲しいな。もっとジャズっぽい味を入れてね」

「まったくその通りだよ、坊や。留意しておくよ。いいぞ、続けてくれ！」

僕はジョージの方に向き直った。奴は神経を高ぶらせた様子でしきりになにやら独り言を言っている。

「ジョージ、なあ、あのガキは一体誰なんだ？」

ジョージは事はだいぶ込み入ってると言いたげにうなり声を上げた。

「あいつが来てるなんて思いもしなかった。あのガキはブルーメンフィールドの息子だよ。さて、我々はこれから黄泉《よみ》の国へとまっしぐらだ」

「あいつはいつもこんなふうに事を牛耳《ぎゅうじ》るのかい?」

「いつもそうだ」

「だが何でブルーメンフィールドは奴の言うことなんて聞くのさ?」

「わからん。純粋な父性愛かな。あるいはマスコットってことかもしれん。俺の考えでは、ブルーメンフィールドはあのガキが平均的観客とまさしく同じだけの知性を備えてると考えてるんだと思う。だからあのガキが喜ぶなら一般大衆も喜ぶだろうってことなんじゃないか? で、逆も真なりでガキが嫌がれば誰だって嫌いだってことだろう。あのガキは疫病神、目の上のたんこぶ、毒薬のつぼ、絞め殺さないとだめだ」

リハーサルは続けられた。主役のせりふが終わった。ステージ・マネージャーと屋根の方から聴こえてくるビルとかいう男の声との間に恐ろしげな感情の爆発があった。なんでもそのビルの「アンバー」がどこそこで効いてないのは、どういうわけだ、ということについてだった。再びリハーサルは進行し、シリルの登場シーンの時がやって来た。

この時点でもまだ僕は今ひとつ筋がよくわからなかったのだが、シリルがイギリスから十分な理由があってアメリカにやって来た男であるという事実だけは理解できていた。今のところ彼のせりふは二つだけで、ひとつは「ああ全く!」もうひとつは「そうだとも!」であった。だが、せりふ読みの練習を聞いているから、僕が思い出したところでは、まもなく彼の独壇場が始まるはずである。僕は椅子に座りなおして奴の再登場を待った。

シリルは五分ほどして登場した。それまでに舞台上のやり取りはだいぶ白熱してきていた。ビルとやらの声とステージ・ディレクターとの間に別件で愛憎関係が発生していた。今回はビルの「ブルー」が効いていないのはなぜかについてであるらしい。それが片づいたと思ったら、今度は窓台から植木鉢が落っこちて、危うく主役の頭を打ち砕くところだった。場内の雰囲気はだいぶ熱くなってきた。そこにそれまで舞台の後ろでうろうろしていたシリルが舞台中央に颯爽《さっそう》と登場した。彼の最大の見せ場である。ヒロインは何か言っていた——何と言っていたかは忘れた——シリルを先頭にコーラス全員がそわそわした様子でヒロインを取り囲み、これから曲が始まるところである。

シリルの最初のせりふは、「ああ、あのね、わかってるだろ、そんなこと言わないで、ほんとに」だった。僕の見るところそれは彼の喉頭を情熱をほとばしらせつつ通過した。しかし、何てことだ。ヒロインが戻ってくる前に、あのそばかす顔の友人が立ち上がって異議を申し立てた。

「パパ」

「なんだい、坊や」

「あいつは駄目だね」

「どいつだい、坊や?」

「さかなみたいな顔した奴だよ」

「だがみんなさかなみたいな顔をしているがね」

少年はその反論の正当性を理解したようで、より明確性を加えて言い直した。

「あの醜い奴だよ」

「どの醜い奴だい? あれかい?」ブルーメンフィールドはシリルを指差して言った。

「そうだよ、あいつは駄目だね」

「わしもそう思っていたところだよ」

「あいつはどうしようもないな」

「まったくお前の言うとおりだよ、坊や。わしも気がついていたんだ」

これらの会話が進行している間、シリルはぽかんと口を開けていた。彼はフットライトの下に勢いよく飛び出した。僕の座っているところからでも、先ほどの手厳しいやりとりが由緒あるバジントン゠バジントン家の誇りを猛烈に傷つけたことは見て取れた。彼の耳はピンク色になり、やがて鼻と頬も桃色に染まった。十五秒ほどの間に彼はまるで夕暮れ時にトマト缶詰工場が大爆発したみたいな様子になった。

「お前、一体何が言いたいんだ？」

「お前こそ何が言いたいんだ？」ブルーメンフィールドが叫んだ。「フットライト越しにわしに怒鳴るんじゃない！」

「俺はそっちに行ってそのガキをひっぱたいてやるつもりだが」

「何だって！」

「そう決めた！」

ブルーメンフィールドはパンパンに空気を入れたタイヤみたいに膨らんで、ますます丸くなった。

「いいかよく聞け……何君だったか、わしはお前の名を知らんが」

「俺の名前はバジントン゠バジントンだ。由緒正しきバジントン゠バジントン゠バジントン家の者はこんなことには慣れていないんだ……」

ブルーメンフィールドは彼に短い言葉でバジントン＝バジントン家と、彼らが何に慣れていないかについて思うところを述べた。彼の所見を聞いて楽しもうと一座の全員が耳をそばだてていた。舞台の両袖からは顔が突き出していたし、木々の陰からも身体が覗いていた。

「お前は僕のパパのためにちゃんと働かないといけないんだぞ！」少年は、シリルを非難するように頭を振りながら言った。

「お前の生意気な話なんか聞きたくない！」ガラガラ声でシリルは言った。

「何だその言い草は！」ブルーメンフィールドが吠えた。「お前、この子がわしの息子だってわかってるのか？」

「わかってるさ」シリルが言った。「あんたら二人に俺は同情するね」

「お前は首だ！」ブルーメンフィールドはもうちょっとさらに膨張しながら怒鳴った。「わしの劇場から出て行け！」


翌朝十時半ごろ、一杯のウーロン・ティーで体内にうるおいを与え終えるとすぐ、ジーヴスが寝室にやって来てシリルが客間で待っていると告げた。

「奴はどんな様子だ？」

「はい？」

「バジントン＝バジントン氏はどう見えたかと聞いてるんだ」

「ご主人様、ご友人の容貌の特異性についてわたくしが批判申し上げるのはいかにも僭越かと存じますが」

「僕はそんなことを言ってるんじゃない。あいつは怒ってる様子か、そうじゃないかと聞いてるんだ」

「拝見したところお怒りのご様子ではいらっしゃいませんでした。お静かでいらっしゃいます」

「そりゃあ、おかしい」

「はい?」

「いや何でもない。奴を通してくれ」

シリルは昨晩の争いの名残をいくらか留めているものと僕は思っていた。僕は、こう言っておわかりかどうか、荒ぶる魂と震動する神経節とを見いだそうとした。彼はまったく平常通りでひどく陽気だった。

「ハロー、ウースター！　やあ」

「やあやあ！」

「実はさよならを言いに来たんだ」

「さよならだって?」

「そうなんだ。一時間後にワシントンに発つんだ」僕はベッドの上に座り直した。「わかるだろ、ウースター。なあ兄貴」彼は続けた。「もう一度考え直してみたんだが、やっぱり僕が舞台に出るとかそういうのは親父に悪いって気がしてきたんだ。どう思う?」

「お前の言いたいことはわかるよ」

「つまりさ、親父は僕が見聞を広めるようにって送り出してくれたわけで、そいつを放り出して舞台に出るっていうのは親父にはこたえるだろうなって思わずにはいられないんだ。わかってもらえるかどうか、これはいわば良心の問題なんだ」

「お前がショーを抜けたら、皆困るんじゃないのかい？」

「それなら大丈夫なんだ。ブルーメンフィールドにみんな説明した。そしたら僕の立場もわかってくれたよ。無論僕が抜けるのは痛手だって言ってたけど。僕の抜けた後をどうやって埋め合わせたらいいかわからないなんてね。だけど結局さ、彼が少しばかり困るとしたって、僕がやめるのは正しいことだと思うんだ。どうだい？」

「そりゃあ絶対そうさ」

「そう言ってくれると思ってたよ。じゃ、行かなきゃ。あんたに会えてよかったよ。色々ありがとう、ピッピー！」

「ブッブー、じゃあな」

彼は行ってしまった。澄んだ、青い、とび出した若者の目をしてこれだけの嘘八百を並べたてて。

僕はベルを鳴らしてジーヴスを呼んだ。おわかりだろう、昨夜以来僕は頭をある程度働かせており、ひらめいたことがあったのだ。

「ジーヴス」

「はい」

「あののっぺりした丸顔の子供に、バジントン＝バジントン氏をいたぶらせたのは君の仕業だな？」

「はい？」

「わかっているはずだぞ。君がバジントン＝バジントン氏を『パパにお願い』の一座から首にするように言ったんだろう」

「わたくしはさような僭越をいたした覚えはございません、ご主人様」彼は僕の服を並べ始めた。「あるいはお若いブルーメンフィールド様が、わたくしのちょっとした物言いから、舞台がバジントン＝バジントン様にとってまったくふさわしからざる場所であるとわたくしが考えているとご理解なさったのかもしれません」

「ジーヴス、お前はたいした奴だよ」

「ご満足頂けるよう相努めております」

「本当に感謝するぞ。わかるか？　君が奴の首を切らなかったらアガサ伯母さんは十六回か十七回は卒倒してたぞ」

「いささかの軋轢《あつれき》と不快事は避け得なかったものと拝察いたします。細い赤縞が入った青のスーツをご用意いたしました。お似合いと存じます」


おかしなことだが、朝食を済ませて外出しようとエレベーターのところまで行ってから、今回のシリルの件でのジーヴスの活躍に報いるべく僕が何をしようとしていたかを思い出した。身を切られるほどつらいことだが、僕はジーヴスに勝ちを譲って例の紫色の靴下を僕の人生から放逐しようと決めていた。男には何かを犠牲にしなければならない時がある。とんで帰ってこの喜ばしい知らせを早くジーヴスに届けようと思ったが、エレベーターが到着したのでそれは帰宅後に回すことにした。


僕が乗り込むとエレベーター係の黒人の男は、畏敬の念をもって僕を見た。

「あーた様におれーが言ーたいんです」彼は言った。「あーた様のご親切に」

「えっ、なんだい？」

「ジーヴスさーんがこの紫の靴下をくれたんです。あーた様がそー言ったたって。ありがとございます」

僕は足元に目をやった。男の距骨から南側は、紫色の輝きを放っていた。これほどドレッシーな光景を生まれてこれまでに見たことがあったろうか。

「いや、いいんだ。構わない。気に入ってもらってよかった」僕は言った。

いや、つまり、それがどうした、だ。まったく！

11. 同志ビンゴ

そもそもことの起こりはハイドパークでだ。マーブルアーチのところの、ありとあらゆる種類の変わった人間が日曜の午後に集まって、石鹼箱の演説台に立って演説をするあの場所での話だ。僕はいつもはそんな所に出入りする人間ではないが、我が懐かしきロンドンへの帰還の後の安息日に、たまたまそこに居合わせたのだ。マンチェスター・スクエアに訪ねるところがあって、到着が早過ぎないようそっちの方向にのんびり歩いていたところ、気がついたらそのど真ん中にいたというわけだ。

大英帝国にかつての面影はないが、僕はいつだって日曜日のハイドパークこそロンドンの中心だと思っている。そう言っておわかりいただけるだろうか、つまり、異郷暮らしから戻って来た者が、帰って来たのだと本当に確信できる場がここだという意味だ。ニューヨークでのいわば強制的一時滞在の後で、僕は心から楽しみながらその場に佇《たたず》んでいたと言わねばならない。怒鳴り声を張り上げている人々の声を聞きつつ、すべてがめでたしめでたしに終わって、バートラムは故郷に帰ったのだと思うのは実にいいものだった。

僕から遠く離れた群衆の端の方では、山高帽の男たちが野外伝道礼拝を始めている。僕のすぐそばでは無神論者が元気一杯自分を解放している。とはいえ口を覆う屋根がない点はハンデだが。僕の正面には「赤き黎明《れいめい》の使者」なる横断幕を持ったまじめな思想家たちの小グループがいる。僕が近づくと、ソフト帽をかぶってあごひげをはやしてツイードのスーツを着た使者の一人が、怠惰な金持ちについて雄大かつ情熱的な演説を始めたので、僕は思わず立ち止まってひとくさり聞いてしまった。僕がそこに立っていると誰かが話しかけてきた。

「これはウースターさんじゃありませんか」

恰幅《かっぷく》のいい男性だ。しばらく誰だか思い出せなかったが、すぐにわかった。ビンゴ・リトルの伯父さんだ。ビンゴがピカディリーの喫茶店のウエイトレスに恋していたとき、昼食をいっしょにしたことがあった。一目見てわからなかったのも無理はない。僕が前に会った時には、彼はどちらかというとだらしない老紳士だった。カーペット地のスリッパとベルベットのスモーキング・ジャケット姿で昼食を摂《と》っていた。ところが今は小粋どころの話ではない。シルクハットにモーニング・コート、ラベンダー色のスパッツに縞のズボンをはいて、太陽の下、文字通り輝いている。実にドレッシーである。

「おや、ハロー！　お元気ですね」

「お陰様で健康そのものですぞ。貴君はいかがです？」

「ピンク色ですよ。アメリカから帰ってきたところなんです」

「おや、それは貴君の素晴らしいロマンス小説に、ローカル色を加えようというおつもりですかな」

「はあ？」彼の意味するところを理解するまでに少々考えなければならなかった。それから僕は、あのロージー・M・バンクス問題の件を思い出した。「いやいや」僕は言った。「気分転換が必要だと思っただけなんです。ビンゴには最近会いましたか?」僕はすかさず訊ねた。僕の文学生活方面に話を持って行きたくなかったのだ。

「ビンゴですって?」

「あなたの甥ごさんの」

「ああ、リチャードのことですか。いや、最近は会っておりません。私が結婚して以来少々疎遠になりましてな」

「そう伺って残念です。じゃあご結婚なさったんですね。リトル夫人はお元気ですか?」

「妻は元気で幸せでおります。しかし、リトル夫人ではありませんぞ。貴君とお会いした後、慈悲深い国王陛下がもったいなくも私を貴族に列し賜《たま》いましてな。先の叙爵者一覧の公布により、私はビトルシャム卿となりました」

「何ですって、本当ですか? 心からおめでとうを申し上げます。そりゃあ大変なことだ。待てよ。ビトルシャム卿ですって。何てこった。あなたはオーシャン・ブリーズ号の馬主でいらっしゃいますね?」

「そうです。結婚は私の地平をさまざまな方向に拡大してくれました。妻は競馬に興味がありましてな、私は今では小さいながら厩舎を所有しております。オーシャン・ブリーズは今月末にサセックスのリッチモンド公領グッドウッドで開催されるレースに向けて調教されております」

「グッドウッド・カップ。そうですよ。僕はあの馬に賭けてるんですよ」

「本当ですか。あの馬は貴君の信頼に必ずや応えてくれるものと私は信じております。私はこうしたことは皆目《かいもく》わからないのですが、妻が申すところでは有識者の間ではあの馬は本命と目されておるとか」

この時点で僕は、観衆が我々の方を多大な興味をもって注視していることに突然気がついた。あごひげの男が僕らを指差すのが見えた。

「そうだ、奴らを見ろ！　奴らを飲み干してしまえ！」彼は叫んでいた。彼の声は永久運動の発明者の声や伝道礼拝を完全に圧倒した。「そこにいる二人こそ何世紀もの間、貧民を足蹴にしてきた階級の典型的メンバーだ！　怠惰なる者！　非生産者！　電動マスコットみたいな顔をした背の高いやせた男を見ろ。奴が生まれてこの方、誠実に働いた日が一日でもあったろうか。なしだ！　こそ泥！　浪費家！　吸血鬼！　奴はあのズボンの代金をまだ仕立て屋に払ってないにちがいないぞ！」

彼の言うことは個人的中傷に過ぎると僕には思われたし、僕は高く買わなかったが、老ビトルシャム氏はちがった。僕と反対に喜んで面白がっている。

「この連中の表現というのは偉大な才能ですな」彼は笑った。「非常に痛烈だ」

「あの太った方を見ろ！」男は続けた。「見逃すんじゃないぞ。誰だかわかるか？　ビトルシャム卿だ。最悪の一人だ。奴は一日四食食べる他に何をした？　奴の神はその腹だ。奴はそいつにいけにえの供物を捧げているんだ。奴の腹を開けてみろ。労働者階級の十家族を十分養えるだけの昼飯が入っているはずだ」

「いやあ、なかなかうまいことを言うもんですね」僕は言った。しかし老人はそうは思わないようだった。彼は明るい赤紫色になると沸騰中のやかんみたいに泡を噴いた。

「行きましょう、ウースターさん。私は言論の自由を支持するものだが、こんな下品な中傷をこれ以上聞くのは断固拒否したい」

我々は静かなる威厳をもってその場を立ち去った。男はけがらわしい当てこすりを最後まで言いながら我々を追いかけてきた。まったくいまいましいことだ。

翌日クラブに立ち寄るとビンゴが喫煙室にいた。

「ハロー、ビンゴ」僕は奴の許へいそいそと駆け寄った。会えて嬉しかったからだ。「どうしてた？」

「ばたばたしてたさ」

「お前の伯父さんに昨日会ったぞ」

ビンゴが急にニヤニヤしたので顔の真ん中で表情が分かれた。

「知ってるさ、浪費家。いいから座ってちょっと飲め。こそ泥の方は最近どうしてる？」

「何てこった！　お前あそこにいたのか？」

「ああ、そうだ」

「お前なんか見なかったぞ」

「いや、見たんだよ。だが変装を見抜けなかったってわけだ」

「変装？」

「あごひげだよ。高い金を出しただけのことはある。絶対見破られない。みんなにいつも〈ビーバー〉って呼ばれるのは嫌だが、それくらいは我慢しなきゃならん」

僕はびっくりして奴を見た。

「わからないなあ」

「話は長いんだ。マティーニかジン・アンド・ソーダはどうだ。全部話してやる。始める前にお前の意見を聞きたい。彼女はお前が生涯会った中で一番素晴らしい女性だとは思わないか?」

奴は奇術師が帽子からウサギを出すみたいにどこからか写真を取り出して、僕の前でそれをひらつかせた。見たところ女性のようだ。目と歯がある。

「なんだって、また恋をしたなんて言わないでくれよ!」僕は言った。

奴は気分を害した様子だった。

「どういうわけだ。また、っていうのは」

「僕の知る限り確かにお前はこの春からこっちで少なくとも半ダースの女の子に恋してる。まだ七月だぞ。あのウエイトレスにオノリア・グロソップ、それから……」

「やめろ! つまらんことを言うな。あんな女なんてただの通りすがりの幻想だよ。これは本物なんだ」

「どこで会ったんだ?」

「バスのてっぺんさ。彼女の名はシャルロット・コルデ・ロウボサムっていうんだ」

「ありゃあ」

「彼女のせいじゃないんだ。父親が革命礼賛家でそういう名前をつけたんだよ。元祖のシャルロット・コルデ〔フランス革命時の愛国者。マラーを殺害〕は抑圧者を入浴中に刺し殺して注目と尊敬を集めるようになったんだそうだ。ロウボサム氏に会うべきだぞ、バーティー。素晴らしい人物だ。ブルジョアジーを虐殺してパーク・レーンを略奪して、代々続く貴族社会のはらわたを抜き取ろうっていうんだ。な、こんなフェアな考え方はないだろう? シャルロットの話だったな。俺たちはバスの上階にいたんだが、そしたら雨が降ってきたんだ。俺が傘を貸してやって、あれこれ少し話をしてな。俺は恋に落ちて、彼女の住所を聞きだし、何日かしてから付けひげを買って出かけていって家族に会ったたってわけだ」

「だがどうして付けひげを？」

「うん、彼女がバスの上で父親についてずいぶん話してくれたからな。俺としては家族に溶け込むには赤き黎明の連中の仲間入りをしなきゃならないと理解したわけだ。それにハイドパークで演説をぶつとなったら何十人も知った奴らが通るからな、変装が必要だとも思ったんだ。それで付けひげを買ったら、何だかすっかりそれがなじんじまって、たとえば今日はここに来るんではずしてきたんだが、まったく丸裸になったみたいな気がするんだ。これのおかげでロウボサム氏の覚えはめでたいんだ。彼は俺のことを一種のボルシェビストで、警察のせいで変装する必要があると思っているんだ。本当にロウボサム氏には会わないといけないぞ、バーティー。そうだ、明日の午後は暇か？」

「別に何もないが、どうしてだ？」

「いいぞ、じゃあみんなで行くからお前のフラットでお茶をご馳走してくれ。ラムベスで集会した後、連中をライオンズ・ポピュラー・カフェに連れて行くって約束したんだが、お前がご馳走してくれれば金が浮く。聞いてくれよ。このごろじゃあ俺にとっては、一ペニーの節約は一ペニーの儲けだからな。伯父貴は結婚したってお前に話したか？」

「ああ、それでお前とは疎遠になってるって言ってた」

「疎遠だって？　俺はもうゼロだよ。結婚して以来、伯父貴はありとあらゆることで俺に指図しては金をつかわせまいとする。貴族になるんでだいぶ金が要ったんだな。男爵でも昨今は恐ろしく高いって聞いたぞ。おまけに伯父貴は厩舎まで始めた。ところで、グッドウッド・カップにはオーシャン・ブリーズに絶対賭けろよ。ガチガチの本命だ」

「そうするつもりだ」

「負けるわけがない。シャルロットとの結婚資金はこれで稼ぐつもりなんだ。もちろんグッドウッドには行くんだろう?」

「当然だ」

「じゃあ会えるな。グッドウッドの日にパドックの外で集会があるんだ」

「だがそれじゃああまりにも危険なんじゃないか? 伯父さんは絶対グッドウッドにいるだろ? もし見つかったらどうするんだ。伯父さんを公園でつるし上げたのがお前だってわかったら絶対愛想をつかされるぞ」

「どうして伯父貴にわかるんだい、頭を使えよ。うろうろ歩き回ってるだけの赤血球の吸入器だよ、お前は。昨日わからなかったものが、どうしてグッドウッドの日になったらわかるんだ。まあいい、明日はごていねいにお招き頂いてかたじけない。喜んでお受けするよ。我らをもてなし給え、さすれば神のご加護のあらん。ところでお茶なんて言って間違えてもらっちゃ困るんだが、薄っぺらいパンとバターなんか出してくれるなよ。我々は大食家揃いだからな。革命家だからな。俺たちが欲しいのはスクランブルド・エッグにマフィンにジャム、ハムとケーキとサーディンだ。五時きっかりに行くから待っててくれ」

「待てよ、よくわからないんだが」

「わかるだろ、馬鹿だなあ。いいか、革命が勃発したときこのお陰でお前がどれだけ助かるか知れないんだぞ。ロウボサム氏が両手に血の滴るナイフを持ってピカディリーを疾走してる時になったら、彼に一度お茶とエビをご馳走したことがあるって思い出させてやれてよかったって思うはずだぞ。俺たちは四人で行く。シャルロットと俺と父親とブット同志だ。奴も行きたいって言うに決まってるからな」

「ブット同志って誰だ？」

「昨日俺の横にいた男に気づかなかったか？　チビの、ちぢこまった男だ。肺病のタラに似ている。そいつがブット、俺のライバルだ。今のところシャルロットと奴は半分婚約してるようなものなんだ。俺が現れるまでは奴が青い目の青年だったってわけさ。奴の声は霧笛みたいでロウボサム氏は奴のことを高く買ってるんだ。だがな、このブットを完全に追い越して刻んでばらばらにしてゴミ捨て場の、奴が本来居るべき場所に捨てちまわないと――まあいい。俺はもう昔の俺とはちがうんだ。そういうことだ。奴の声はでかいかもしれんが、俺の持ってるような表現の才能はない。大学のときボートの艇長をやっといてよかったよ。ここは頑張り時なんだ。ところでどうやったら五〇ポンド集められると思う？」

「働いたらどうだ」

「働くだって？」ビンゴは驚いて言った。「俺が？　駄目だ。何とか方策を考えないとな。オーシャン・ブリーズに少なくとも五〇ポンドは賭けないといけない。じゃあな、明日会おう。神のご加護を。マフィンを忘れるなよ」

なぜかはわからないが学校で初めて奴に会ったその時から、僕はビンゴに対して不思議な責任感を覚え続けてきたのである。つまり、僕は奴の父親ではない（神に感謝だ）し、兄でもなんでもない。奴が僕に何か要求する権利はまったくないのだが、それでもなお僕の生涯のかなりの部分は年取った雌鶏《めんどり》みたいに奴の世話を焼き、スープの中から救い出してやるために費やされてきた。これはひとえに僕という人間のたぐいまれな美徳のなせる業であると僕は思う。とにかく、今回の奴の恋物語は僕を心配にした。奴が何とかして結婚してその一員になろうとしている家族は、明らかに頭がおかしい。奴は金もなしに精神を病んだ妻をどうやって支えられると思っているのだろうと僕には衝撃だった。奴がそんなことをしたら老ビトルシャムは奴の小遣いを打ち切るだろう。ビンゴみたいな奴にとっては、小遣いを打ち切られるのは斧《おの》で頭を叩き割られるのと同じことだ。

「ジーヴス」家に着くと僕は言った。「心配があるんだ」

「ご主人様、どうなさいましたか」

「僕の友人のリトル氏のことなんだ。それについては今は話さないことにするよ。明日は奴が友達を連れてお茶にやって来る。そうしたら君は自分で判断を下せるだろう。ジーヴス、君にはしっかり観察してもらって、判断してもらいたいんだ」

「承知いたしました、ご主人様」

「お茶についてだが、マフィンを買っておいてくれ」

「承知いたしました、ご主人様」

「それとジャム、ハム、ケーキ、スクランブルド・エッグ、それからワゴン五、六杯分のサーディンだ」

「サーディンでございますか?」ジーヴスは身震いしながら言った。

「サーディンだ」

嫌な沈黙があった。

「僕を責めないでくれ、ジーヴス。僕のせいじゃないんだ」僕は言った。

「承知しております」

「じゃあ、そういうことで頼む」

「かしこまりました」

彼が緊張した様子でじっと考え込んでいるのが見て取れた。


人生の一般原理として、当初最悪と思われたことが、結局それほどでもなく終わるというのはよくあることだ。しかしビンゴのティー・パーティーはそうは行かなかった。奴が自分で自分を招待したその時から、事態は隅から隅まで惨憺たることになるだろうと僕は思ったし、事実その通りだった。全体を振り返って一番悲惨だったのは、出会ってから初めて、ジーヴスがほとんど平静さを失いかけるのを目にしたことだ。誰にも弱点はある。ビンゴがあごに十五センチもある茶色いひげをはやして颯爽《さっそう》とやって来た時、ジーヴスはほとんど降参状態だった。おまけにそれは彼にとってはまったくの青天の霹靂《へきれき》だったのである。彼のあごが落ち、倒れまいとテーブルにしがみつくのが見えた。しかし僕は彼を責めてはいない。カビ面のビンゴくらい不潔に見える人間はそうはいない。ジーヴスは少し青ざめた。それから弱点は克服されいつものジーヴスに戻った。しかし彼が心から動揺したのが僕にはわかった。

ビンゴは仲間を紹介するのに忙しくてろくに注意を払っていなかった。まったく最低の取り合わせだった。ブット同志は雨降り後の枯れ木から湧いて出てきた何かのように見えた。ロウボサム氏を言い表すのに用いるべき表現は虫食いだらけ、というものだ。それで問題はシャルロットだが、彼女は僕を恐るべき異界にまっすぐ連れ去るように思われた。彼女の外見がまったく醜いというのではない。実際、彼女が澱粉質の食べ物をやめて少しばかりスウェーデン式エクササイズでもすれば、何とか許せる程度にはなると思う。しかし余りにも彼女は巨大すぎる。大波がうねるようなカーブ、栄養満点、というのが最善の表現だろう。あるいは彼女は金のハートの持ち主かもしれないが、彼女を見てまず気づくのは、彼女が金歯の持ち主だということだ。僕はビンゴは異性であればおよそ誰とでも恋に落ちられることを知っている。しかし今回ばかりは奴にいささかの正当理由も認められなかった。

「俺の友人のウースター君だ」儀式を締めくくってビンゴが言った。

ロウボサム氏は僕を見て、それから部屋中を見回した。彼が特に喜んでいないのは見て取れた。オリエンタル風の豪奢さなどこのフラットには微塵もないが、ここで僕は何とか快適に暮らしている。この環境は彼を少々いらだたせたようだ。

「ウースター君」ロウボサム氏が言った。「君をウースター同志と呼んで構わんかな?」

「何ですって?」

「君も運動の一員かな?」

「え、あー、っと」

「君も革命を切望しておるのかな?」

「それが僕の切望するものなのかはよくはわかりません。つまり、僕にわかっているのは、その計画の要諦は僕みたいな人間を虐殺するってことで、僕がそうした考えに夢中だとは言えませんが」

「だが俺が彼を説得しているんだ」ビンゴが言った。「俺は奴と格闘してるところだ。もう少し手当てしてやればわかるはずなんだが」

ロウボサム氏は疑い深げに僕を見た。

「リトル同志は実に弁が立つ」彼は認めた。

「彼の言うことって素晴らしいと思うわ」娘が言うと、ビンゴは彼女に献身的愛情のこもった視線を送ったので、僕は引き下がった。この光景は同志ブットにも少なからぬ落胆を与えたようだった。彼は顔をしかめてカーペットをにらみつけ、火山の上で踊るのが何とかかと口走った。

「お茶の用意ができましてございます」ジーヴスが言った。

「パパ、お茶ですって」その言葉にラッパの音を聞いた年寄りの軍馬みたいにシャルロットは飛びついてきた。我々は席に着いた。

年と共に人が変わるのは不思議なものである。学校時代、僕は五時のスクランブルド・エッグとサーディンのためなら魂だって売り渡したものだ。しかし、一人前の男になってからというもの、どういうわけか僕はこの習慣をなくしていた。そういうわけで革命の息子や娘たちが頭を押し合いながら食べ物に向かう姿を見て僕はぞっとしたことを認めねばならない。ブット同志までがいつもの陰気さを放り出して空き地をこしらえ、その分体全体をスクランブルド・エッグに沈めている。ときおり中休みにお茶を飲みに浮かび上がってくるだけだ。今、お湯が足りなくなったので、僕はジーヴスのほうに向いた。

「もっとお湯を頼む」

「かしこまりました、ご主人様」

「おい、ちょっと待て。なんだそれは!」ロウボサム氏がカップを下ろして僕たちを厳しくにらんでいる。彼はジーヴスの肩を叩いた。「奴隷状態はなしだ! 君、奴隷状態はだめだ!」

「いかがなさいましたでしょうか?」

「そんな言い方はよせ。俺のことは同志と呼ぶんだ。君は自分が何だか知っているのか? 旧弊な封建制度の遺物だぞ」

「さようでございますか」

「俺の血管の血を煮え立たせるものがひとつあるとしたら、それは……」

「サーディンをもっとどうだい?」ビンゴが割り込んできた。僕が奴と知り合って以来、奴は初めて分別のあることをした。ロウボサム氏が三匹取ると話はそれまでになり、ジーヴスは退散した。彼の背中から、彼がどう感じているかが伝わってきた。

永遠に続くかと思われたが、やっとのことで茶会は終わった。僕は起き上がって連中が帰り支度をするのを見守った。サーディンと三リットルもの紅茶は、ロウボサム氏の心を溶かしたようだ。僕と握手する彼の目は温かさに溢れていた。

「おもてなし、有難く頂戴しましたぞ、ウースター同志」彼は言った。

「とんでもない。こちらこそ……」

「もてなしだって?」ブットがせせら笑い、その声は僕の耳を水中爆雷のように通り過ぎた。彼はむっとした様子で顔をしかめ、窓のそばでふざけあっているビンゴと娘をにらみつけた。「我々の口の中で食べ物が灰に変わったんじゃないかと思うよ。卵! マフィン! サーディン! みんな飢える貧者の血のにじむ唇から搾り取られたものじゃないか!」

「何てぞっとする考え方だ！」

「革命の大義に関する文献をいくつかお送りしますよ」ロウボサム氏が言った。「いずれ近いうちに我々の集会でお目にかかれるものと期待しておりますぞ」

ジーヴスが片づけに入ってきて、廃墟の只中に座り込む僕を見つけた。ブット同志が食べ物のことを悪く言うのは構わないが、彼だってハムをずいぶん食べている。飢える貧者の血のにじむ唇にジャムの残りを押し込んだところで、大してくっつく分はないはずだ。

「なあ、ジーヴス」僕は言った。「どうだった？」

「何も申し上げたくございません、ご主人様」

「ジーヴス、リトル氏はあの女性に恋してるんだ」

「さようと拝見いたしました。あの女性はリトル様をぴしゃぴしゃ叩いておいででした」

僕は額を押さえた。

「叩いてたって？」

「はい、いたずらっぽいご様子でございました」

「なんてこった！　そこまで行ってたとは知らなかった。ブット同志はそれを見てどんな様子だった？　それとも彼は見なかったのかなあ」

「いえ、ご主人様。すべてご覧になっておいででした。大変嫉妬なさっていらっしゃるご様子と拝見いたしました」

「奴を非難できないな。ジーヴス、僕らはどうしたらいい？」

「お答えしかねます、ご主人様」

「こりゃあちょっと、大変なことになったな」

「全くその通りでございます、ご主人様」

彼から得られた慰めの言葉は、これだけだった。

12・ビンゴ、グッドウッドでしくじる

僕はビンゴと翌日会う約束をしていた。あのいまいましいシャルロットについてどう思うかを奴に伝えるためである。それで僕はどうやったら奴の感情を傷つけずに、彼女は世界最低の女性の一人だと僕が考えていると説明できるかを考えながらセント・ジェームズ街をゆっくりぶらついていた。するとなんとデヴォンシャー・クラブからとことこ出てきたのは誰あろう、ビトルシャム卿とビンゴにほかならぬではないか。僕は急いで彼らに追いついた。

「やあ、これはこれは」僕は言った。

この簡単な挨拶の結果はいささか驚くべきものだった。老ビトルシャムはまさかりで切られたブラマンジェみたいに頭から足の先までぶるぶると震えた。彼の目は飛び出し、顔は一種緑色になった。

「ウースターさん!」僕は彼に降りかかる最悪の事態ではないとでもいうように、幾分落ち着いた様子で、彼は言った。「かなり驚かされましたぞ」

「これは失礼!」

ビンゴがひそひそ声で、実は……と話しだした。「伯父さんは今朝はあまり気分がよくないんだ。

脅迫状が届いたんだよ」

「命の危険を感じております」老ビトルシャムが言った。

「脅迫状だって？」

老ビトルシャムは言った。「学のなさそうな筆跡で、容赦ない脅しがほのめかされておるのです。ウースターさん、貴君は先週日曜日のハイドパークで私を襲ったあごひげの男のことを憶えていらっしゃいますか？」

僕は飛び上がってビンゴに目をやった。奴の表情に表れているのは陰気で、親切そうな心配顔だけだった。

「え、ええ、覚えてますとも」僕は言った。「あごひげの男、あごにひげの生えた男ですね」

「もし必要とあらば奴を見分けられますかな？」

「え、あー、どういう意味ですか？」

「実はな、バーティー」ビンゴが言った。「僕たちはそのあごひげの男がこの一件の黒幕だとにらんでるんだ。僕はたまたま昨夜遅くにモティマー伯父さんの家のあるパウンスビー・ガーデンズあたりを歩いてたんだ。そしたら伯父さんの家の前を通り過ぎるところで一人の男が胡散《うさん》臭い様子で階段を走り降りて来たんだ。多分その時男は手紙を玄関ドアに放りつけてきたところだったんだな。ひげの男だってことはわかったんだ。だけどその時はそれ以上のことは考えなかった。ところが今朝になってモティマー伯父さんが僕に昨日の手紙を見せてハイドパークで会った男の話をしてくれたんだ。それで僕が調査を始めたってわけさ」

「警察に知らせねば」ビトルシャム卿が言った。

「だめです」ビンゴがきっぱりと言った。「今の段階じゃだめです。僕の邪魔になる。心配しないで、伯父さん。僕が見つけ出してやります。全部僕に任せてくれればいいんです。じゃあこれからタクシーに乗せるから帰ってください。僕はバーティーと話し合うから」

「じゃあ頼んだよ、リチャード」老ビトルシャムは言った。通りかかったタクシーに彼を乗せて送り出したところで、僕はビンゴに向き直って奴の目をまっすぐに見た。

「お前が手紙を送ったんだな」僕は言った。

「その通り。見せてやりたかったよ。紳士の普通の脅迫状としては俺が書いた中で最高の出来だ」

「だが何でそんなことをした？」

「バーティー、わかるだろ」ビンゴは俺のコートの袖をつかんで言った。「大変な理由があるんだ。後世は俺のことを言いたいように言うだろうが、俺に堅実なビジネスの才覚がなかったとは絶対言わせないぞ。見てくれ！」奴はそう言って僕の目の前で紙切れをひらひらさせた。

「何てこった！」それは小切手だった。本物の、それも五〇ポンドの小切手だ。ビトルシャムのサインがあり、名宛人はR・リトル氏になっている。

「それは何の金だ？」

「諸経費だ」大事そうにそれを仕舞い込みながらビンゴは言った。「この手の調査がただでできるなんて思っちゃいないだろう？　俺はこれから銀行に行ってこれを現金に換えてもらう。それから馬券売り場に行って全額オーシャン・ブリーズに突っ込むつもりだ。こういうときに必要なのは才覚だよ、なあバーティー。もし伯父貴のところに行って五〇ポンド頼んでみろ。もらえると思うか？無理だよ。だけど才覚を働かせたらどうだ――おっと、ところでシャルロットのこと、どう思った？」

「あ、あー」

ビンゴは僕の袖を愛しげにさすった。

「わかってるよ、な？　言葉にならないんだろ。彼女はお前を打ちのめしたんだろ？　言葉もないんだよな。わかるよ！　みんな彼女に会うとそうなるんだ。じゃあ、ここで別れるとしよう。おっと、その前にブットだ。ブットはどうだった？　大自然の最悪のへまだよ、そうだろ？」

「まあ、世の中にはもっと気持ちのいい人物はいるな」

「バーティー、俺はあいつには勝ったと思ってるよ。今日の午後はシャルロットと二人で動物園に行くんだ。二人きりだぞ。それから美術館だ。これで決まったな、な？　じゃあな、わが若き日の友よ。今朝他にすることがないなら、ボンド街を歩いて回って結婚祝いを選んどいてくれ」

それからビンゴの姿を見かけなくなった。クラブに何度か伝言して電話をよこすように伝えてもらったが効果はないようだ。奴は忙しすぎて返事をよこす暇もないんだろうと思うことにした。赤き黎明の息子たちも僕の生活から姿を消した。とはいえジーヴスが、ある晩ブット同志に会って少し会話を交わしたと話してくれた。ブットは一段と陰気になっていたそうだ。膨満したシャルロットをめぐる争奪戦に、ブットは明らかに遅れをとっているようだ。「リトル様はブット氏を完全にしのいでおいでのご様子です、ご主人様」ジーヴスは言った。

「悪い知らせだ、ジーヴス。悪い知らせだな」

「はい、ご主人様」

「ジーヴス、ビンゴが上着を脱いで本気で取り掛かったら、神や人の力では馬鹿な真似を止めるすべはないんだ」

「さようと存じます、ご主人様」ジーヴスは言った。

グッドウッドの日になった。僕は一番いいスーツを着て家をとび出した。話をするときにいつも思うのだが、単なる事実の記述にとどめるべきか、それともだらだらよけいなしゃべりも入れてその場の雰囲気を伝えるべく努めるべきかは迷うところだ。つまり、多くの人々が物語をグッドウッドの長い描写で始めることだろう。青空、弾む希望、陽気なスリの群れ、懐中をすられるその他の人々、そして……まあそんなところだ。しかし、そんなものは端折《はしょ》ることにしよう。あのいまいましい集会の詳細に立ち入りたいところだが、僕の心がそれに耐えられるとは思えない。まだつい最近の話なのだ。痛手は未だ癒えていない。つまり、何が起こったかというとオーシャン・ブリーズ（死んでしまえ！）が入賞すらしなかったということなのだ。信じてもらいたい、全く駄目だったのだ。

魂にとっては試練の場である。自分の賭けた馬がばたばたになった場に身を置くのが快適であったためしはないが、とりわけこのいまいましい動物のケースでは、僕はそのレースを純粋な形式、一種の古風で奇妙な、旧世界の儀式と考えて我慢するしかなかった。つまり、賭元のところにぶらぶら行って集金にあう前に通過しなければならないひとつの儀式であると。僕はパドックの外を歩き回って何とか忘れ去ろうと試みたのだが、その時、老ビトルシャムに出くわしたのだ。彼はひどくうろたえており、顔色は紫で、目は頭の上に突き出ていた。僕は思わず手を差し出し、彼の手を黙って握った。

「僕もなんです」僕は言った。「僕も同じです。あなたはいくらすったんです？」

「すったですと？」

「オーシャン・ブリーズにです」

「私はオーシャン・ブリーズに賭けておりません」

「なんですって、本命馬のオーナーのあなたが賭けなかったんですって！」

「私は競馬に金は賭けません。私の信条に反しますのでな。あの馬は優勝しなかったと聞きましたが」

「優勝なんてとんでもない。奴はとてつもなく遅かったんでもう少しで次レースの一位に来るところだったんですよ」

「チェッ！」

「チェッは正しいです」僕は同意した。だが、するとおかしいではないか。

「レースでごっそりすったんじゃないなら、どうしてそんなに狼狽《ろうばい》してらっしゃるんです？」

「あの男がいるのです」

「どの男です？」

「あのあごひげの男です！」

このとき僕は初めてビンゴのことを考えたと言ったら、いかに僕の心が鉄のように固まっていたかおわかり頂けるだろうか。突然僕はビンゴがグッドウッドに来ると言っていたことを思い出した。

「あの男は今この瞬間にも敵意に満ちた演説をしているのですぞ。それも特に私を名指してです。おいでなさい。あの、人の集まっているところです」彼は僕を無理やり引きずり、体重を科学的に駆使しながら先頭の列にたどり着いた。「ご覧なさい。聞いてください」

ビンゴは確かに素晴らしい演説を披露していた。それは六位にすら入らなかった負け馬に持てるすべてを賭けたことの悲嘆に霊感を与えられたもので、馬小屋の中だって脚をこんがらがらせずに走ることもできずに、座り込んで休もうとするような馬を、信用しやすい大衆に本当の名馬だと思わせた富豪階級の馬主の心のどす黒さについて話を進めているところだった。それから奴は、この不誠実のために廃墟と化した労働者の家庭を、感動的としか言いようのない仕方で見事に描きった。その労働者は、楽観主義と単純な信頼から新聞がオーシャン・ブリーズの実力について書いた一字一句を信用し、あの駄馬に賭けるために妻や子を飢えさせ、ちょっとでも多く賭けようとビールも飲まずに我慢して、レース前夜には赤ん坊の貯金箱の鍵をハットピンでこじ開けて金を盗み、最後には撃沈してすべてを失ってしまったのだ。実に感動的な演説だった。老ロウボサムが優しげにうなずき、哀れなブットの奴が嫉妬をむき出しに弁士をにらみつけるのが僕には見えた。聴衆は話に食いついた。

「だが哀れな労働者が苦労して稼いだ金を失ったからといって、ビトルシャム卿が何を気にかけようか?」ビンゴは叫んだ。「友人諸君、そして同志諸君。語るもよし、論ずるもよし、喝采するもよし、決議するもよし。しかし、諸君に必要なのは行動、行動だ！　ビトルシャム卿とその同類の血が川となってパーク・レーンの側溝を流れるその日まで、この世界は正直者にとって住みよい場所ではない」

観衆から肯定の叫び声が沸き起こった。そのうちの大半はおそらくオーシャン・ブリーズにわずかな有り金を丸ごと賭け、そのことを心に深く感じていたのだろう。老ビトルシャムはこの一部始終を見ていた、大柄で悲しげな警察官のところに歩み寄ると取り締まるようけしかけているようだった。警察官は口ひげをひねり、優しく微笑んだ。しかし彼がしてくれたのはここまでだった。老ビトルシャムは戻って来ると僕にだいぶ文句を聞かせた。

「まったくけしからん！　あの男はわしの身体的安全を完全に脅かしておるのに、あの警察官ときたら取り締まろうとせんのじゃ。話に過ぎないと言いおった。話じゃと！　まったくけしからん！」

「まったくその通りですよ」僕は言ったがそれで彼の気持ちがいくらでも収まったようには見えなかった。

今度はブット同志がステージ中央に立った。彼の声は最後の審判のラッパのようだった。一語一句、明瞭なのだが今ひとつ心に響いてこない。おそらくは、彼の話が何と言うか人格的中傷に欠けるせいだろう。ビンゴの演説の後で聴衆は、大義に関する一般的言明よりももっとずっと気の利いたものを求めるムードになっていたのだ。彼が話の途中で沈黙すると、聴衆はきわめて自由にこの哀れな男をやじり始めた。僕にはブットが老ビトルシャムを見つめているのが見えた。

聴衆は彼が話を忘れたのだと思った。

「トローチをなめるんだ！」誰かが叫んだ。

ブット同志は体を急にぐいっと伸ばした。僕の立っているところからでも、彼の瞳に浮かんだ悪意に満ちた輝きは見て取れた。

「嗚呼！」彼は叫んだ。「嘲るもよし、同志たちよ。からかうもよし、せせら笑うもよし、愚弄するもよし。だが私に言わせて欲しい。この運動は毎日、毎時に前進を続けている。そう、いわゆる上流階級の間にもこの運動は拡大しているのである。今日、まさにこの場所に、今まさに嘲りの的となっていたビトルシャム卿の甥であられる方が我々のささやかな集いの最も熱心なメンバーとして来ておられる」

哀れなビンゴが自分の置かれた状況を理解するより先に、ブット同志はビンゴに歩み寄ってあごひげをつかんだ。それはまとめて外れ落ち、ビンゴの演説も終わった今、この一事がもたらしたヒットは比類のないものだった。僕は隣でビトルシャム卿が驚きのあまり短く、鋭く、鼻を鳴らす音を聞いた。とはいえそれから彼が何を言ったかは、雷鳴のような拍手喝采の音にかき消されて聞き取れなかった。

この危機にあってビンゴのとった態度は、決断力と彼の人間性を感じさせるものだったと言わねばならない。奴はブットの首をつかむのと頭をねじ切ろうとひねり上げるのを、一瞬のうちにしてのけた。しかし、成果の得られる前にあの悲しげな警察官が魔法のように現れ、職務を遂行して次の瞬間には右手にビンゴ、左手にブットをつかんで群衆をかき分け立ち去って行った。

「恐れ入ります、サー、お通しください」警察官はていねいに老ビトルシャムに言った。彼は退路をふさいで立っていたのだ。

「はあ」老ビトルシャムはまだぼうっとして言った。

その声を聞いてビンゴは警官の右腕の陰からすばやく顔を見上げた。奴は猛烈な勢いで打ちのめされた様子だった。一瞬にしてしおれたユリのようにうなだれ、足を引きずりとぼとぼと歩いていった。奴の様子は首すじに致命的打撃を受けた人物のそれだった。

ジーヴスは朝の紅茶を運んできてベッド横のテーブルに置くと、静かに部屋を去って僕を一人にするときもあるし、また、カーペットの真ん中にうやうやしげに、そわそわした様子で立っていることもある。それで僕は彼に話すことがあるのだとわかるのだ。グッドウッドから帰ってきた次の日、僕は仰向けに寝そべって天井を見つめていたのだが、その時、ジーヴスがまだ僕の傍にいるのに気がついた。

「やあ、ハロー」僕は言った。「どうした?」

「リトル様が朝早くお電話を掛けておいででいらっしゃいました」

「ああ、そうか。で、何て言ってた? 奴は何があったか君に話したかい?」

「はい、ご主人様。その件に関連してお会いになりたいそうでございます。田舎に隠遁されてそちらでしばらくお暮らしになられるとおっしゃっていらっしゃいました」

「分別があるじゃないか」

「わたくしの意見も同様でございます。しかしながらそれには克服せねばならない財政上の問題がございます。わたくしは僭越ながらご主人様の名代として、当座に入用なお金として一〇ポンドお貸しするお約束をいたしておきました。ご了承頂けるものと存じておりますがいかがでございましょうか?」

「ああ、もちろん大丈夫だ。鏡台の所から一〇ポンド札を持っていってくれ」

「承知いたしました」

「ジーヴス」僕は言った。

「はい」

「わからないのはどういうわけでことが起こったかだ。つまり、どうやってブット同志はビンゴが誰かって知ったんだ?」

ジーヴスは咳払いをした。

「それでございましたらば、わたくしに負うべき責めがいささかあるかと存じます」

「君が？　どうやったんだ？」

「ブット様とたまたまお目にかかってお話しした際、わたくしが不注意にもたまたまリトル様のご身分を明かしてしまったやもしれません」

僕は座りなおした。

「なんだって！」

「実は、あの折のことを想起いたしますに、わたくしが明確に記憶しておりますのは、リトル様の大義のためのお仕事は、広く公衆の認識に値すると申し上げたことでございます。わたくしはリトル様とビトルシャム閣下の一時的ないさかいをもたらした原因となりましたことを強く後悔いたしておるものでございます。また、残念ながらこの問題には別の側面もございます。リトル様とこちらにお茶にいらしたお若いレディーとのご関係を壊した責任も、わたくしにございます」

僕は再び座りなおした。いまいましいことだが、それを聞くまでこの件のもたらす光明は、僕にはまるで見えていなかった。

「別れたって言うのかい？」

「完全にでございます。リトル様のおっしゃったところでは、その方向でのあの方のお望みは今や全て断たれたと。リトル様によりますと、若いレディーのご父君は今やあの方を裏切り者のスパイとみなしておられるとか」

「こりゃあ、驚いた！」

「わたくしの不注意から、多くの問題を引き起こしてしまったようでございます」

「ジーヴス!」僕は言った。

「はい、ご主人様」

「鏡台の中に金はいくらある?」

「ただ今とっておくようにとご指示を頂いた一〇ポンドのほかに、二五ポンド札が二枚、一ポンド札が三枚、一〇シリングが一枚に半クラウン貨が二枚、フローリン銀貨、四シリング、六ペンスと半ペニーが各一枚ずつでございます」

「全部取ってくれ」僕は言った。「君の稼ぎだ」

13. 説教大ハンデ

グッドウッドが終わったあと、何だか落ち着かない日が続いた。僕はそれほど野鳥やら木々やら広い場所やらを愛する男ではないが、しかし八月のロンドンが最高でないのは間違いない。それで僕は不機嫌になり、陽気が少しましになるまでどこか田舎に行こうという気になってきたのだ。ビンゴがあの瞠目《どうもく》すべきフィニッシュを決めたあの一件から何週間かすると、ロンドンは空っぽになり、アスファルトの焼けるにおいが充満するようになった。僕の友達は皆いなくなってしまい、劇場は休館、ピカディリーは工事中で大鋤で掘り返しているところだ。

地獄のように暑い日だった。ある晩、僕はフラットに座り込んで、残るエネルギーのすべてを振り絞ってベッドに向かおうとしていた。もうこれ以上耐えられない、と僕は感じていた。ジーヴスが盆に生物組織活性剤を載せて入ってきたとき、僕はありていに思うところを告げた。

「ジーヴス」額を拭き、陸に上がった金魚みたいにあえぎながら僕は言った。「けだものみたいに暑いな」

「攻撃的な天候でございます、ご主人様」

「どうにもならないな、ジーヴス」

「さようでございます」

「都会はもう十分だ、しばらくのところはな。変化が必要だ。方位を変えろ、ホー、だな。どうだ、ジーヴス？」

「おおせのとおりでございます。お盆に便りがございます」

「ほう、ジーヴス。詩的な言い方だったな。韻を踏んでるぞ、気がついてたか？」僕は手紙を開けた。「なんと、これは大変なことだ」

「はい？」

「トゥイング・ホールは知ってるだろう」

「はい、ご主人様」

「何とリトル氏はそこに居るそうだ」

「さようでございますか？」

「絶対に、本物だ。そこでまた家庭教師の職にありついたらしい」

グッドウッドでの恐るべき騒動の後、傷心のビンゴは僕に一〇ポンドを借りに来たきり、静かに人知れず姿を消してしまった。僕はそこらじゅうで共通の友人に消息を尋ねたりしたのだが、奴がどこで何をしているのか知る者はなかった。その間ずっと奴はトゥイング・ホールに居たのだ。おかしな話だ。なぜおかしいかはこれから説明しよう。トゥイング・ホールは老ロード・ウィッカマーズレイの所有なのだが、彼は父親が生きてた時分の親友だったから、僕はいつでも好きな時にそこを訪問できるいわば永久招待状を持っている。僕は例年夏に一、二週間そこを訪れるのが常で、僕がこの手紙を読む前に出かけようと思っていたのがそこなのだ。

「それだけじゃないぞ、ジーヴス。僕の従兄弟のクロードとユースタスだが、憶えているか？」

「きわめて鮮明に、記憶いたしてございます」

「そうか、奴らも向こうにいるんだ。試験だか何だかのためにあそこの教区司祭と読書会をしてるんだそうだ。僕もあの人といっしょに本を読んだことがあるんだが、脆弱な知性の持ち主にとっては実に強烈なコーチとして広く知られていてね。彼が僕を大学卒業一次試験に合格させたと言ったら、只者じゃないことがわかるだろ。僕に言わせれば途轍もなくとんでもないことだ」

僕は手紙をもう一度見た。それはユースタスから来たものだった。クロードとユースタスは双子で、多かれ少なかれ人類の呪いであると一般に認められているところだ。

司祭館にて、
トウィング、グロスター

親愛なるバーティー
ちょっと金儲けがしたくないか？　グッドウッドでは大損をしたと聞いたから、多分したいだろう。こっちに早く来て今季最大のスポーツ・イベントに参加してくれ。説明は会ってからする。大丈夫だってことは僕がうけ合う。
クロードと僕はヘッペンスタールの読書会の連中といっしょだ。全部で九人いる。あんたの友達のビンゴ・リトルは数に入ってない。奴はトウィング・ホールで子供の家庭教師をしているんだ。
もう二度とないかもしれないこのゴールデン・チャンスを見逃さぬよう。こっちに来て僕たちといっしょにやろう。

敬具
ユースタス

僕はこいつをジーヴスに渡した。彼は全文を熟読した。

「なんだと思う？　変な手紙だろ、どうだ？」

「クロード様とユースタス様はきわめてご活発な紳士でいらっしゃいます。何かのゲームなのでございましょう、そう想像すべきと拝察いたしますが」

「うん、だが何のゲームだと思う？」

「お答えしかねます、ご主人様。この手紙には続きがございます。お気づきでいらっしゃいますか？」

「あ、そうか？」僕は手紙をつかんだ。以下は、最終ページの裏側に書かれていたものだ。

説教ハンデ
出走者と賭け率
予想される出走者
ジョセフ・タッカー牧師（バジウィック）、ハンデなし
レオナルド・スターキー牧師（ステープルトン）、ハンデなし
アレクサンダー・ジョーンズ牧師（アッパー・ビングレイ）、三分
W・ディックス牧師（リトル・クリックトン・イン・ザ・ウォールド）五分
フランシス・ヘッペンスタール牧師（トウィング）八分

カスバート・ディブル牧師（バウステッド・パルヴァア）九分
オーロ・ホウ牧師（バウステッド・マグナ）九分
J・J・ロバート牧師（フェール・バイ・ザ・ウォーター）十分
G・ヘイワード牧師（ロウアー・ビングレイ）十二分
ジェームズ・ベイツ牧師（ギャンドル・バイ・ザ・ヒル）十五分
（以上の出走者は到着済み）

賭け率——五対二タッカー、スターキー。三対一ジョーンズ。九対二ディックス。六対一ヘッペンスタール、ディブル、ホウ。百対八その他すべて

これには当惑させられた。

「ジーヴス、君にはこれがわかるか？」

「いいえ、ご主人様」

「うーん、とにかく行ってみないといけないな、どうだ？」

「おおせの通りかと存じます」

「よしわかった。じゃあ、替えのシャツと歯ブラシをきれいな小包にして、それからウィッカマーズレイ卿に電報を打ってこれから行くと知らせてくれ。それから明日のパディントン駅五時十分の切符を二枚買うんだ」

五時十分の列車はいつもどおり遅れた。それで僕がトウィング・ホールに着いた時には皆はディナー用の正装に着替えていた。僕はレコード・タイムでイブニングに着替え、ダイニング・ルームへの階段を数歩で跳び下りて、スープにかろうじて間に合った。僕は空いた椅子に滑り込み、それから隣席に座っているのが老ウィッカマーズレイの末娘、シンシアだと気がついた。

「やあ、ハロー、かわい子ちゃん」僕は言った。

僕らはいつも大の仲良しだった。実を言うとシンシアに恋してると思っていた時期もあるのだ。しかしそんな時代は過ぎ去った。とてつもなく可愛らしくて元気のいい、魅力的な娘だ。だが理想とかそういったものが高いのだ。僕の見たところは間違っているかもしれないが、思うに、彼女は自分でキャリアを切りひらくような男が望みなのだ。彼女がナポレオンのことを好意的に語るのを聞いたことがある。その他に色々おなじみのドタバタがあってへとへとになった末、今では僕らはただの友達でいるというわけだ。僕は彼女のことを優れた女性だと思っているし、彼女は僕のことをキチガイと紙一重だと思っている。そういうわけですべてはうまく、仲良くいっているのだ。

「あらバーティー、着いたの」

「うん、ああ、着いたんだ。ほらここにいるだろ。始まったばかりのディナー・パーティーに突入しちゃったみたいだけど、ここにいる人たちは誰だい?」

「みんなこの辺の人よ。だいたい皆知ってる人じゃない? ウィリス大佐はご存じでしょう。スペンサー夫妻も……」

「もちろん知ってる。ヘッペンスタール牧師もいる。スペンサー夫人の隣にいる牧師は誰だい?」

「ヘイワードさんよ、ロウアー・ビングレイからいらしたの」

「どうしてこんなにびっくりするくらいたくさん牧師がいるんだい？　あれ、ウィリス夫人の隣にもう一人いるじゃないか」

「ベイツさんよ、ヘッペンスタール牧師の甥ごさんなの。イートン校の副校長なのよ。夏休みでこちらにいらしてるの。ギャンドル・バイ・ザ・ヒルの教区司祭でいらっしゃるスペッティーグさんの代理牧師を務めてらっしゃるのよ」

「あの男の顔は見たことがあると思ってたんだ。オックスフォードで僕が一年のとき四年だった。血気盛んでね、青あざが絶えなかったよ」僕はテーブルの周りをまた見渡して、ビンゴを見つけた。「ああ、あそこに居る」僕は言った。「友達を見つけたぞ」

「誰がいるですって？」

「ビンゴ・リトルだよ。僕の親友なんだ。君の弟の家庭教師をしてるはずだが」

「まあ、何てこと！　あなたのお友達ですって？」

「そうだよ。生まれてこの方ずっとだ」

「じゃあ教えて、バーティー。あの人、頭が悪いの？」

「頭が悪いだって？」

「あなたのお友達だからってわけばっかりじゃないわよ。でもあの人ったらすごく変なのよ」

「どういう意味だい？」

「うーん、彼ったら私のことをいつも変なふうに見るのよ」

「変だって？　どんなふうに？　ちょっと真似してみて」

「人前でそんなことできないわ」

「できるよ。ナプキンを持っててやるから」

「じゃ、わかったわ。急いでね、こうよ」

彼女がそうしていたのが一秒半ほどだったことを考えると、実に素晴らしい演技だった。彼女は口と目をきわめて大きく開けると、あごを横にダランと落として、消化不良の牛みたいな顔をして見せたのだ。それで僕は症状をすぐに理解した。

「ああ、それなら大丈夫」僕は言った。「警戒する必要はないよ。奴は君に恋してるだけだ」

「恋してるですって、馬鹿なこと言わないで」

「かわい子ちゃん、君はビンゴを知らないんだよ。奴はどんな娘にだって恋しちゃうんだ」

「あらありがと」

「いや、そういう意味じゃないんだ。奴が君に恋するのはわかるんだよ。何しろ僕だってかつては君に恋してたんだから」

「かつては、ですって。ああ、残れるは冷たき灰のみか。あなた今宵は何かたくらんでるんじゃないでしょうね、バーティー」

「ねえ、僕の愛するかわい子ちゃん、やめてくれよ。君は僕に肘鉄《ひじてつ》をくれて、大笑いしてしゃっくりが止まらなくなったんじゃないか、ほら僕が君にプロポーズを……」

「あら、私あなたを責めるつもりはなくてよ。私たち二人とも悪かったのよ。ねえ、彼ってとてもハンサムじゃない？」

「ハンサム？　ビンゴが？　ビンゴがハンサムだって？　いや、やめてくれよ、本当に」

「つまり、そうじゃない人と比べて、ってことよ」シンシアは言った。

しばらくするとウィッカマーズレイ夫人が女性たちに退席をうながし、皆きまり正しく立ち去ってしまった。退席するまでにビンゴと話す機会はなく、またその後客間にも奴は姿を見せなかった。奴の部屋でやっと、ベッドにひっくり返って足を横板の上に載せ、煙草を吸っているところに会えた。奴の隣、ベッドカバーの上にはノートがあった。

「ハロー、変な奴」僕は言った。

「ハロー、バーティー」奴は一種物憂げな、うわの空の様子で答えた。

「こんなところでお前に会えるなんておかしいな。グッドウッドの後、伯父さんに小遣いを打ち切られて、ここで家庭教師をしなきゃならん破目になったってわけか？」

「正解」ビンゴはそっけなく言った。

「友達にはどこにいるかくらい言っとくもんだぞ」

奴は暗く眉をひそめた。

「どこにいるか知られたくなかったんだ。どこかに引っ込んで隠れていたかったんだよ。この数週間というもの、ひどい時を過ごしてきたんだ。太陽は輝きを止め……」

「そりゃあおかしいなあ。ロンドンの天気は最高だったぞ」

「小鳥は歌をやめ……」

「何て鳥だ？」

「何て鳥だろうと構わないだろうが」少しいらいらとビンゴが言った。「何でもいい、この辺の鳥だ。いちいち名前をつけて呼んでやらなきゃいけないのか？　バーティー、最初は本当に、本当にこたえたよ」

「何がこたえたって」僕は奴の言うことがよくわからなかった。

「シャルロットの計算ずくのあの冷たささ」

「ああ、そうだった」僕はビンゴの恋愛が不首尾に終わるのを数限りなく見てきているから、今回のグッドウッドの一件に女の子が絡んでいたことをほとんど忘れていたのだ。そうだった。シャルロット・コルデ・ロウボサムだ。彼女は奴を振って、ブット同志と行ってしまったのだ。

「苦悩の時は過ぎたよ。最近は、うん、あのー、まあ、俺もだいぶ元気になったんだ。バーティー、どういうわけでここに来てるんだ？　お前がここの人たちと知り合いだなんて俺は知らなかったぞ」

「僕かい？　どうして。僕は子供の時分からここの人たちは知ってるんだ」

ビンゴはドシンと足を降ろした。

「じゃあお前はレディー・シンシアとずっと知り合いだって言うのか？」

「そうさ、初めて会ったとき彼女は七歳になってなかったはずだぞ」

「何てこった」ビンゴは言った。生まれて初めてビンゴは僕に一目置くかのように僕を見、そして口いっぱいの煙を間違って吸い込んだ。「俺はあの娘が好きなんだ、バーティー」咳き込み終えると奴は言った。

「ああ、いい娘だ。もちろんな」

奴は深い嫌悪の念をむき出しに僕を見た。

「彼女のことをそんなに気安く話すな。彼女は天使だ。天使だぞ。ディナーのとき彼女は俺のことを何か話していなかったか、バーティー？」

「ああ、話してたよ」

「何て言ってた」

「ひとつ憶えてるんだが、彼女はお前のことをハンサムだと思ってるって言ってたぞ」

ビンゴは恍惚として目を閉じた。それからノートを取り上げた。

「出ていけ、お前」奴は声を抑えて言った。「ちょっと書き物をしなきゃならないんだ」

「書き物だって？」

「詩さ。知りたきゃ教えてやるよ。まったくいまいましいんだが……」奴は少々苦い顔をして言った。「彼女の洗礼名がシンシアじゃなきゃよかったんだ。リズムの合う言葉がまるでないんだよ。まったく、もし彼女の名がジェーンだったらどれだけ自由に俺の思いを表現できたことか！」


明るく、まだ早い翌朝、僕はベッドの中で鏡台に当たる朝日に目を瞬かせながら、いつになったらジーヴスが紅茶を持ってやって来てくれるかと考えていた。その時僕の足先に重量が急に掛かり、ビンゴの声が朝の空気を汚染した。こいつは明らかにヒバリと共に目覚めたのだ。

「ほっといてくれ」僕は言った。「一人にしてくれ。朝のお茶を飲むまでは誰にも会わん」

「シンシアが微笑むとき」ビンゴは言った。「空は青く、世界はバラ色、庭の小鳥はさえずり歌う、そして歓喜がすべての王となる。シンシアが微笑むとき」奴は咳払いすると調子を変えた。

「シンシアが悲しむとき……」

「一体全体何を言ってるんだ」

「俺の詩を読んでやっているんだ。昨日の晩シンシアに書いた詩だ。続けるぞ、いいいな」

「やめろ」

「やめろだって？」

「やめろ、僕はまだ朝のお茶を飲んでないんだ」

このときジーヴスが求めていた飲み物を持って入ってきた。僕は快哉《かいさい》を叫んで跳ね起きた。何口か啜《すす》ると、世の中は少し明るくなってきた。ビンゴの姿すらもそれほど目障りではなくなってきた。一杯目のお茶を飲み終えると、僕は新しい人間になっていた。この哀れな男に続きを読むのを許したばかりか、もっと読むようながしたくらいだ。それはばかりか第五節の四行目の韻律の批評までしてしまった。というわけで、ドアがバンと開いてクロードとユースタスが入ってきたとき、僕らはまだその点について論じ合っていた。田舎の生活が僕の気をくじく点は、恐るべき朝早くから物事が動き出すことだ。僕が滞在した田舎で、朝六時半に夢も見ないうちに眠りからたたき起こされて、湖に楽しい泳ぎに行こうと誘われたことがある。トウィングでは有難いことに、皆僕のことを知っているから朝食はベッドで取らせてくれるのだ。

双子たちは僕に会えて喜んでいるようだった。

「なつかしのバーティー！」クロードが言った。

「勇者バーティー」ユースタスが言った。「牧師があんたが着いたって教えてくれたんだ。僕の手紙に飛びつくと思ったよ」

「いつだってバーティーは頼りになるさ」クロードは言った。「指の先までスポーツマンだ。ビンゴから例の件についてもう聞いたかい？」

「いや全く聞いてない。奴とは今まで……」

「俺たちは別件について話してたんだ」ビンゴはあわてて言った。

クロードはバタつきパンの最後の一切れをつまみ、ユースタスは自分用に勝手に紅茶を注いだ。

「こういうことなんだ、バーティー」ユースタスは、座って身をくつろがせながら言った。「あんたに手紙で書いたとおり、ヘッペンスタール牧師との読書会のため、この辺鄙《へんぴ》な土地に流されて来た人間が九人いる。無論、日陰の温度が三十八度って日に古典を汗して読むことくらい楽しいことはないんだが、少々リラックスが必要な時っていうのはやって来るよ。だが参った。ここにはリラックス用の設備が何もないときてる。そこでステッグルスがこの話を思いついたんだ。ステッグルスって奴は僕らの読書会の仲間なんだが、ここだけの話、いつもはうじ虫扱いされてる男なんだ。でもな、これを思いついたのは奴の手柄だ」

「どんなアイディアだって？」

「うん、この辺りにたくさん牧師がいるのは知ってるだろう。半径十キロ以内に十二の集落があって、各集落には教会があって牧師がいる。で、各牧師が毎週日曜日には説教をするわけだ。来週、二十三日の日曜日に、僕らは説教大ハンデ戦を開催するんだ。ステッグルスが賭けの胴元をやってる。もちろん信用の置ける世話役が各牧師の時間を計って、長い説教をした者が勝ちだ。僕の送ったレース・カードは研究したかい？」

「いったい何のことだかわからなかったんだ」

「どうして、馬鹿だなあ。各牧師のハンデと、出走者のオッズを書いといたんじゃないか。ここにもう一枚持ってきた。なくしてたらいけないと思ってね。よく見てくれよ。きわめて簡潔に書いてある。ああジーヴス、君は賭けるかい？」

「はい？」ジーヴスは言った。僕の朝食を持って入ってきたところだったのだ。

クロードが計画を説明した。ジーヴスが事態を正確に理解したのには驚いた。しかし彼は父親のような様子でにっこりしただけだった。

「有難うございます。ご遠慮しておきます」

「バーティー、あんたは賭けるだろ?」僕のパンとベーコンをくすねながらクロードが言った。「カードは研究した? 驚いた点はなかった?」

無論あった。見た瞬間から僕はびっくりしていたのだ。

「だってヘッペンスタール牧師の楽勝だろう」僕は言った。「この国中に彼に八分のハンデをやれる牧師なんていないだろう。あんなハンデをつけるなんてお前たちの友達のステッグルスっていう奴は、馬鹿に違いないな。僕がいっしょにいた頃、ヘッペンスタール牧師が三十分以内で説教をやめたことなんてなかったし、兄弟愛について語った説教じゃあ、もうちょっとで四十五分って時もあったんだぞ。最近じゃ元気をなくしたのかい? でなけりゃどういうわけだ」

「全く元気なままだ」ユースタスが言った。「どういうわけか話してやれよ、クロード」

クロードは言った。「つまりさ、ここへ来て最初の日曜日に僕らはトウィング教会へ行ったんだ。ヘッペンスタール牧師はその時二十分もかからない説教をしたんだよ。そういうことなんだ。ステッグルスは気がつかなかった。牧師も自分では気がつかなかった。だが僕とユースタスは気づいたんだが、彼は説教壇まで歩いてくる途中で、原稿を少なくとも半ダースは落っことしたんだ。原稿の抜けたところに来た時はちょっとふらついたんだが、うまく持ち直してね、それでステッグルスは彼の通常タイムは二十分かそれ以下だと受け取ったんだな。次の日曜僕らはタッカーとスターキーの説教を聞いた。彼らの説教は三十五分をゆうに越えてね、それでステッグルスはカードに書いたみたいにハンデを設定したんだ。バーティー、これには乗らないといけないぞ。わかるだろ。問題は、僕には金はない、ユースタスには金がない、そしてまたビンゴ・リトルにも金がない、ってことなんだ。それであんたが我々のシンディケートに資金を出してくれないといけないんだ。弱気になるなよ。自分のポケットに金を入れとくようなもんだからな。じゃあ、僕らは戻らないといけないんだ。よく考えて、後で電話してくれ。もし僕らをがっかりさせるようなことがあったら、従兄弟たちの呪いのあらんことを、だ。来い、クロード、行くぞ」

　計画を検討すればするほど、それは素晴らしいものだと思われた。

「どう思う、ジーヴス?」僕は言った。

　ジーヴスは優しく笑って、部屋を出て行った。

「ジーヴスにはスポーツの血が流れてないようだな」ビンゴが言った。

「僕にはあるぞ。僕はこの話に乗った。クロードの言うとおりだ。道端に金が落ちてるようなもんだ」

「お前はいい奴だ!」ビンゴが言った。「これで光が見えてきた。いいか、ヘッペンスタールに一〇ポンド賭けて勝つ。それで再来週のガトウィックの二時のレースでピンク・プルに賭ける金が少しはできる。それでまた勝つ。それでルイスの一時半のレースでムスク・ラットーに全額つぎ込む。それで九月十日のアレクサンダー・パークの資金は十分になるはずだ。厩舎から直接信頼できる情報が入るんだ」

　スマイルズ［十九世紀英国の著述家］の『自助論』の中の話のように聞こえた。

「それからなら」ビンゴは言った。「俺は伯父貴のところへ行って何とか顔を合わせられる立場に立てるんだ。伯父貴はスノッブだからな。俺が伯爵の令嬢と結婚するなんて聞いたら――」

「なあお前」僕は言わずにいられなくなった。「ずいぶん先のことまで考え過ぎじゃないか?」

「ああ、そうだ。確かにまだ何も決まっちゃいないが、彼女は前にほとんど俺のことが好きだって意味のことを言ったんだぞ」

「なんだって!」

「彼女はこう言ったんだ。自分が好きなのは自信があって、強くて、ハンサムで、気骨があって、野心的で、イニシアティヴをとるような男らしい男性だって」

「出ていけ」僕は言った。「出て行って僕に目玉焼きを食べさせてくれ」


起き上がってすぐ僕は電話のところに行って朝の勉強中のユースタスを呼び出し、現在のオッズで、シンディケートの各人のためにトウィング号に一〇ポンドずつ賭けるよう指示した。昼過ぎにはユースタスが電話してきて、七対一というごきげんな率で仕事は済ませたと知らせてきた。事情通の間の噂で、牧師は花粉症持ちで、牧師館裏のパドックを早朝歩くのが大いに危険なのではないかということでオッズが上がったのだという。翌日曜日の朝、ヘッペンスタール牧師がある種の俗信を取り上げてこれを面責し、丸々三十六分話し続けたときには、これはものすごく幸先がいいと僕は思った。僕は教会の腰掛けにステッグルスと並んで座っていたが、奴の顔が目に見えて青くなるのが見えた。奴は小柄でネズミ顔の、目をきょろきょろさせた疑い深そうな男だ。教会の外に出て奴がまずしたことは、ヘッペンスタール牧師に賭ける者はこれから十五対八で受け付けると公式に宣言し、意地悪そうに、この種の不規則走行は、ジョッキークラブの注意を喚起すべきだが、自分には何もできないと付け加えた。この破滅的価格は即、馬券購入者の意気を阻喪させ、目に見える値動きはほとんどなかった。そういうわけで火曜の昼食後まで事態はこのままだった。この日、僕が煙草を吸いながら家の前を行ったり来たりして歩いていると、クロードとユースタスが車道を自転車で猛烈な勢いで上がってきて、きわめて重大なニュースをもたらした。

「バーティー」激しく狼狽した様子でクロードは言った。「今すぐ行動をとって急いで考えないと、大変なことになるぞ」

「どうしたって言うんだ?」

「G・ヘイワードが問題なんだ」ユースタスが難しそうに言った。「ロウアー・ビングレイの牧師だ」

「彼のことは考慮に入れてなかったんだ」クロードが言った。「どういうわけか彼は見逃されてたんだな。そんなもんだよ。ステッグルスも彼を見逃していた。僕らもみんな彼を見逃していた。だがユースタスと僕はたまたま偶然今朝ロウアー・ビングレイを自転車で通ったんだ。そしたら教会で結婚式があってさ、それで突然G・ヘイワードの調子を見ておくのも悪くないなと思ったんだ。彼が穴馬ってこともあるからな」

「本当にそうしてラッキーだったんだ」ユースタスが言った。「クロードがストップウォッチで計ったら演説に二十六分かかった。村の結婚式でだぞ! もし彼がしたいようにしたら一体どうなるんだ!」

「とるべき道はひとつだ、バーティー」クロードが言った。「もうちょっと資金を捻出して、ヘイワードを押さえに回せば大丈夫だ」

「だが――」

「なあ、そうするしかないんだよ」

「だけど、僕はヘッペンスタールに賭けた金が全額無駄になるなんて思いたくないんだよ」

「じゃあ他にどうしようがあるんだ。ヘッペンスタールがこの驚嘆すべきハンデを克服して勝てるとでも思ってるのか」

「いい考えがある!」僕は言った。

「なんだって?」

「僕らの賭けた馬を守る方法を見つけたんだよ。僕はこの午後彼のところへ行って、日曜日には僕のために例の兄弟愛に関する説教をしてくれるよう頼んでくる」

クロードとユースタスは目と目を見交わした。詩に出てくる男たちみたいに、盛んな憶測で［キーツの詩「初めてチャップマン訳ホーマーをのぞき見て」を参照］。

「そりゃあたいした計略だ」クロードが言った。

「ほんとに頭のいい計略だぞ」ユースタスが言った。「あんたの頭に脳みそが詰まってるなんて思ってもいなかったよ、バーティー」

「だとしても」クロードが言った。「あの説教が一級品なのは間違いないが、四分のハンデを克服するのに十分かなあ」

「大丈夫だ」僕は言った。「前にそれは四十五分かかったと言ったが、おそらく短く見積もりすぎだったと思うんだ。僕が覚えている限り、あれは五十分近かった」

「じゃあ大丈夫だな」クロードが言った。

僕は夜に出かけて行って、段取りをしてきた。ヘッペンスタール牧師はあらゆる点で礼儀正しかった。彼は僕がずっとあの説教を憶えていたということに喜び、感動している様子だった。彼自身あの説教をもう一度したいと思ったことが一再ならずあったのだが、田舎の礼拝には少々長すぎると思えたのだという。

「昨今のせせこましい時代ですとな、ウースター君」彼は言った。「こうした田舎の教会に通う人々にとってすら、聖職者に対しては簡潔さがますます求められておるのです。田舎の人々というのは都会の同朋に比べて性急さや短気といった精神に悩まされてはいないと思われがちなのですが、今やそういう時代ではない。この問題については、私の友人であるスペッティーグ師の管轄教区のギャンドル・バイ・ザ・ヒルを引き継いだ甥のベイツと再々議論を重ねておるところなのです。彼の見解では今日《こんにち》の説教は明快で鋭く、単刀直入たるべきで、十分、二十分以上もかかってはいけないというのです」

「長いですって」僕は言った。「どうしてです。兄弟愛に関するあなたの説教が長いなんておっしゃるんですか?」

「あれは全部で五十分はかかります」

「本当ですか?」

「ウースター君、貴君がそうして信じられない、と言って下さるのは実に嬉しいのです。私には過ぎたことです。しかし、事実は私が今申した通りなのです。ある程度削除、消去した方がいいとは本当に思われませんですかな。除去、剪定したほうがよいとは思われませんか。たとえば、少々冗長な初期アッシリア人の家族生活に関する詳説は、削除した方がよいとは思われないのですか?」

「一言たりとも手をつけないで下さい。すべてが台無しになります」僕は真剣な顔で言った。

「貴君がそう言って下さるのを伺って私は大変嬉しいです。次の日曜の朝には必ずあの説教をいたしましょう」

僕がいつも言って来たことだし、これからも言い続けるが、レース前日に賭けるのは間違いだし失敗だし馬鹿のすることだ。何が起こるかなどわからないのだ。最終賭け率だけにしがみついていれば、道を誤る若者だって少なくなるはずだ。ジーヴスが僕のベッド脇にきて、ユースタスから電話だと伝えたとき、僕は土曜日の朝食にまだほとんど手をつけていなかった。

「なんてこった。ジーヴス、何があったんだ？」

既に僕の気分はびくびくし始めていたと言わねばならない。

「ユースタス様はお話しになられませんでした」

「興奮してる様子か？」

「お声の調子からは、垂直に上を向いているものと拝察いたします」

「僕がどう考えてるかわかるか、ジーヴス？　我々の賭け馬に何かあったにちがいないんだ」

「賭け馬はどちらでございますか？」

「ヘッペンスタール師だ。彼のオッズは上がっているんだ。彼は兄弟愛に関する説教をするつもりなんだが、これは長いことで有名なんだ。彼に何があったんだろう」

「ユースタス様とお電話でお話しになられればおわかりになるかと存じますが。お電話がつながっております」

「あっそうか、本当だ」

僕はドレッシング・ガウンを着て、突風のごとく階段を駆け下りた。ユースタスの声を聞いた瞬間にもうだめだとわかった。陰気な苦悩の声がした。

「バーティーか?」

「そうだ」

「一体どれだけ待たせるんだ。バーティー、俺たちはもうだめだ。賭け馬は吹っ飛んだぞ」

「まさか!」

「本当だ。厩舎で一晩中咳をしていたそうだ」

「なんだって!」

「花粉症だ」

「何てこった」

「医者が彼についてる。彼が公式に出走を取りやめるのは時間の問題だ。副牧師が代わりに話をするんだが、彼はまるでだめなんだ。彼の賭け率は百対六だが誰も買わない。さあどうする?」

僕はしばらく無言のまま事態を把握しなければならなかった。

「ユースタス」

「ハロー?」

「今G・ヘイワードのオッズはいくらだ?」

「たったの四対一だ。リークがあったに違いない。ステッグルスは何か聞きつけたんだな。昨晩遅くにオッズが目に見えて急に下がったんだ」

「ううん、四対一なら大丈夫だろう。シンディケートのためにG・ヘイワードにもう五ポンド投入だ。これで収支はプラスになるはずだ」

「彼が勝てばだがな」

「どういう意味だ？　お前は彼が本命だって言ってたんじゃないのか？　ヘッペンスタールを抑えてさ」

ユースタスは不機嫌そうに言った。「この世界に本命なんてものが果たしてあるのかって、思い始めてるんだ。ジョセフ・タッカー牧師がバジウィックの母の会で実に素晴らしい足慣らしを見せたって聞いたんだよ。しかし、そうするしか我々にはチャンスはないようだな。じゃあな」

僕は公式の世話人ではないから、翌日は好きな教会を訪ねることができた。また当然僕はその機会を逃しはしなかった。ロウアー・ビングレイに行く唯一の障害はそれが十六キロも先にあり、早朝に出発しなければならないことだった。しかし僕は下男から自転車を借りて出発した。僕が知っていることといえば、G・ヘイワードは大変なステイヤーだというユースタスの言葉だけで、双子たちが彼の説教を聞いた結婚式での彼の走りは多分に実力以上だったのかもしれない。しかし僕が持っていた危惧の念は彼が説教壇に上がった瞬間に消滅した。ユースタスの言ったとおりだ。彼は最善の努力をつくす人物だ。背は高く、痩せ型で、灰色のひげを生やしており、スタートからなかなかいい。簡単な動作入りで、ひとつの文章の終わりに差し掛かるごとにいったん停止して咳払いをする。五分もしないうちに、勝利者は彼だと確信した。話を止めて教会中を見渡す彼の癖のお陰で、僕らは何分も稼げる。最後の直線で彼が鼻眼鏡を落としてそれを手探りで探したことで、僕らは少なからず得をした。二十分地点で彼はやっと落ち着いてきたところだった。二十五分地点でも快調に飛ばしていた。彼がようやくフィニッシュしたとき、時計は三十五分十四秒を示していた。

彼のハンデからすれば、勝利はたやすいと僕には思われた。全人類への寛容と善意を胸に、僕は自転車に飛び乗ると昼食をとりにホールへの帰り道をたどり始めたのだった。

僕が着いた時ビンゴは電話で話していた。

「よし、いいぞ、最高だ！」奴は言っていた。「えっ、ああ。彼のことは気にしないでいい。よおーし、バーティーに話しておくよ」奴は受話器を置くと、僕を見て言った。「ああ、ハロー、バーティー。俺はたった今ユースタスと話していたところなんだ。大丈夫だぞ。ロウアー・ビングレイから今報告が来てな、G・ヘイワードの楽勝だ」

「そうだろうと思ってたよ。僕は今そこから帰ってきたところなんだ」

「ああ、お前あそこに行ってたのか。俺はバジウィックに行ってきたんだ。タッカーは善戦したんだが、ハンデが重すぎたな。スターキーは咽喉が腫《は》れて着外だ。フェール・バイ・ザ・ウォーターのロバーツが三位だな。G・ヘイワードめ、よくやってくれたな」ビンゴはいとしげに言い、僕たちは歩いてテラスに出た。

「出走結果は全部出たのか？」僕は聞いた。

「ギャンドル・バイ・ザ・ヒル以外は全部だ。だがベイツなら心配は要らない。奴の目はない。ところでジーヴスの奴はかわいそうに五ポンド損したぞ。馬鹿な奴だ」

「ジーヴスだって？　どういうわけだ？」

「今朝お前が出て行ったすぐ後、奴がやって来てさ、ベイツを五ポンド買ってくれって俺に言うんだ。そんな馬鹿なことはやめて、金をどぶに捨てるんじゃないって言って聞かせたんだが、奴は聞く耳を持たないんだ」

「失礼いたします、ご主人様。あなた様がお出かけになられてすぐ、こちらのお手紙が届きました」

ジーヴスがどこからともなく現れて、僕の肘の辺りに立っていた。

「え、なんだって、手紙?」

「牧師館からヘッペンスタール牧師の執事が持って参りました。ご主人様にお届けするのが間に合いませんでしたので」

ビンゴはジーヴスに向かって、まるで父親のように、予想に逆らって賭けるという問題について語っていた。奴は僕の叫び声を聞いてびっくりして、言葉の途中で舌をかんでしまった。

「一体全体何なんだ」全く怒った様子もなく奴は聞いた。

「僕たちはもう駄目だ、聞いてくれ」

僕は手紙を読んで聞かせた。

牧師館
トウィング、グロスターシャー

親愛なるウースター君
もうご存知かとは思いますが、致し方ない事情により貴君からあれほど熱烈な要望があった兄弟愛に関する説教ができない次第となりました。しかしながら、貴君をがっかりはさせたくないので、もし今朝ギャンドル・バイ・ザ・ヒルの礼拝に出席されるなら、私の説教を甥のベイツが話すのをお聞きになれることをお知らせ致します。彼の熱心な頼みで、私の原稿を貸したのです。実は私と彼の間には複雑な事情があるのです。甥はさる有名なパブリック・スクールの校長職の候補に挙がっており、今や最終候補は彼ともう一人のライバルの二者に絞られております。

昨晩遅くジェームズが、その学校の理事長が日曜礼拝の説教の優秀さを判断するため、礼拝に列席するとの情報を摑みました。説教の優劣は理事会の評価を最も左右する項目であります。彼の嘆願を容れ、兄弟愛に関する私の説教を貸すことに致しました。彼も貴君と同じく、あの説教については明瞭に記憶しておったのです。田舎の会衆に向けて彼が――私の意見では誤った考えから――書きつくって来た短い演説に代えて、適切な長さの説教を書き上げる時間は最早なく、私はあの子を助けてやりたいと思ったのです。

彼の説教が私の説教と同じく貴君によき思い出を残すものと信じつつ、

敬具
F・ヘッペンスタール

P・S　花粉症のためただ今私の目の具合は甚だ悪く、この手紙は執事のブルックフィールドに口述筆記させたものです。彼がこの手紙をそちらにお届けします。

この陽気な書簡を読み終えたあとの沈黙ほどの濃いものを今まで経験したことがあったかどうかわからない。ビンゴは一、二度息を詰まらせた。ほぼ全て知られる限りの感情が彼の表情に去来した。ジーヴスが一度、柔らかく低い、草の葉がのどに刺さった優しい羊のような咳払いをし、景色を見つめて立っていた。とうとうビンゴが口を開いた。

「何てこった！」奴はしゃがれ声でささやいた。「最終賭け率か！」

「それはテクニカル・タームだと存じますが」ジーヴスが言った。

「じゃあ君は内部情報を握ってたんだな。なんだ！」ビンゴは言った。

「さようでございます」ジーヴスが言った。「ブルックフィールドが参りました折、たまたま手紙の内容をわたくしに話してくれましたもので。わたくし共は昔からの友人でございます」

ビンゴは悲嘆、苦悩、憤怒、絶望、そして怨嗟《えんさ》を表明した。

「俺に言えるのは、こいつはちょっとあんまりだってことだ」奴は叫んだ。「他人の書いた説教をするだって！　それは正直だって言えるかい？　公明正大な振舞いだって言えるか？」

「なあ、友達よ」僕は言った。「フェアになれよ。そんなことは全くルールの範囲内だ。聖職者は始終そんなことはやってるんだ。自分の説教を自分でこしらえなきゃいけないわけじゃないんだよ」

ジーヴスがまた咳払いをし、無表情な目で僕を見つめた。

「わたくしに観察をお許しいただけますならば、今回のケースはお許しして差し上げるべきかと存じます。この校長職を確保することは、お若いカップルにとって全てを意味するのですから」

「お若いカップルだって。誰だ、その若いカップルっていうのは？」

「ジェームズ・ベイツ牧師とレディー・シンシアでございます。ご令嬢のメイドから、何週間か前にお二方はご婚約あそばされたと聞いております。いわゆる、暫定的にではございますが。閣下はベイツ様が真に重要かつ高収入の地位を確保することを条件に結婚にご同意あそばされたのでございます」

ビンゴの顔色が明るい緑色に変わった。

「婚約しただって！」

「さようでございます」

沈黙があった。

「ちょっと歩いてくる」ビンゴが言った。

「だが、なあ友達よ」僕は言った。「ちょうど昼飯時だ。合図の鐘が今すぐ鳴るぞ」

「昼飯はいらん」ビンゴは言った。

14・スポーツマン精神

その後、トウィングでの生活はしばらくの間きわめて平穏に過ぎた。トウィングというところはすることが恐ろしくたくさんあるとか、わくわくするような興奮が待ち構えているといった類いの場所ではない。実際、水平線上に見える唯一重要なイベントといえば、僕の知る限り年に一度の村の学校のお楽しみ会くらいだ。グラウンドをぶらついてちょっとテニスをしたり、できる限りビンゴを遠ざけたりしながら時間をつぶすのだ。

最後に述べたことは幸せな暮らしを望むなら必須である。シンシアの問題がこの不幸なアホに与えた衝撃はあまりに激しく、人を呼び止めては彼の怨嗟《えんさ》に満ちた魂の内をぶちまけるのだ。それである朝、僕がまだ朝食をつっついているうちに奴が寝室に飛び込んできたとき、僕は最初から硬いラインを引くことに決めたのだ。夕食の後だったら奴が僕の回りで泣き叫んでも我慢できるし、昼食の後だって大丈夫だが、朝食中はだめだ。我々ウースター家の者は本来気持ちは優しいのだが、ものには限度がある。

「こっちを見るな、親友よ」僕は言った。「お前のハートがボロボロなのはわかるし、いつか喜んで全部話は聞いてやる、だが――」

「その話で来たんじゃないんだ」

「ちがうのか、ああよかった」

ビンゴは言った。「過去は死んだ。もう語るのはよしにしよう」

「結構！」

「俺は心の奥底まで傷ついたんだ。だがその話はやめだ」

「しないよ」

「無視してくれ。忘れてくれ」

「いいとも！」

奴がこんなに物分りがいいのはここしばらくなかったことだ。

「俺が今朝ここに来たのはな、バーティー」ポケットから一枚の紙切れを取り出しながら奴は言った。「別の賭けに乗らないかってお前に聞こうと思ったんだ」

我々ウースター一族に溢れているものがあるとしたら、それはスポーツの血である。僕はソーセージの残りを急いで呑み込むと、座りなおして注目した。

「続けてくれ」僕は言った。「お前の話は実に面白い」

ビンゴはベッドの上に紙を広げた。

「お前は知ってるか知らんが、月曜からの一週間は年に一度の村の学校のお楽しみ会だ。ウィッカマーズレイ卿がトウィング・ホールのグラウンドを提供するんだ。ゲームや手品師、ココナッツ投げ、テントでお茶、それとスポーツだ」

「知ってる、シンシアが教えてくれた」

「その名を口にするのはやめてくれないか。俺は大理石でできてるわけじゃないんだ」

「すまん」

「まあいい。話したとおり月曜日から一週間、お祭り騒ぎが予定されている。問題は、乗るかどうかなんだ」

「〈乗るかどうか〉ってどういう意味だ?」

「スポーツの話をしてるんだよ。説教ハンデがあんまりうまくいったんでステッグルスはこのスポーツでも賭けをすることにしたんだ。出走日前でもスタート前の最終賭け率でも、好きな方に賭けられる。我々はこの話に乗るべきだと思うんだが」ビンゴは言った。

僕はベルを押した。

「ジーヴスに相談しよう。彼の助言なしに賭け事には手を触れないことにしたんだ。ジーヴス」彼が入ってくると僕は言った。「結集せよ」

「はい?」

「待機せよ。君の助言が欲しい」

「承知いたしました」

「説明しろ、ビンゴ」

ビンゴが説明した。

「どうだ、ジーヴス?」僕は言った。「乗るべきかな?」

ジーヴスはしばらく考えていた。

「わたくしはこのお考えに賛同すべきかと存じますが」

僕にとってはそれで十分だった。「よし」僕は言った。「それじゃあ我々はシンディケートを組んでうまいことやってやるぞ。僕は金を出す。君は脳みそを貸してくれ。それでビンゴは……ビンゴ、お前は何を出すんだ?」

「もしお前が俺を資金面で支えてくれて、後から清算てことにしてくれれば」ビンゴは言った。「お母さんサックレースでどっさり儲けさせてやれると思うんだ」

「よし。お前を内部情報係に任命だ。さて、出し物は何だ?」

ビンゴはメモを取り出すと説明を始めた。

「緒戦は十四歳以下女子五十メートル競走だな」

「何か言うべきことはあるか、ジーヴス?」

「いいえ、ご主人様。何の情報も持ち合わせておりません」

「次は何だ?」

「男女混合年齢無制限アニマル・ポテト・レースだ」

これは僕には耳新しいレースだ。今までのどんな大きな運動会でも聞いたことがない。

「それは何だ?」

「なかなか冒険的なんだ」ビンゴが言った。「出走者は二人一組になって、各組に動物の鳴き声とジャガイモが割り振られるんだ。たとえば、お前とジーヴスがエントリーするとするぞ。ジーヴスはある地点でジャガイモを持って立つ。お前は頭を袋に突っ込んで手探りでジーヴスを探して回るんだ。ジーヴスは猫みたいな声を出しながらな。ジーヴスも猫みたいに鳴きながら立っている。あとの走者も牛や豚や犬の鳴き声を出して、手探りで自分の相手のジャガイモを持って立ってる奴を探して回るんだな。相手の方も牛や豚や犬やらの声を出してるってわけだ」

僕はここでこの哀れな男を止めた。

「動物好きなら楽しいだろうが」僕は言った。「だが、全体的には……」

「おおせの通りでございます」ジーヴスが言った。「わたくしはご勘弁を願います」

「オープンに過ぎるな、どうだ?」

「おっしゃる通りでございます。予想がきわめて困難かと存じます」

「続けてくれ、ビンゴ。それは措くとして何にするんだ?」

「お母さんサックレースだ」

「そっちの方がましだ。それならお前が何か知ってるんだったな」

「ペンワージー夫人の楽勝だ。あのタバコ屋のかみさんだ」ビンゴは秘密めかして言った。「昨日彼女の店にタバコを買いに行ったんだが、彼女が言うにはウスターシャーのレースで三度優勝したことがあるんだそうだ。まだこっちに引っ越してきたばかりなんで、誰もそのことを知らない。そのことは秘密にして穴馬のままでいるようにするって約束してくれたから、いい値で賭けられると思うんだ」

「各人とも一〇ポンドずつだな、ジーヴス。どうだ?」

「わたくしもそう考えます」

「女子オープン・スプーン競走」ビンゴが読み上げた。

「それはどうだ?」

「ご投資の価値があるかどうか疑問に存じます」ジーヴスが言った。「昨年度の覇者サラ・ミルズで確実だと聞いております。間違いなく一番人気になるかと存じますが」

「彼女の状態はいいのか？」

「村の者はわたくしに彼女は美しくたまごを運ぶと申しておりました」

「じゃあ障害物競走があるが」ビンゴが言った。「俺の意見ではリスクが高い。グランド・ナショナル「リバプール郊外エイントレーで開催される大障害レース」に賭けるようなもんだな。お父さんの帽子飾り付けコンテスト、これもリスクが高い。あとは少年合唱団員百メートルハンデ競走だ。牧師が提供するスズ製のマグの争奪戦だ。公現祭の二番目の日曜日までに声をからしていない者なら誰でも出場できる。昨年はウィリー・チェンバースが十五メートルのハンデで楽勝した。今年のハンデは大きすぎて入賞は無理だろう。どうアドバイスしたものかわからないな」

「もしわたくしに提案をお許し頂けますならば」

僕は興味深くジーヴスを見た。これほど興奮したジーヴスの姿をかつて見たことがあったろうか。

「君は何か袖に隠し持ってるんだな？」

「はい、ご主人様」

「灼熱の奴か？」

「まさしくその通りでございます。ここだけの話ですが、わたくしは少年合唱団員ハンデ競走の覇者は、まさしくこの同じ屋根の下にいると断言いたします。給仕のハロルドでございます」

「給仕だって？　あの、そこらじゅうでお辞儀して回ってる給仕服を着たずんぐりしたチビの少年のことかい？　どうしてだい、ジーヴス。僕くらい君の博識を尊敬してる男はいないはずだが、ハロルドがジャッジの目に留まるなら僕は首をくくるね。奴の体型はほとんど球形だぞ。いつだって何かにもたれて眠りかかっているじゃないか」

「彼は三十メートルハンデをもらいます。ハンデなしでも勝てるでしょう。あの少年は大穴でございます」

「どうして知ったんだ？」

ジーヴスは咳払いし、夢見るような目をした。

「わたくしもあの息子の能力に気づきました折には、ご主人様同様、仰天いたしました。わたくしはある朝たまたまあの息子の頭にげんこつをくれてやろうと追いかけておりました」

「やるな、ジーヴス」

「はい、あれは遠慮なく物を言う子で、わたくしの容貌について侮辱的な発言をいたしましたもので」

「で、お前の顔を何て言ったんだ？」

「記憶にございません」やや厳粛にジーヴスは言った。「いずれにせよそれは侮辱的な発言でございました。わたくしは彼を矯正しようと試みましたが、わたくしを何メートルも引き離した上、まんまと逃走を遂げたのでございます」

「だがな、ジーヴス。これはセンセーショナルなことだぞ。奴がそれほどの俊足なら、どうして村中の誰もそれを知らないんだ？　他の子供らと遊ぶこともあるだろうに」

「いいえ、ご主人様。閣下の給仕でありますからハロルドは村の連中と交わることはございません」

「気取ってるってことか？」

「彼は階級差の存在にきわめて敏感でございます」

「奴がそんな大変な代物だっていうのは絶対なんだな？」ビンゴが言った。「つまり、君が確信しているんでなけりゃ、大枚を突っ込むわけにはいかないからな」

「もしあの少年の能力をご自分で検分されたいとご希望なさいますならば、秘密裏に審判の機会を用意するのはごく簡単なことかと存じます」

「そうしてくれると気持ちが楽になるな」僕は言った。

「それではご主人様の鏡台の上にございます一シリングを拝借させて頂けますれば……」

「どうするんだ？」

「彼を買収して第二馬丁のやぶにらみを侮辱する発言をするようそのかそうと存じます。チャールズはその件につきましてはいささか神経過敏でございますから、間違いなく怒らせることとなりましょう。一階の廊下の窓の、裏口を見渡せる場所に半時間後にお立ち頂けますならば……」

今まで僕がこれほど急いで着替えたことがあったろうかと思う。いつも僕はじっくり入念に服装を選ぶタイプだ。僕はネクタイ選びにあれこれ迷ったり、ズボンがちゃんとしているかどうか見るのが好きだ。しかしその朝僕は全力で努力した。適当に服を着るだけ着て、十五分ほど余裕を持って既に窓のところにいたビンゴと合流した。

窓からは二十メートルほど続く幅広いレンガ敷きの中庭が見渡せた。中庭は高い壁に穿《うが》たれたアーチのところまで続いている。このアーチをくぐり抜けるとその先は車寄せの道路がもう三十メートルほど曲がりながら続き、あとは低木の植え込みの陰になっている。僕は自分をあの若者の身に置きかえ、もし第二馬丁に追いかけられたらどんな段取りを取ったらいいかと考えた。とるべき道はひとつしかない――植え込みに走り込んで身を隠すことだ。すると少なくとも避難するまでに五十メートルは走らなければならない――確かに格好のテストになる。もしあのハロルドの奴が植え込みにたどり着けるだけの余裕を持って馬丁の追撃を撃退できるのであれば、イギリス中の少年合唱団員に奴に三十メートルのハンデをやれる者はいないだろう。僕は興奮で小刻みに震えながら、何時間とも思える間を待った。すると突然面食らうような音がしたかと思うと、何者かがアーチめがけてムスタングみたいに飛ばしてきた。それから二秒ほどして第二馬丁が怒髪天をつく様子で現れた。

これでは誰もかなわない。絶対に誰もだ。馬丁にまるで勝ち目はなかった。彼が半分過ぎるかどうかの間にハロルドは植え込みにもぐり込んで石を投げていた。僕は窓から離れて歩き出した。骨の髄までしびれていた。階段でジーヴスに会ったとき、僕は感動のあまり彼の手を握り締めるところだった。

「ジーヴス」僕は言った。「文句なしだ！　ウースター家の有り金は全部あの少年行きで決まりだ！」

「大変結構でございます」ジーヴスは言った。

田舎の集会の一番悪いところは、ネタが確かだからといって投入したいだけ投資できないことだ。警戒のベルが鳴らされてしまう。ステッグルスは、顔はにきびだらけだが前にも言ったように頭は軽くない。もし僕が賭けたいだけ賭けたなら奴はその意味を推察するだろう。しかし僕はシンディケートのために何とかまとまった額を賭けることができた。とはいえそのため奴が頭の回る男だということが判明する結果になった。それから数日、奴が村中でハロルドの噂を調査して回っていることが僕の耳に入った。だが奴に何か教えてやれる者は誰もいなかった。やがて奴は、僕は三十メートルスタートの強みを買ったのだと結論付けたようだ。世論は十メートルもらって賭け率七対二のジミー・グードと六メートルでスタートする十一対四のアレクサンダー・バートレットの二つの間を揺れ動いていた。ハンデなしのウィリー・チェンバースには二対一の値がついていたが買う者はなかった。

このビッグ・イベントに危ない橋は渡れない。僕らが百対十二の好賭け率に投資するとすぐ、ハロルドは厳格なトレーニングを開始することとなった。それは疲労を伴う仕事で、今では僕は大物トレーナーのほとんどが陰気で物静かな男で、苦悩を抱えているように見えるのはなぜかが理解できる。少年には常に監視が必要だった。名誉、栄光、また賞杯を勝ち取ったら奴の母親がどれほど誇りに思うことかと話して聞かせても無駄だった――トレーニングとはすなわち、ケーキの類いを断ち、運動をして禁煙することだと知った瞬間に、ハロルドの奴は猛反発した。奴が何とか調子を維持できたのは、不断の監視の賜《たまもの》にほかならない。ネックになったのは食餌の方だった。運動に関しては第二馬丁の助けを借りて毎朝激しいダッシュを用意することができた。無論これには金がかかったが致し方ない。それでもなお、執事が戻る前に時間があれば食料庫に一走りでき、喫煙室にちょっと入れば最上のトルコ葉巻を一握り取って来られるという状況では、トレーニングはきわめて困難な仕事だった。我々はレースの日に彼の生得のスタミナが彼を勝利へと導いてくれることを願うしかなかった。

そしてある夜ビンゴが困ったニュースを持ち帰ってきた。奴はハロルドにキャディーをさせて、午後の軽い運動をさせるのを日課にしていた。

最初奴はこれを面白い話だと思ったらしい。馬鹿な男だ。奴は陽気な調子でべらべら話しだした。「今日の午後は面白かったぞ」彼は言った。「ステッグルスの顔を見せたかったよ」

「ステッグルスの顔だって？　どうしてだ？」

「奴がハロルドの走りを見たときの、ってことさ」

僕の胸は恐ろしい破滅の予感で一杯になった。

「何だって、お前まさかステッグルスの前で奴を走らせたんじゃないだろうな？」

ビンゴはあごをだらりと落とした。

「考えても見なかった」意気消沈した様子で奴は言った。「俺のせいじゃないんだ。ステッグルスといっしょに一ラウンド回っていたんだが、回り終えたところでクラブハウスに一杯やりに入ったんだ。クラブとハロルドを残してな。五分ほどで俺たちが戻って来たらあのガキが砂利の上でステッグルスのドライバーと小石でスイングの練習をしていた。俺たちが近づくとあいつはクラブを放り投げて地平線の彼方へ稲妻のごとく駆け去った。ステッグルスは口もきけないほどびっくりしていたよ。俺ですら改めて驚かされたくらいだ。あいつの最高の走りだったな。無論これは厄介なことだ。だがな、よく考えてみればわからないんだが」ビンゴは表情を明るくしながら言った。「何が問題なんだ？　もういい値段で賭けてあるんだし。あのガキがそんな走り屋だって知られたからって俺たちが失うものは何もない。そりゃあ奴はこれからオッズを上げるだろうが、俺たちに影響はないだろう」

僕はジーヴスを見た。ジーヴスは僕を見た。

「あいつがそもそも出走できなかったら僕たちに影響は大ありだ」

「おおせの通りでございます」

「どういう意味だ?」ビンゴが訊いた。

「訊かれたなら答えるが」僕は言った。「ステッグルスはレース前に妨害工作を仕掛けてくると僕は考える」

「何だって! 考えてもみなかった」ビンゴは蒼白になった。「本当に奴がそんなことをすると思うのか?」

「色々仕掛けてくるだろうな。ステッグルスは腹黒い男だ。ジーヴス、これから我々はハロルドをタカのように見張らないといけないな」

「全くその通りでございます」

「不断の監視、だったな?」

「おおせの通りでございます」

「君は奴の部屋で寝るのは嫌だろうな、ジーヴス?」

「構いません。結構でございます」

「僕もだ、もしそういう事態になればな。だが、ちくしょう!」僕は言った。「我々は平常心を失っているぞ! 怖気づいている。そんなことは絶対に起こりようが無いじゃないか。一体どうやってステッグルスがハロルドに近づくっていうんだ。無理だろう」

ビンゴを元気付けることはできなかった。奴は憂鬱な見解をちょっとほのめかされればすぐに飛びつくような男だ。

「本命を妨害する方法はいくらだってある」奴は死の床から訴えるような声で言った。「競馬小説をちょっとでも読んでみろよ。『ゴール板での出し抜き』で、ジャスパー・モールヴラー卿は厩舎頭を買収してダービー前夜にボニー・ベッツイーの厩舎にコブラを入れさせて、もうちょっとでうまくやるところだったんだぜ」

「コブラがハロルドを噛む可能性はどれくらいだ、ジーヴス？」

「ごくわずかかと、拝察いたします。またそのような場合には、わたくしはあの少年をごくごく親しく存じておりますが、むしろ心配なのは蛇の方ではないかと存じます」

「とはいえ不断の監視だな、ジーヴス」

「おおせの通りでございます」


それから数日間ほど、僕はビンゴには少々うんざりしたと言わねばならない。優勝候補を擁する厩舎が適度な世話をするのは全くもって当然だが、僕の意見ではビンゴはやりすぎだ。奴の頭は競馬小説の作り話で完全に一杯で、またその手の小説では競走馬というものは少なくとも一ダースの妨害工作を経ずして出走するものではないらしい。奴は絆創膏みたいにハロルドに引っ付いて回り、この不幸な少年を決して視界の外に出さなかった。無論、このレースで稼げるかどうかはこの哀れな男にはきわめて重大なことで、家庭教師の仕事を放り出してロンドンに帰れるかどうかの瀬戸際なのだ。とはいえ夜中の三時に僕のところに二度も駆けつけて——一度は薬物混入を防ぐため、ハロルドの食事は我々が調理すべきではないかと言いに、二度目は植え込みで不審な音がしたと僕に告げに——寝ている僕を起こしたのはまだいい。だがレース前日の日曜日に、僕が夕べの礼拝に参列すべきだと言い張ったのは、僕の意見ではもう限界だった。

「一体全体なんでまたそんなことをしなきゃならないんだ?」僕は言った。僕は夕べの祈りを愛好する男ではない。

「俺は行かれないんだ。出かけるんだよ。エグバートの奴と今日ロンドンに行かなきゃならん」エグバートというのはビンゴが家庭教師をしているウィッカマーズレイ卿の息子だ。「奴がケントに行く用があるって言うんだ。それでチャリング・クロスまで送って行かなきゃならないんだ。全くいまいましい厄介ごとだが。月曜の午後まで帰って来られないんだ。レースの大半は観戦できないってことだ。だから全てはお前にかかってるんだよ、バーティー」

「だがどうして僕らの誰かが夕べの礼拝に行かなきゃならないってことになるんだ?」

「間抜け! ハロルドは聖歌隊で歌うんだろうが」

「だから何なんだよ。奴が高音を無理に出そうとして首を脱臼するとしても、僕には防ぎようがないぞ。もしお前がそれを心配してるなら言っておくが」

「馬鹿! ステッグルスも聖歌隊で歌うんだよ。礼拝の後、何か汚い仕掛をしてくるかもしれん」

「全く馬鹿なことを!」

「そうか?」ビンゴは言った。「じゃあ言うがな、『少女騎手ジェニー』じゃあな、悪党がビッグ・レースの前日に本命馬に乗るはずだった騎手を誘拐するんだ。その馬のことをほんとに理解して、そいつをコントロールできるのはその少年だけだったんだぞ。だからもしヒロインが騎手のいでたちで登場しなかったら……」

「わかった、わかった。だが危険があるなら一番簡単なのは、日曜の夜はハロルドに行かせないことだと思うが」

「奴は行かなきゃならないんだ。お前はあのいまいましいガキが記念碑的な正直者で、皆に愛されてると思ってるようだな。奴は村のどのガキより最悪の名声を持ってるんだ。奴の名前ときたら泥だらけでべとべとだ。奴は聖歌隊をさぼってばかりなんで、牧師が今度さぼったら首にするって言ってるんだ。奴がレース前夜に出走を取り消されたら、俺たちはさぞ間抜けに見えるだろうよ」

無論、そういうことなら出かける他はない。

田舎の教会の夕べの礼拝には、人を眠気へと誘い、心に平安あらしむるものがある。完璧な一日の終わり、とでもいった感覚か。老ヘッペンスタール師は説教壇にあり、人々の思考を助けるいつもの説教を語る。ドアは開いたままだ。木々とハニサックルとカビと村人たちの日曜日の礼服の混じったにおいがする。見渡せば、くつろいだ様子でもたれかかって深く息をしている農民たちや、礼拝のはじめにはしゃぎすぎ、今や昏睡状態であおむけに寝ている子供たちがいる。日没前の最後の陽の光がステンドグラスに射し入り、小鳥らは梢に囀《さえず》り、ご婦人たちのドレスが静寂の中、優しげにパリパリと音をたてる。平和である。僕が求めていたのはこれだった。僕は安らぎを覚えた。誰もが心安らかだった。で、あればこそ、あの爆発がまるでこの世の終わりのように響き渡ったのだ。

僕がそれを爆発と呼ぶのは、それが起こった時まさにそう思われたからだ。あたりを支配する静寂を破るものは、老ヘッペンスタール師の、汝の隣人に対する義務に関する説話を語る声だけだったのだ。而《しか》して突然、眉間から入って脊髄をつたって靴底に抜けるような鋭い、キンキンした叫び声が響き渡った。

「イーイイーイーイー！　ウイーイー！　イーイーイーイー！」

まるで六百頭の豚が同時に尻尾を引っ張られたような声だった。だがそれは少年ハロルドの悲鳴で、何かの発作を起こしたようだ。彼はぴょんぴょん跳ねあがっては首の後ろをぴしゃぴしゃ叩いていた。そして毎秒ごとに深く息をしてはまた叫び声をあげた。

いや、夕べの礼拝の真っ最中にこれだけのことが興奮と注目を集めずにできるわけがない。会衆は痙攣《けいれん》とともにトランスから覚醒し、もっとよく見ようと腰掛に上った。老ヘッペンスタール師は文章の途中で話を止めると、くるりと後ろに振り返った。聖堂番が何人か、きわめて冷静沈着に通路をヒョウのように駆け上がり、まだ叫んでいるハロルドを回収し、連行して行った。彼らは聖具室に消えた。僕は帽子を握り締めてステージ・ドア目指して歩き出した。胸の中は憂慮で一杯だった。一体全体何が起こったのか僕にわかりようはなかったが、この一連の成りゆきの背後には悪党ステッグルスの魔手が潜んでいるように思われた。

僕が着いて誰かに鍵の掛かった扉を開けてもらっている間に礼拝は終わったようだ。老ヘッペンスタール師は聖歌隊の少年たちやら聖堂番やら寺男やらの群れの真ん中に立ち、ハロルドを容赦なく叱りつけていた。僕が入った時はもう、かなり実があったに違いない演説の終わり間近だったようだ。

「この恥知らず！　一体何だって――」

「僕は敏感肌なんだよ！」

「お前の肌の話なんかしてはおらん――」

「誰かが僕の背中にコガネムシを入れたんだ！」

「馬鹿な！」

「そいつが背中でブンブン動いて回ったんだ――」

「馬鹿を言うな！」

「見え透いた嘘だよな、まったく」誰かが僕の脇で言った。

ステッグルスだった。とんでもない男だ。真っ白なサープリスだかキャソックだか何だかに身を包み、心配げな顔を装いつつ、この悪党は冷たい、冷笑的な表情で、瞬きもせずに僕の目を見つめた。

「お前が奴の背中にコガネムシを入れたんだな?」僕は叫んだ。

「俺が！」ステッグルスは言った。「俺がだって！」

老ヘッペンスタール師は黒い帽子をかぶった。

「お前の言うことは一言だって信じん。この恥知らずめが！ 前に警告したはずだが、今日はこのままではすまんぞ。今この瞬間からお前は私の聖歌隊の一員ではない。行け、哀れな子よ！」

ステッグルスは僕の袖をぐいと引いた。

「となると、賭け金だが、悪いがあんたは金をすっちまうことになるな。あんたはS・P〔最終賭け率〕で賭けなくて残念だったな。S・Pだけが安全だといつも思ってるんだが」

僕は奴をにらみつけた。無論好意のひとかけらもない目でだ。

「それで皆、ターフにおけるスポーツマン精神を語るわけだ」僕は言った。皮肉のつもりだった。

ジーヴスは勇敢にこの知らせを受け止めた。しかし胸のうちでは少々動揺しているように思われた。

「まったく狡猾《こうかつ》な紳士でいらっしゃいますな、ステッグルス様は」

「いまいましいペテン師、だろうが」

「おそらくはそちらの方がより直截な表現かと存じます。しかしながらこれは皆ターフ上で起こったことでございますから、愚痴を申したところで致し方ございません」

「君みたいな楽天家でいられたらなあ、ジーヴス」

ジーヴスは頭を下げた。

「となりますと、全てはペンワージー夫人にかかってくるかと存じます。彼女がリトル様のご賛辞の正当性を明らかにし、お母さんサックレースでみごと真の能力を示してくれるならば、我々の損失分はちょうど埋め合わせがつきます」

「そうだ。だが大勝ちを目指してたんだからな、それだけじゃあ慰めにならんだろう」

「それでもまだ最終的に帳簿をプラスにすることは可能かと存じます、ご主人様。リトル様が発たれる前に、ご親切にわたくしもお仲間に加えていただきましたシンディケートのために、女子スプーン競走に少しばかりの額をご投資頂くようお願いをしておきました」

「サラ・ミルズにか？」

「いいえ、ちがいます。賭け率の高いアウトサイダーにでございます。プルーデンス・バクスターちゃんはご存じでいらっしゃいませんか。庭師頭の娘でございます。彼女の父親が娘はきわめてしっかりした手の持ち主であると保証をいたしております。毎日昼過ぎになると彼女は小屋からビールのマグを父親のところに運んでくるのだそうでございます。一滴たりともこぼさない、と父親は申しておりました」

　とするとプルーデンス嬢はコントロールは上々らしい。だがスピードはどうか？　サラ・ミルズのような年季の入った走者がエントリーしているのであるから、これは実質上クラッシッククレースに相当する。こうしたビッグレースではスピードが必須なのだ。

「これがいわゆる大博打であることは認識しております。しかしなお、これが賢明な判断かと存じます」

「もちろん連勝にも賭けたな？」

「はい、彼女から流しました」

「うむ、じゃあ大丈夫だろう。君がへまを踏んだためしはないからな」

「有難うございます、ご主人様」


　いつもであれば僕の考える快適な午後の過ごし方というのは、村の学校のお楽しみ会などからはできる限り離れて過ごすことだと言わねばならない。面倒なことである。しかしかかる重大問題が懸案とあれば、僕とてこうした場に対する偏見を捨て、参集するのである。期待通り、たいしたことのない行事だった。暖かい日でもあり、ホールのグラウンドはほぼ液状の塊《かたまり》と化した農民たちで埋まっていた。子供たちはあちこちで騒ぎ回っていた。中の一人、少女と言えないこともない子が僕の腕をつかみ、お母さんサックレースのゴール地点にたどり着こうと混雑を切りひらいて進む僕の腕にぶら下がっている。僕らは紹介されたわけではない。だが彼女は自分がラッキー・ディップで勝ち取ったぬいぐるみの人形について誰でもいいから話す相手として僕を選んだらしい。彼女はその件についてやたらとまくし立てた。

「あたしこの子をガートルードって呼ぶわ」彼女は言った。「毎晩お洋服を脱がせてベッドに寝かしてやって、それで朝になったら起こして服を着せたげるの。それで夜になったらベッドに寝かして、次の朝また起こしてそれで服を着せて……」

「ねえ、かわい子ちゃん」僕は言った。「君を急がせたくはないんだけどね、もうちょっと手短かに言ってくれないかなあ。僕はこのレースのゴールをどうしても見たいんだよ。ウースター家の命運がかかってるんだ」

「あたしももうすぐレースに出るのよ」彼女は人形のことはしばらく棚上げにして普通のおしゃべりをしてくれるようだった。

「そうなの?」僕はうわの空で言い、雲の隙間から何とか光を見ようと試みた。「何のレースに出るの?」

「スプーン競走よ」

「本当? 君はサラ・ミルズかい?」

「ちがうわ」軽蔑を表明しつつ彼女は言った。「あたしはプルーデンス・バクスターよ」

当然ながらここで我々の立場は変わった。僕は彼女を多大な関心をもって見つめた。出走馬の一人だ。走り屋には見えないと言わねばならない。チビで太っている。状態はよくないようだ、と僕は思った。

「そういうことなら」僕は言った。「暑いお日様の下ではしゃぎまわって、元気をなくしちゃいけないな。体力をとっておかなくちゃね。ねえ、この日陰に座ってなさい」

「座りたくなんかないわ」

子供は蝶が花から花へ飛び移るように話題を変えた。

「じゃあ、とにかくゆっくりして」

「あたしいい子なのよ」彼女は言った。

「そうに決まってるよ。スプーン競技者としてもいい子だといいんだけどね」

「ハロルドは悪い子よ。ハロルドは教会で大騒ぎしてお楽しみ会に来れないの。うれしいわ」女性の誇りたるこの少女は、さも高潔そうに鼻にしわを寄せるとさらに続けた。「だって悪い子なのよ。金曜日にあたしの髪を引っ張ったわ。ハロルドはお楽しみ会に来てないの。ハロルドはお楽しみ会に来てないの」立派な曲をつけて彼女は歌って見せた。

「その件についてはそっとしておいてくれないかな、庭師のお嬢さん」僕は懇願した。「君の知らないことだが、その話は僕には少しこたえるんだよ」

「ああ、親愛なるウースター君。こちらの小さな淑女と友達になったのかね?」

老ヘッペンスタール師だった。盛大に笑みを浮かべている。このパーティーの華たる人物である。

「実に喜ばしいことだよ、親愛なるウースター君」彼は続けた。「貴君ら若者が我々のささやかな祝祭の精神をこうして共にしてくれることは実に喜ばしい」

「は、そうですか?」僕は言った。

「そうだとも。あのルパート・ステッグルスでさえだ。今日の午後、私のルパート・ステッグルス観は好意的な方向にいちじるしい転回を遂げたと告白せねばならんよ」

僕のステッグルス観はそうではない。だがそうは言わずにいた。

「私は常日頃ルパート・ステッグルスは自己中心的な若者だと思ってきた。仲間を喜ばせるために何かするような人物では全くない、とな。だがこの三十分間に二度も、彼があのタバコ屋の善良な奥方のペンワージー夫人をエスコートして飲み物テントに入る姿を目にしたのだよ」

僕は彼を立たせたまま駆け出した。絡みついてくるバクスターの子供の手を振りほどき、お母さんサックレースのゴール地点に向かって疾走した。この混雑の中で更なる汚い手が仕掛けられた、という嫌な予感がした。僕が最初に出くわしたのはビンゴだった。僕は奴の腕をつかんだ。

「優勝は誰だ?」

「わからん。見て来なかった」奴の声には苦々しさが感じられた。「ペンワージー夫人じゃなかったんだ。クソッ! あの卑劣なステッグルスの野郎は蛇よりひどいぞ。どうやったかは知らんが、彼女が危険だって知ったにちがいないんだ。あいつが何したかわかるか? あの哀れなご婦人をレース五分前に飲み物テントに誘い込んでケーキやらお茶やらを詰め込ませたから、最初の二十メートルでもうばたばただ。転がってひっくり返っちまった。だがよかった。俺たちにはまだハロルドがいる」

僕は唖然としてこの哀れな男を見つめた。

「ハロルドだって? 聞いてないのか?」

「聞いてないだって?」ビンゴはほのかな緑色に変色した。「何を聞いてないって? 何も聞いてないぞ。俺は五分前に着いたばかりで駅からまっすぐここに来たんだ。何が起こったんだ? 言えよ」

僕は情報を開示した。奴は僕をしばらく幽霊のような顔で見つめ、陰気なうめき声とともに駆け出して群衆の中に姿を消した。つらい打撃だったろう。かわいそうな男だ。奴が取り乱したのを責めることはできない。

スプーン競走の準備が整えられつつあった。僕はここに残ってゴールを観ようと考えた。それほど期待は大きかったわけではない。プルーデンス嬢は達者なしゃべり手ではあったが優勝するタイプには見えなかった。

群衆の隙間から見えた限りでは、各馬スタートは良好だった。背の低い赤毛の子がそばかすで金髪の子と首位を争っている。サラ・ミルズはゆったり三位につけている。我らが指名者は先頭からはるかに遅れてばらけた後ろにいる。既に現時点で、誰が優勝かはたやすく見当がついた。サラ・ミルズがスプーンを握るその姿には品格と熟練した正確さがあり、それが全てを語っていた。かなり早いペースで走っていたが、彼女のたまごはぴくりともしない。生まれついてのスプーン競技者だ。もしそんなものがあればだが。

格の違いは明らかになった。ゴールテープの三十メートル前で、赤毛の子は足をもつれさせたまごを芝生に転がしてしまった。そばかすで金髪の子は果敢に戦ったが直線半ばで力つきた様子だった。サラ・ミルズが抜き去り、手綱を持ったまま数馬身離してゴールした。一番人気の勝利だ。金髪が二着。青いギンガムの服を着た高慢そうな女の子がピンクの服を着た丸顔の子を抜いて三位に入着した。そしてジーヴスの大博打、プルーデンス・バクスターは五着か六着で、僕にはどちらかわからなかった。

それから僕は人込みに流されるまま、老ヘッペンスタール師が入賞者を表彰する場所に着いた。僕は隣にステッグルスがいるのに気がついた。

「やあ！」非常に明るく陽気な調子で奴は言った。「今日はついてなくて残念だったな」

僕は静かな軽蔑の意を表明しつつ奴を見た。無論この悪党には無駄なことだが。

「大きく賭けた連中で、勝った奴はいないよ」奴は続けた。「ビンゴはかわいそうにスプーン競走では大損だったな」

僕はこいつと話をする気はなかったが、驚いて言った。

「大損ってどういう意味だ？」僕は聞いた。「僕ら――いや、あいつは少しばかり賭けただけのはずだが」

「少しばかりってどれくらいを言うのかは知らんが、奴はバクスターのガキに三〇ポンド賭けたんだぞ」

僕の前の景色がくらくらと揺れた。

「何だって！」

「十対一で三〇ポンドだ。何か聞いたにちがいないと踏んだがそうじゃなかったようだな。予想通りのレースだったからな」

僕は頭の中で計算を始めた。老ヘッペンスタール師の声が遠くから何だか弱々しく聞こえてきたとき、僕はシンディケートの損失額をはじき出そうとしている真っ最中だった。他のレースの表彰式では父のごとく晴れやかだった彼が、今や突然苦痛と苦悩に満ちた態度になった。彼は群衆を悲しげに見つめた。

「ただいま終了しました女子スプーン競走について」彼は言った。「私は悲しい義務を遂行せねばなりません。無視できぬ状況が発生いたしました。私は驚愕したと申しても過言ではありません」

なぜ驚愕したかについて聴衆に五秒ほど考える間をやった後、彼は続けた。

「皆さんご記憶のとおり、三年前、私はこの年に一度の祭りのイベントリストから、お父さん四百メートル競走を除外することを余儀なくされました。村の宿屋で当該レースの結果に関する賭けが行われ、少なくとも一度、最速の走者によって当該レースが売られたとの報告が私の耳に届いたからです。この不幸な出来事が私が人間本性に対してもつ信頼を揺さぶったことをここに認めねばなりません。だがしかし、少なくともまだ一つ、プロフェッショナリズムの害毒に犯されていないと信頼を寄せうるレースが残っていたのです。そう、女子スプーン競走です。しかし、ああ、私は楽天的に過ぎたようです」

彼はここで再び話を止め、感情を克服しようと努力した。

「不快な事の詳細をお話しして皆さんを退屈させるのはやめましょう。ホールの客人の従者である、あるよそ者が――それが誰かはこれ以上詳しく申しません――競技者の何名かに接近し、完走を条件に五シリングを与えました。後悔の念にさいなまれ、後から彼は私に告白をいたしました。しかし、遅すぎたのです。悪は遂行されました。応報が果たされねばなりません。妥協は許されません。断固たる態度で臨まねばなりません。サラ・ミルズ、ジェーン・パーカー、ベッシー・クレイ、ロージー・ジュークス。ゴールに先着した以上四名は、アマチュア資格を剥奪され、失格となります。したがってウィカマーズレイ卿のご寄付くださったこの素晴らしい作業袋は、プルーデンス・バクスターに授与されることとなります。プルーデンス、前に進みなさい！」

15. 都会的タッチ

ビンゴ・リトルが多くの面で善良な男だという事実を、僕ほどわかっている者は他にいない。学校時代からずっと、奴は僕の人生をずいぶんと楽しいものにしてくれた。陽気なひと時を共にする相手として、僕は誰よりもまず奴を選ぶ。その一方、改善を要する点も多々あると言わねばならない。会った女の子のことごとく全てと恋に落ちる癖もそのひとつである。もうひとつは胸の内の秘密を世界中に知らしめてしまうことである。もし内気な寡黙さを求めるならビンゴはだめだ。奴ときたら石鹼の広告と同じくらいしかそんなものは持ち合わせていない。

つまりどういうことかというと——まあいい、僕がトウィング・ホールから戻って一月ほどたった十一月のある晩、奴がよこした電報がある。

《わが友バーティー、僕はとうとう恋に落ちた。わが友バーティーよ、彼女は最高に素晴らしい女性だ。これこそやっと本当の恋だ、バーティー。ジーヴスを連れてすぐこっちに来い。ああそうだ、ボンド街を上ると左側にあるタバコ屋を知ってるだろう。あそこの特製タバコを百本買って送ってくれ。切らしちまったんだ。お前だって会えば彼女が最高に素晴らしい女性だってわかるよ。ジー

ヴスを連れて来てくれよ。タバコを忘れるな。ビンゴ》

これはトウィング郵便局から送られていた。言い換えれば、奴はこのとんでもないたわごとを、目をぎょろつかせた村の女郵便局員に提出したということで、彼女はおそらく村中のゴシップの主たる源泉であるにちがいなく、日暮れまでには村中にこのニュースが鳴り渡ったにちがいないのだ。布令を町中に触れまわる昔の村役人を使ったって、奴の胸のうちをここまで完全に周知徹底することはできなかったろう。僕が子供の頃騎士とかヴァイキングとかの物語を読んだものだが、その種の男たちは大勢の人の集まる宴席で、赤面もせずに立ち上がって自分の愛する女の子がどれほど完璧に素晴らしいかを歌を歌って披露したものであったらしい。僕はしばしば感じるのだが、ビンゴはそういう時代に生まれていた方が似合っていた。

ジーヴスはこの電報を就寝前の飲み物といっしょに持ってきた。僕はそいつを彼に放り投げて言った。

「無論頃合なんだ。少なくともここ二カ月は、ビンゴは恋をしてない。今度の相手は誰かなあ」

「メアリー・バージェス嬢でございます、ご主人様」ジーヴスは言った。「ヘッペンスタール牧師様の姪ご様でいらっしゃいます。ただ今トウィングの牧師館にご滞在です」

「なんと！」ジーヴスが世界のほぼ全てについて知っているとはわかっていたが、これでは千里眼だ。「何で知ってるんだ？」

「この夏トウィング・ホールに逗留いたしました際に、ヘッペンスタール様の執事といささか親密な友情を築きましてございます。彼は親切にも地元ニュースに遅れない程度の情報を折につけ書き送ってくれます。彼によりますとそのお若い女性はきわめてご尊敬申し上げるべき方でいらっしゃるようでございます。かなりご真剣な性格のお話と、わたくしは理解いたしております。リトル様は非常にぞっこんでいらっしゃいます。わたくしの文通相手のブルックフィールドが書いてよこしましたことに、先週、深夜遅くにリトル様が月明かりの中で彼の窓を見上げて立っているのを見た、と」

「誰の窓だって？　ブルックフィールドのか？」

「さようでございます。おそらくはそのご婦人の窓であろうとのご印象の下にかと」

「だけど何でまた奴がトウィング・ホールにいるんだ」

「リトル様はウィッカマーズレイ卿のご子息の家庭教師のお仕事を再びなさることを余儀なくなされました。十月の末のハーストパークのご予想で失敗なされたためでございます」

「参ったなあ、ジーヴス。いったい君の知らないことはあるのか？」

「申し上げかねます」

　僕は電報を手に取った。

「つまり僕らに来て助けてもらいたい、ということだな」

「このメッセージを送られたご動機はそういうことかと存じます」

「じゃあどうすべきかなあ、行くか？」

「ご尽力させていただきます。こう申し上げてよろしければ、この件に関しましてはリトル様を応援申し上げるべきかと存じます」

「今度は本命だと思うんだな」

「このお若い淑女に関しましては、きわめて素晴らしい報告しか耳にしておりません。もし幸福な結末に至ることになりますれば、あのご令嬢がリトル様にまことに結構なご影響を及ぼされることに間違いはございません。ご結婚が成りますれば、それはまたリトル様が伯父上様の覚え再びめでたくなられることにつながるかとも存じます。このご令嬢は家柄も良く、裕福でもいらっしゃることでございますし。要するに、ご主人様。何かわたくしどもにできることがありますならば、して差し上げるべきでございます」

「うむ、君がついていてくれるなら、奴だって失敗のしようがないな」

「有難うございます、ご主人様。お褒めの言葉に感謝申し上げます」

翌日ビンゴはトウィング駅で僕らを出迎え、荷物といっしょにジーヴスを車で先に送らせ、僕と歩いて行くと言い張った。我々が足を踏み出すと同時に奴は当の女性について話し始めた。

「彼女は本当に素晴らしいんだ、バーティー。彼女は軽薄で薄っぺらな今どきの娘じゃないんだ。可愛らしくて真面目で、美しくて真剣なんだ。彼女を見てると俺は思い出すんだが、——誰だったっけ、名前が出てこない」

「メアリー・ロイド［英国のミュージックホール歌手］か?」

「聖セシリア［古代ローマ殉教者。音楽の守護聖人］だ」憎しみを込めて僕を見ながらビンゴは言った。「彼女は俺に聖セシリアを思い起こさせるんだ。彼女を見てると俺はもっと善良で、もっと高潔で、もっと人間的深みと幅のある人間でありたいと思わされるんだ」

走馬灯のように浮かぶ記憶を手繰り寄せながら僕は言った。「僕が驚かされるのは、お前がどういう原理に基づいて彼女たちを選んでるのか、ってことだ。つまり、お前が恋する女の子たちなんだが。つまり、どうなってるんだ？　僕が知る限り、一人として似通っちゃいない。最初はウエイトレスのメイベル、それからオノリア・グロソップ。それからあの恐るべきシャルロット・コルデ・ロウボサムときた」

ビンゴに身震いする良識があったことを僕は認める。シャルロットのことを考えると僕もいつだって身体が震える。

「バーティー、俺のメアリー・バージェスに対する思いを本気で他と比べるっていうんじゃないよな。これは聖なる愛情、霊的……」

「わかったわかった」僕は言った。「だが僕たちはずいぶん遠回りしてるんじゃないか？」

トウィング・ホールを目指すにしては、いかにも遠回りな道を通っているように僕には思えた。本道を行けばホールは駅から三キロだ。だが僕らは小道に逸れて田舎を横切り、踏み越し段をいくつか上って野原をやっとこさ横断して再び小道に差し掛かっていた。

「彼女は時々、弟を連れてここを散歩するんだ」ビンゴは説明した。「彼女に会って会釈して、そうすればお前は彼女を見られるし、それでまた歩き続ければいいと思ったんだ」

「もちろんそりゃあわくわくする話だし、五キロも道を外れて畑の中をきついブーツで歩かされたご褒美としちゃあ間違いなく素晴らしいが、何か他にしようはないのか？　彼女にぶつかっていっしょに話しながら行くってのはどうだ？」

「何だって！」ビンゴは言った。心底びっくりしたようだ。「俺にそんな度胸があると思ってるんじゃないだろ。俺はただ彼女を遠くから見つめてるだけなんだ。急げ、彼女が来た！　いや、ちがった」

ハリー・ローダー［スコットランドのバラッド歌手］の歌で、女の子を待ってるところで「彼女だーああ。いやちがったウサギだーああ」というのがあったが、そんな調子だった。奴は僕を北東の強風の吹きさらす中に十分間も立たせ、間違った警報を発しては僕を爪先立ちさせた。この話はやめにして、全てはおしまいにしようじゃないかと言い出そうとしたところで、曲がり角からフォックス・テリアが姿を現し、ビンゴはポプラの葉のようにぶるぶる震えた。それから男の子が現れると、奴はゼリーのようにふるふると震えた。とうとう、伴奏つきでにぎにぎしく登場するスターのように一人の女性が現れた。奴の感情は傍で見ているのが苦痛なくらいだった。奴の顔は紅潮し、白いカラーと風に吹きさらされて青くなった鼻とあいまって、他の何よりもフランスの国旗に似ていた。彼は腰から上を、鉤《かぎ》のようにたわませた。

帽子に手をかけようと、弱々しく片手をあげたとき、女性が一人ではないことに奴は気づいた。聖職者の格好をした男がいっしょにおり、彼がいるのはビンゴにはまったく気に入らない様子だった。奴の顔はますます赤くなり、鼻はますます青くなった。奴が何とか帽子の縁に手をかけたとき、一行はほとんど通り過ぎていた。

女性は会釈をし、聖職者は「ああ、リトル、嫌な天気だな」と言った。犬は吠え、彼らは立ち去り、お楽しみは終わった。

この牧師は僕には新要素だった。ホールに着くと僕はジーヴスに奴の動きを報告した。無論、ジーヴスはもう全て承知していた。

「それはウィンガム牧師様です。ヘッペンスタール師の新しい副牧師でいらっしゃいます。ブルックフィールドから聞いたところでは、あの方はリトル様のライバルで、あのお嬢様はあの方がお気に召していらっしゃるご様子です。ウィンガム様には、住まいを同じくしておいでだという有利がございます。あの方とお嬢様は夕食後にごいっしょにデュエットを歌っていらっしゃいますが、それがお二人の紐帯《じゅうたい》となっております。またそうした折には、リトル様は路上をうろうろと歩き回り、目に見えていらいらとしておいでいらっしゃるということでございます」

「あの哀れな男にできることといったらそんなところだろう。まったく。いらいらするまではいいが、そこで仕舞いなんだな。あいつは意気地がないんだ。気力がないんだよ。さっき彼女に会ったとき、奴には普通に〈こんばんは〉を言うだけの勇気もなかったんだぞ」

「わたくしが聞きましたところでは、リトル様の愛情は畏敬の念と分かち難いものであるようでございます」

「奴がそんな小心者のウサギなら、どうやって手助けすればいいって言うんだ。何か提案はあるか？僕は夕食の後で奴に会うんだが、君の助言が何だったか真っ先に聞くにちがいないんだ」

「わたくしの意見では、リトル様はお若いご紳士に関心を集中なさるのが最も賢明かと存じます」

「弟のことか？　どういう意味だ？」

「お友達におなりになればよろしいのです。お散歩に連れ出すとか、そういったことでございます」

「君にしてはさえ渡ったアイディアとは言えないなあ。僕はもうちょっと実のある奴を期待してたんだが」

「これは手始めでございます。そのうちもっと進捗いたしましょう」

「じゃあ、そう言うよ。僕はあの娘は気に入ったぞ、ジーヴス」

「まったく申し分のないご令嬢でございます」

その晩僕はビンゴに情報を伝えた。奴の気持ちが晴れたようで、こちらも嬉しかった。

「ジーヴスはまったく正しい」ビンゴは言った。「自分で思いついてしかるべきだった。早速、明日からはじめよう」

奴の活気づきようは驚くほどだった。僕がロンドンに帰るずいぶん前から、奴はごく当たり前に令嬢と話すようになった。つまり、二人が出会ってもビンゴが立ち往生することはなくなった。弟は二人の紐帯となり、それは副牧師のデュエットなどよりずっと強い絆だった。彼女とビンゴは二人して弟を散歩に連れて行くようになった。そんな時二人は何を話しているのかとビンゴに訊いたら、ウィルフレッドの将来だと奴は答えた。娘は弟に将来牧師になって欲しいと考えていたが、ビンゴは、それはだめだ、どうも牧師には好きになれないところがあると言った。

僕が出発する日、ビンゴはウィルフレッドといっしょに僕らを見送ってくれたが、彼は古い大学友達のようにビンゴにじゃれて回っていた。僕が最後に見たのは、ビンゴがスロットマシンで彼にチョコレートをとってやっている姿だった。平和と明るい善意にあふれた光景だ。実に有望だと、僕は考えた。

それでおしまいではなかった。二週間ほどして、奴から次のような電報が届いた。

《親愛なるバーティー、なあバーティーすぐにこっちに来てくれないか。何もかもうまくいかない。困ったよバーティー、とにかく来てくれ。僕は絶望と傷心の中にいる。あのタバコをもう百本ほど買って来てくれないか。バーティー、こっちにくるときはジーヴスを連れて来てくれ。とにかく来

て欲しいんだ、バーティー。お前が頼りなんだ。ジーヴスを忘れずに連れて来いよ。ビンゴ》

常に金に困っている男にしては、ビンゴは僕が会った中で一番の無駄な電報打ちだと言わねばならない。奴には省略という概念がない。あの馬鹿は自分の傷ついた心のたけを一語二ペンスかそこらで、何の考えもなしに書き散らしているのだ。

「どうする、ジーヴス?」僕は言った。「もう少しうんざりしてるんだ。トゥイングに行ってビンゴの世話をしてやるために、二週ごとに約束を全部放り出すわけにはいかないんだ。奴に電報を送って、すべては村の池に打ち棄てて終わりにしろと言ってやれ」

「ご主人様、もしわたくしに一晩お暇を下さいますなら、わたくしは喜んで出かけて調査をいたして参ります」

「おお、そうだ。それが一番いいな。奴が会いたいのは君なんだから。いいぞ、行って来い」

ジーヴスは翌日遅くに戻ってきた。

「それで?」僕は聞いた。

ジーヴスは狼狽《ろうばい》した様子だった。彼は左の眉毛を心配げに上げて見せた。

「できる限りのことはして参りました。しかしリトル様の前途は残念ながら明るくはないようでございます。先の訪問以来、まったく不吉かつ不穏な展開が進んでおります」

「そうか。それで何だそれは?」

「ステッグルス様をご記憶でおられましょう。ヘッペンスタール師と牧師館で試験勉強をしておられる……」

「ステッグルスが何をしたって言うんだ」僕は聞いた。

「ブルックフィールドがたまたま会話を傍から聞いておりましたそうですが、ステッグルス様はこの関係にご関心をお持ちのご様子でございます」

「なんだって！　賭けてるって言うのか！」

「ご自分の親しいお仲間から賭け金を受け取っておられるご様子です。リトル様には見込みなしとお考えのようで、失敗に賭けておられます」

「それは嫌だな、ジーヴス」

「さようでございます。不吉なことでございます」

「ステッグルスのことだから、汚い手を使ってくるぞ」

「もう使っておられます」

「もうだって？」

「はい、わたくしがおすすめした計画通り、リトル様はバージェス様の坊ちゃんを教会のバザーにお連れなさいまして、そこでステッグルス様と、ごいっしょにいらしたヘッペンスタール様とお会いになられました。ヘッペンスタール様とおっしゃるのはヘッペンスタール牧師様のご次男で、先頃はしかが治られたばかりでラグビー校からちょうどお戻りでいらっしゃいます。ご一同は軽食室でたまたまお会いになられ、その時ステッグルス様はヘッペンスタール様のお相手をしておられる最中でございました。手短かに申しますと、両名のご紳士は、お子様方が栄養を補給なされるそのご様子の旺盛なことに大変ご興味を持たれまして、ステッグルス様はご自分の被指名者が年齢分大食いコンテストでバージェス様に勝たれることに一ポンド、リトル様はその逆に一ポンド、賭けないかとお持ちかけになられたのです。リトル様が後でわたくしにお認めになられましたところでは、バージェス嬢がその一件をお聞きになられたらばどう思われるかをお考えになられ、ご躊躇《ちゅうちょ》なさったものの、スポーツの血のほとばしりをどうにもできず、対決にご同意なさったとのことでございます。試合は順調に開始され、両名のお子様とも最大限の意欲と情熱を示されて善戦なさり、死闘の末、最終的にはバージェス坊ちゃまがリトル様のご信頼にお応えになられ優勝なさいました。翌日になりまして競技者の両名ともがはなはだしい苦痛をお覚えになられ、調査が遂行され告白が強要されました。リトル様は――ブルックフィールドはたまたま客間のドアのそばに立っておりまして、わたくしは彼から聞いたのですが――お嬢様とははなはだ不快なご対談をなされ、その結果、もう二度とお話ししたくないとお嬢様がおっしゃられてお話し合いは終わりました」

いくら警戒したところで、相手がステッグルスだという事実は変わらない。マキャベリだって奴の通信教育課程で勉強したのかもしれない。

「仕組んだんだ！　ジーヴス」僕は言った。「全部ステッグルスが計画的に仕組んだことだ。奴の得意の陰謀工作だ」

「その点に疑いの余地はございません、ご主人様」

「うむ、奴はビンゴをうまいこと出し抜いたようだな」

「その見解が有力でございます、ご主人様。ブルックフィールドが申しますには、村の〈牛馬亭〉ではウィンガム師には七対一でも買い手がつかないとの話でございます」

「何だって！　村の連中も賭けをしてるのか！」

「はい、さようでございます。隣接する村々でもこの一件は広範な関心を引き起こしております。

わたくしの聞きましたところでは、ロウアー・ビングレイほどの遠方におきましても一種のスポーツ的反応が起こっているそうでございます」

「うーむ、どうしたらいいか見当もつかない。ビンゴがそれほどのバカなら――」

「負け試合を戦っている、と存じます。しかし、わたくしはあえてリトル様に、有効でありうる一連の行為をご提案いたしてまいりました。わたくしがお薦め申し上げたのは、善行に励むようにということでございます」

「善行だって?」

「村のことでございます。寝たきりの者に本を読んで聞かせる、病人と話をしてやる、といった類いのことでございます。よき報いあらんことを期待するしかありません」

「そうだな」僕は疑い深げに言った。「だがな、もし僕が病人だったらビンゴみたいなバカに枕もとに来られてギャーギャー騒がれるのはご免こうむるぞ」

「確かにそうした側面もございます」ジーヴスは言った。


何週間もビンゴからは何の音沙汰もなかった。僕はそれを、奴が苦戦の末、タオルを投げ込んだものと解釈していた。クリスマスも近いある晩、エンバシーにダンスに出かけた僕は大分遅くなって帰宅した。夕食後、ほぼ休みなしで夜中の二時まで踊り続けた後でずいぶんと疲れており、すぐさま床に就きたかった。したがって、部屋に急いで灯りのスイッチを入れたとたん、ビンゴの薄汚い顔が枕を覆っているのを見たとき、僕が感じたのは落胆だった。奴はどこからともなく現れて僕のベッドに寝そべり、子供のように嬉しそうに夢見るような笑顔を浮かべて眠っている。

ちょっとやり過ぎだ。我々ウースター一族は古きよき中世風のホスピタリティーに大賛成だが、他人が自分のベッドを横取りしているのを見れば、少しばかりうんざりするというものだ。僕は靴を投げつけた。ビンゴは咽喉をゴロゴロ鳴らしながら起き上がった。

「どうしたんだ?」ビンゴは言った。

「一体全体僕のベッドで何してるんだ!」僕は言った。

「やあ、ハロー、バーティー。ああ、お前かあ」

「そうだ僕だよ。僕のベッドで何してるんだ?」

「仕事で一晩街に出て来てるんだ」

「わかった。だが僕のベッドで何してるんだ」

「なんてこった! バーティー」ビンゴは不満そうに言った。「お前のベッドのことなんかくどくど言うなよ。予備の部屋にもう一つベッドの用意があるぞ。俺はジーヴスがこしらえてるところをこの目で見たんだからな。そっちが俺用だってことはわかってたんだが、お前が完璧なホストだってことはわかってるからな、こっちを使わせてもらった。なあバーティー、親友よ」明らかに寝具の話には嫌気が差した様子だった。「曙光が見えてきたぞ」

「ああ、そろそろ朝の三時になるからな」

「比喩的な言い方をしてるんだ、バカ。希望の光が兆《きざ》し出したって言ってるんだ。メアリー・バージェスのことだよ。まあ座れよ、これから皆話すから」

「いやだ、僕はこれから寝るんだ」

「まあ、始めに」枕に心地よげに身をもたれ、僕の特別製の箱からタバコを勝手に取り出しながら、ビンゴは言った。「またもやあのジーヴスには礼を言わないといけないな。彼は現代のソロモンだよ。俺が助言を求めたときには本当にどうしようもなかったんだ。だが彼が知恵を貸してくれたお陰で、俺はビロードの上に乗っている。この言い方は意図的にしてるんだし、守旧的精神でもって言ってるんだからな。彼から聞いてるかもしれんが、彼は俺に善行を積んで失地回復に励むようすすめてくれたんだ。バーティー、なあ親友よ」ビンゴは真剣に言った。「ここ二週間というもの、俺は病人の世話に明け暮れて、もし俺に兄弟がいてそいつをお前が病床の俺のところに今この瞬間に連れて来たとしたら、なあ、そいつにレンガを投げつけてやるくらい、俺は頑張ったんだよ。だがな、俺は猛烈な勢いで疲弊させられたが、この計略は素晴らしくうまく行ったんだ。そいつを始めて一週間もしないうちに、彼女の態度は目に見えて軟化したんだ。路上で会うとまた会釈をしてくれるようになったし、その他にもな。何日か前、牧師館の前で出くわしたときには、彼女はまぎれもなくほほ笑んでくれたんだ。そっと、聖女のようにだぞ。それから昨日だ。あの副牧師のウィンガムを憶えてるか？　鼻の長い男だ」

「もちろん憶えてるよ。お前のライバルだろ」

「ライバルだって？」ビンゴは眉を上げた。「そんな風に呼べたときもあったたな。だがそんな時代は過ぎたよ」

「そうなのか？」この男のご満悦ぶりに嫌な気持ちにさせられながら僕は言った。「じゃあ言うがな、僕が聞いたのはトウィング村の〈牛馬亭〉やら、遠くはロウアー・ビングレイまでのそこらじゅうの村でな、牧師側に七対一でも誰も買い手がないっていう話だったぞ」

ビンゴは暴力的になり、僕のベッド一面にタバコの灰を振りまいた。

「賭けてるだって！」ビンゴはガラガラ声を上げた。「賭けてるんだって！ まさか皆賭けてるって、この神聖な、聖なる……なあ、とんでもないぞ。民衆には良識とか敬意ってものがないのか？ 奴らの獣じみた、不潔な貪婪《どんらん》さから、何者も逃れ得ないのかよ」ビンゴは思慮深げに言った。「もし俺に七対一で賭けさせてくれるチャンスがあればなあ。なんて値段だ。誰が売ってるんだって？ 知ってるか？ 絶対それはない。ああ、絶対にない」

「お前はずいぶん自信があるみたいだな」僕は言った。「僕はいつも思ってたんだが、あのウィンガムは……」

「ああ、俺はあいつのことはもう心配しちゃいないよ」ビンゴは言った。「その話をするところだったんだ。ウィンガムははしかにかかってな、何週間か外出できないんだ。それだけでも結構なんだがそれだけじゃないぞ。奴は村の学校のクリスマス演芸会をプロデュースしているんだが、俺がその仕事を引き受けることになった。昨晩ヘッペンスタール牧師のところに行って、契約をもらってきた。どういうことかわかるか？ つまりこれから三週間、俺は村の生活と思考の完全に中心になるってことだ。素晴らしい勝利は間違いない。誰もが俺を尊敬し、俺をちやほやするようになるんだ、わかるか。それだけじゃない。それはまたメアリーの心に強烈な効果を及ぼすはずだ。それで俺が真剣な努力ができる男だってことがわかるし、また俺の価値には堅固な土台があるってことがわかる。つまり、彼女は俺のことをただの蝶々だと思っていたかもしれんが、俺は現実には……」

「ああ、わかったわかった。やってくれ」

「このクリスマス演芸会ってのはどえらい仕事なんだ。ヘッペンスタール牧師もかなり入れ込んでる。近在じゅうから皆集まってくる。この地の大地主もご家族でお出ましだ。バーティー、俺にはでかいチャンスなんだ。最大限に活かすつもりだよ。無論俺にははじめから関わってないっていうハンデがある。才能のない副牧師のドーナッツ野郎ときたら、五十年も前の子供の本からつまらんおとぎ話の劇を引っ張り出してきて皆に見せようとしてたんだ。お笑いもギャグもまったくない話なんだぞ。話を全部変えるには遅すぎるが、もっと陽気なものに仕上げることはできる。もう少しは面白くなるよう書き換えるんだ」

「お前には書けないだろう」

「うーん、俺が書くって言ったのは、失敬してくるって意味だ。それで街に出てきたってわけなんだ。今夜はパラディウムで『カドル・アップ！』のレヴューを観てきたところさ。面白さ満点だ。もちろんトウィング村ホールで大型のあっと言わせる効果を狙うのは無理だ。これといった大道具もないし、九歳から十四歳までの低能な子供のコーラスしかないんだからな。だが俺は何とかしてみせるよ。お前、『カドル・アップ！』は観たか？」

「ああ、二回観た」

「第一幕にもいい場面があるし、歌は全部頂けるな。それから、パレスのショーがあるだろ。明日帰る前にマティネーを見るんだ。必ず気の利いたネタがあるはずだ。俺がヒット作を書けないなんて心配はしないでくれ。俺に任せろ。な、任せとけ。それでだ、わが親愛なる親友よ」ビンゴは気持ちよく寝そべりながら言った。「俺に一晩中話をさせないでくれ。お前みたいな暇人は構わんだろうが、俺は忙しい男なんでね。じゃあお休み、わが友よ。ドアは静かに閉めて、あと灯りは消しておいてくれ。朝食はだいたい十時だったな？　じゃあな、お休み」

それから三週間、ビンゴには会わなかった。奴は一種の「姿なき声」になった。奴は長距離電話をかけて来てはリハーサルで起こったさまざまな問題点を僕に相談し、それはある朝八時に僕に電話して、タイトルは「メリー・クリスマス」でいいかどうか聞いてきた日まで続いた。僕はこんな迷惑はもう終わりにしてもらいたいと告げ、奴がそれをやめてからというもの、その件は僕の中ではもう済んだことになっていた。ある午後僕がディナー用の服に着替えようと帰宅し、ジーヴスが肘掛け椅子の上に一種のポスターを広げて、それを検分しているのを見るまでは。

「なんだい、ジーヴス」僕は言った。その日の僕は何だか弱っていて、それは僕に大きな衝撃を与えたのだ。「一体全体何だそれは?」

「リトル様がわたくしに送って下さいました。ご主人様にご覧頂くようにとのことでございます」

「うむ、確かに見せてもらったぞ」

僕はもう一度そいつを見た。確かに目をひく。その代物は長さ二メートルはあり、見たこともないような鮮やかな赤で記されていた。

それにはこう書いてあった、

トウィング村ホール　十二月二十三日木曜日
リチャード・リトル提供　新作レヴュー
『おおい、ホー、トウィング!』
脚本　リチャード・リトル
作詞　リチャード・リトル

作曲　リチャード・リトル
トウィングこども劇団、こども合唱総出演
舞台効果　リチャード・リトル
製作　リチャード・リトル

「これは一体なんだと思う、ジーヴス？」

「わたくしはいささか困惑いたしております。リトル様はわたくしの助言に従い村のための善行に励んでいらっしゃるものと存じておりました」

「こいつは失敗だと思うんだな？」

「あえて憶測はいたしかねます。しかしわたくしの経験から申し上げますと、ロンドンの大衆を喜ばせるものが田舎の人々の心に受け入れられるとは限りません。都会風のタッチが田舎の者にとってはややもするとエキゾチックに過ぎるということが間々ございます」

「向こうに出向いてこのとんでもない代物を見るべきかなあ」

「ご主人様がお出でにならなければリトル様は傷つきあそばされるものと存じます」

　トウィング村ホールはちっぽけな建物で、りんごのにおいがした。二十三日の晩に僕が着いた時には、ホールは既に満員だった。開演直前に到着するよう時間を見ていたのだ。この種のお祭り騒ぎに僕は一、二回出かけたことがあるが、早く行って最前列のシートに座らされて途中で空気を吸う必要があっても出るに出られないなんてことは避けたかったからだ。僕はホール後列のドア近くにうまい位置を確保した。

僕の立った場所からは観客全体がよく見渡せた。こういう催しのお約束どおり前の数列は上流階級の人々で占められていた。まずは地主。彼はかなり年取ったスポーツマンで白い口ひげを生やしている。それからその家族。地元の牧師たちの一個連隊。それから著名な教会指定席所有者が何ダースか。それからいわゆるロウアー・ミドル・クラスの人々の濃厚なひしめき合い。それから一番後ろの僕のいる辺りには、社会的物差しにおいて一番取るに足らない連中がいる。ホールのこの端にいる連中ははっきり言ってタフな与太者で、劇を愛するゆえではなく、ショーの後の無料のお茶が目当てでここに来ているのだ。要するに、ここに集まっているのはトウィングの生活と思考を代表する人々である。上流階級の人々は互いに嬉しそうにひそひそ声で話をしている。ロウアー・ミドル・クラスは漂白されたみたいにきちんと座っている。タフな与太者たちはナッツを割ったり柄の悪い悪ふざけを言い合っている。メアリー・バージェス嬢はピアノのところでワルツを弾いている。彼女の横には副牧師のウィンガムが立っている。はしかは治ったようだ。気温は五十三度くらいであったろうか。

誰かが僕のあばらの下に親しげにジャブを食らわせてきた。ステッグルスだった。

「ハロー」奴は言った。「あんたが来てるなんて知らなかったよ」

僕はこの男が嫌いだったが、我々ウースター家の者は仮面がかぶれるのだ。僕はにっこり笑って見せた。

「ああ、そうなんだ」僕は言った。「ビンゴが僕にこっちに来てショーを見てくれって言うんだ」

「聞いたところじゃなかなか野心的な出し物を見せてくれるらしいぜ」ステッグルスの奴が言った。

「特殊効果やら色々だそうだ」

「そうらしいな」

「むろん奴には大ごとなんだ。そうだろ？　女の子のことは聞いたろ、もちろんな？」

「ああ、お前が奴の負けに七対一で値をつけてるってこともな」この悪党を少しばかり厳しくねめつけながら僕は言った。

奴はびくともしなかった。

「田舎暮らしの単調さをまぎらわせる少しばかりの賭けだよ」奴は言った。「だがあんたは事実を少しばかり不正確に聞いてるようだな。村じゃあ七対一だ。だがあんたが投機をする気になってるなら、俺はもっといい値段をつけてやれるぞ。百対八で一〇ポンドはどうだ」

「なんだって！　そんな値をつけるのか？」

「そうだ。どういうわけか」思慮深げにステッグルスは言った。「俺には一種の予感がするんだ。今夜は何かうまくいかないだろうってな。リトルがどんな奴か知ってるだろ？　へまな奴さ。奴のショーが失敗作だって予感がするんだよ。もしその通りなら、あの女の子は奴にずいぶんとよくない偏見を持つはずだ。奴の立場はいつだって不安定だからな」

「お前、ショーを台無しにするつもりか？」僕は厳しく言った。

「俺が！」ステッグルスは言った。「なぜだい、俺に何ができるって言うんだ。失礼、ちょっと行って話をしてくる」

奴は消え、僕の心は激しくいらだった。奴の目から、あいつがいつもの悪巧みを考えているのは明らかだった。ビンゴに警告してやる必要があると僕は考えた。だがそんな時間はなかった。ステッグルスが立ち去ってすぐに、幕が開いた。

演目が始まったばかりは、プロンプターとして以外、ビンゴは特に目立たなかった。最初の部分は、クリスマスの時期になると出版される『こどものための十二の劇』とかいった本から掘り出してきたようなつまらない物語だった。子供たちはいつもどおり、大げさに演技して回っていたし、バカな子供がせりふを忘れるたびにビンゴの大声がセットの後ろから轟《とどろ》き渡った。やがて観客がこうした場面ではお決まりの一種の活動停止状態に落ち着いた頃、ビンゴの加筆部分が始まった。そいつはパレスでは何とかいった名前の女優が歌っていた曲で――ハミングすればすぐにそれとわかる曲だが、僕には曲名が思い出せない。パレスではいつだってアンコールを三回受ける曲だ。まるでアルプスの険しい岩山をジャンプして歩く野性ヤギのように、キーに外れたり乗っかったりするキンキンした子供の声ですら、それはうまくいった。タフな与太者たちですら、そいつが気に入ったようだった。二回目の繰り返しのところでホール全体はアンコールの叫び声に包まれた。それから石筆みたいなキイキイ声の子供が、深く息をしてもう一度歌いだした。

このとき、全てのライトが突然消えた。

これほど突然で、これほどショッキングな出来事が前にあったかどうかと思う。灯りはちらつきもせずに、突然消えたのだ。ホールは完全な闇に包まれた。

むろん、呪縛を解こうとするかのように、人々は指示を求めて叫びだしたし、タフな与太者たちは足を踏み鳴らして楽しいひと時を過ごした。むろんビンゴは自分でこの始末をつけなければならなかった。奴の声が突如暗闇の中に響いた。

「レディース・アンド・ジェントルメン、灯りに何かあったようです――」

この厩舎直送情報はタフな与太者たちを喜ばせた。彼らはこれを一種の鬨《とき》の声と受けとったようだ。それから五分ほどして、ショーは再び開始された。

観客が再び昏睡状態に戻るにはそれから十分ほどかかった。しかしやがて皆落ち着き始め、全ては順調に進んでいた。その時ヒラメ顔をした少年がおずおずと幕の前に出てきた。願い事の指輪だか妖精の呪《のろ》いだったか何かそんなものに関する全くうんざりするシーンの後、幕は下ろされていたのだ。子供は『カドル・アップ！』から拝借した、ジョージ・ティンガミーの歌を歌いだした。ご存じだろう。「母さんの言うことを聞くんだ、女の子たち！」と呼ばれている。彼は観客にもいっしょにリフレインを歌わせた。かなりきわどいバラードで、僕自身も少なからぬ情熱を込めてしばしば風呂場で歌うことがある。しかしどう考えても――ビンゴみたいなまぬけ以外なら誰だってわかることだが――村のホールでクリスマス演芸会に子供が歌うような歌では絶対ない。最初のリフレインが始まった時から、観客は皆、シートの上で身を硬くし、顔を扇ぎ始めた。ピアノのバージェス嬢は茫然自失し、機械的な調子で伴奏を続けた。彼女に寄り添う副牧師は痛ましげに目を逸らしていた。しかしタフな与太者たちには気に入ったようだった。

二度目のリフレインで少年は歌うのをやめ、横歩きして舞台袖に向かおうとした。これを受けて、次のような対話劇が始められた。

ビンゴ（姿は見えずに、垂木を鳴らすごとき大声で）「続けろ！」

子供（恥ずかしげに）「嫌だよ」

ビンゴ（もっと大声で）「続けろ、バカもん！　殺すぞ！」

子供はすばやく考え直し、ビンゴは彼を痛めつけられる立場にいるのだから、結果がどうなろうとここは言うことを聞いておいたほうが得策だと理解したようだ。子供はぎこちなく前に進むと、目をつぶってヒステリックにヒャッヒャッと笑い、こう言った。「レディース・アンド・ジェントルメン、これから僕はトレシッダー地主様に、リフレインを歌って頂こうと思います」

おわかり頂けるか、どんなに慈悲深い感情をもってしても、ビンゴは何かホームのようなところに入所した方がいいと思わずにはいられない時がある。可哀そうな男だ。奴はこれで今宵一番の効果を狙ったんだろう。思うに、地主は愉快げに起立して盛大に歌ってくれ、全ては陽気に歓喜のうちに終わるものと、奴は考えていたのだろう。しかし結果は、老トレシッダー氏は――僕は彼を責めない――着席したまま、毎秒ごとに、膨張し、鮮やかな紫色に変色していった。ロウアー・ミドル・クラスの連中は沈黙のうちに凍りつき、天井が落ちてくるのを待っていた。観客の中でこれを心底楽しんだのはタフな与太者どもだけで、熱狂して叫び声をあげていた。彼らにとっては愉快なことだった。

それからまた灯りが消えた。

数分して灯りが再びついたとき、地主は一族を引き連れ、眉の上までうんざりして、硬い表情で出て行くのが見えた。ピアノの所のバージェス嬢は青ざめこわばった表情でいた。彼女を見つめる副牧師の表情には、これは全くもって嘆かわしいことだが、この状況のもたらす光明にも気づいている、といったところがあった。
ショーは再開された。子供のための劇のせりふがかなり続き、ピアノがパレス劇場のレヴューではは大ヒットだった「オレンジ・ガール」の前奏を弾きはじめた。ビンゴはこれで第一幕のとびきりのフィナーレにするつもりらしい。全劇団員がステージに上がり、幕の端には、時が来たら引き揚げようと待ち構えている腕が見える。立派なフィナーレのようだ。しかし、ほどなくして、これが一幕のフィナーレ以上のものであることがわかった。これでビンゴはおしまいだったのだ。パレスのオレンジの曲はご存じのことと思う。こんな具合だ。

ねえ、君たちって何だっけ何だっけオレンジたち
僕の何だっけオレンジたち
僕の何だっけオレンジたち
ねえ、君たちって何だっけ何だっけ僕忘れちゃったよ
何だっけ、何だっけ、何だっけ、
ねえ

とまあ、こんな具合の詞だった。気のきいた詞だし、曲もよかった。だがこの曲の一番の見せ場は女の子たちがかごからオレンジを取り出して、観客にそっと投げるところだ。ご存じかどうか、ステージ上から何か投げてもらうというのは観客を非常に喜ばせるようだ。パレスに出かけると、いつも観客はこの曲で大いに興奮したものだった。

しかし、もちろんパレスではオレンジは黄色の羊毛でできており、また女の子たちも、オレンジを投げるというより、一列目か二列目にそうっと落としてやる、といった調子だった。しかし大ぶりの種と果皮の塊が僕の耳もとをかすめて飛び去り、後ろの壁に激突したとき、今夜の仕事はかなりちがうようだと僕は感じ始めた。二つ目は三列目の上流階級の人の首筋に当たり、つぶれてぐにゃぐにゃになった。三個目は僕の鼻に正面衝突し、僕はしばらくの間この成りゆきへの関心を失った。

僕が顔を拭いて、目から流れ落ちる涙を止めると、今夜の演芸会がベルファストの陽気な夜に似てきていることに気づいた。悲鳴と果物の濃い空気が立ち込めている。取り乱したビンゴが行ったり来たりするなか、ステージの子供たちは一生一度の楽しいときを過ごしていた。彼らはこんなことはいつまでも続かないとわかっており、それゆえこのチャンスを最大限に楽しんでいるようだった。タフな与太者たちは破裂していないオレンジを拾って、投げ返し始め、したがって観客たちは前からも後ろからも攻撃を受けることとなった。実際、全体の混乱はかなりのものだった。事態が本当に加熱してきたとき、再び灯りが点いた。

僕はそろそろ帰ろうと思い、ドアのほうにそっと動いた。僕が外に出るか出ないかのうちに、観客はなだれ出てきた。彼らは僕の周りに三々五々、押し寄せてきた。また、何についてであれ、これほど心をひとつにした民衆というものを僕は見たことがない。男性も、女性も、哀れなビンゴの奴を皆一様に呪っていた。彼が出てくるのを待ち伏せて村の池に少しばかり沈めてやれ、という、思想の大きな一派が急速に拡大を始めていた。

かくも大量の狂信者を前に、また彼らがかくも強烈に決心を固めているのを見るにつけ、友人として僕にできるのは、ビンゴのところに行って、コートの襟を立てて裏口からそっと逃げるよう警告してやることだと思い至った。ステージ裏に行くと、奴は舞台袖の箱に座り、盛大に汗をかいていて、なんだか事故現場のバツ印みたいに見えた。奴の髪は逆立ち、耳は垂れ下がり、きついことを一言でも言えば、間違いなく号泣を始めそうな様子だった。

「バーティー」僕を見ると恐ろしげに奴は言った。「あの悪党のステッグルスのせいなんだ。逃げ出そうとしてた子供を捕まえて吐かせたんだ。ステッグルスが本当のオレンジと、俺が汗して一ポンドもかけてこしらえた特別製の羊毛の玉とを入れ替えたんだ。俺は奴をばらばらに引き裂いてやる。やってやるぞ」

彼の白日夢を邪魔したくはなかったが、そうもいかない。

「大変だぞ」僕は言った。「お前の馬鹿げたお楽しみのことなんか考えてる暇はないぞ。ここから逃げ出さないといかん。急いで!」

「バーティー」さえない声でビンゴが言った。「彼女が今ここに来たんだ。全部俺のせいで、もう俺とは二度と話したくないって言ってた。彼女はいつも俺のことを心無いプラクティカル・ジョーカーじゃないかと疑ってたんだが、その通りだってわかったって言うんだ。彼女はな……ああ、彼女は俺を叱りつけて行ったよ」

「そんなのは大したことじゃない」僕は言った。この哀れな男に自分の立場を理解させるのは不可能なようだ。「トウィング一の屈強な連中が二百人ばかり、お前を池に突き落とそうと外で待ち構えてるってのがわからないのか?」

「うそだろ!」

「本当だ!」

一瞬哀れな男は茫然自失した様子だった。しかしそれはほんの一瞬だった。ビンゴには古きよきイギリスのブルドッグの血のようなものがある。不思議な、甘い笑みが奴の顔をよぎった。

「大丈夫だ」奴は言った。「地下室を通って裏の塀を登るさ。俺が怖気づくもんか」


それから一週間もしないうちのことだ。紅茶を運んできた後、ジーヴスはモーニング・ポスト紙のスポーツ欄から婚約・結婚のお知らせコラムへと、そっと僕の注意を向けさせた。

それはスターリッジ伯爵閣下の三男であるヒューバート・ウィンガム牧師閣下と、ハンツのウェザリー・コートの故マシュー・バージェスの一人娘であるメアリー嬢との婚約が整い、結婚式が遠からず行われるとの短い記事であった。

「無論」それを脇にのけてから僕は言った。「こうなるだろうと思っていたよ、ジーヴス」

「はい、ご主人様」

「あの晩のことを彼女が許すわけはない」

「はい、ご主人様」

「まあ」薫り高く湯気を上げる紅茶をすすりながら僕は言った。「ビンゴが立ち直るのにたいして時間はかからないだろう。奴にとっては百十一回目くらいのことだろうからな。だが、君に対してはすまなく思うよ」

「わたくしでございますか？」

「うん、君がビンゴのためにずいぶん骨折りをしてやったことを忘れちゃいないだろ。みんな無駄になって残念に思うよ」

「まったく無駄になったわけではございません、ご主人様」

「えっ？」

「リトル様とあのお若いご令嬢を結びつけようとのわたくしの努力はたしかに水泡に帰しましたが、それでもなおわたくしにはあの一件を振り返って一種の満足がございます」

「最善をつくしたから、という意味か？」

「それだけではございません。もちろんそう思うことも喜びではございますが、あの一件には財政的報酬がございました」

「財政的報酬だって？　どういう意味だ？」

「ステッグルス様がこのご対決に関心をお持ちだと伺いましてから、友人のブルックフィールドと折半いたしまして〈牛馬亭〉の亭主が胴元の賭けを購入いたしましたところ、非常に高収入の投資となりました。ご朝食の用意はすぐに整います。トーストとマッシュールームのキドニーのせでございます。ベルを鳴らして頂けば、すぐにお運びいたします」

16. クロードとユースタスの遅ればせの退場

その朝アガサ伯母さんがねぐらに憩う僕をつかまえて悪いニュースを振り撒いていった時の僕の気分は、わが命運もここに尽きたり、といったところだった。いつもの僕だったら一族の騒動などに引っ張り出されたりはしない。原始時代の沼地で咆哮《ほうこう》を交わすマストドンみたいに、伯母さんが伯母さんに電話をし、いとこのメイベルの風変わりな行動に関するジェームズ伯父さんの手紙が一族じゅうに回覧されたときも（「この手紙を注意深く読んで、ジェーンに回してください」）、この一族には僕を無視する傾向があった。これは独身者である――僕の最も親しい、最も愛する人々によれば、人様の半分も頭の切れない独身者である――ことの有利のひとつである。「バーティーに言ってちょっとでも興味を持たせようったってそれは無理というもの」が、多かれ少なかれスローガンのようなもので、僕もまたそれに大賛成だと言わねばならない。静穏な暮らしこそ僕の愛するものだ。僕が居間でタバコを一服楽しんでいるところにアガサ伯母さんが飛び込んで来てクロードとユースタスについてまくし立て始めたとき、呪われていると僕が感じたのはそういうわけだ。

「有難いことに」アガサ伯母さんは言った。「クロードとユースタスの始末はやっとついたよ」

「始末だって？」僕は言った。皆目わからなかった。

「金曜日に南アフリカに向けて出航だよ。かわいそうなエミリーの友達のヴァン・アルスティンさんがヨハネスバーグにあるその人の会社に適当な勤め口を見つけてくれてね、向こうに落ち着いてうまくやってくれるといいんだけどね」

僕には一体全体何のことかまるでわからなかった。

「金曜日って、あさってのことですか?」

「そうだよ」

「南アフリカに?」

「そうだよ。エジンバラ城号に乗っていくんだよ」

「だけどどういうわけなんです。だって奴らはオックスフォードで学期の真っ最中でしょう?」

アガサ伯母さんは僕を冷たく見た。

「バーティー、お前は一体正気で私に、一番近い親戚のことなんかにまったく興味はなくって、クロードとユースタスが二週間も前にオックスフォードを放校になったってことを知らないでいたなんて言うつもりかい?」

「本当ですか?」

「お前はほんとにどうしようもないよ、バーティー。いくらお前だって……」

「どうして放校になったんです?」

「コレッジの副寮長にレモネードを浴びせたんだよ……全然面白い話じゃないよ、バーティー」

「いえ、いえ」僕はあわてて言った。「笑ってなんかいません。ちょっとむせたんです。何か咽喉に引っかかったんですね」

「かわいそうなエミリーはね」アガサ伯母さんは続けた。「何しろわが子を猫かわいがりし過ぎる母親だからね、ああいうのが子供を駄目にするんだよ。あの子たちをロンドンに置いときたがってね。軍隊に押し込めばいいって言ってたんだよ。だけど私は強硬だったのさ。ユースタスとクロードみたいな野蛮な若者には植民地に行ってもらうしかないよ。それであの子たちは金曜日にご出航ってわけさ。これまでの二週間はウースターシャーのクライヴ伯父さんのところに厄介になってるんだけどね、明日の晩はロンドンで過ごして金曜朝の臨港列車に乗るんだよ」

「だけど危険じゃありませんか？　だってロンドンで放っておかれたら奴らは明日の晩何をするかわかりませんよ」

「あの子たちを放って置いたりしないよ。お前が面倒を見るのさ」

「僕が！」

「そうだよ。一晩だけお前のフラットに置いてやって、翌朝の列車に乗り遅れないようにしてもらいたいんだよ」

「い、嫌ですよ」

「バーティー！」

「いや、あの二人が気持ちのいい奴らだってことは認めますよ。だけどあいつらはキチガイですよ、おわかりでしょ。もちろんいつだって喜んで会いますとも。でもね、一晩泊めるっていうのはどうも……」

「バーティー、お前がそんなに思いやりがないわがままで、こんなわずかばかりの不便に耐えられないって言うなら――」

「わかりました」僕は言った。「わかりましたよ」

むろん、口論したところでしょうがない。アガサ伯母さんはいつだって、僕は脊椎があるべき場所がゼラチンでできているみたいに感じさせてくれる。彼女はいわゆる猛女である。エリザベス女王も彼女と似たような人物であったにちがいないと僕は踏んでいる。彼女のぎらぎらした目が僕を捉えて「やりなさい、お前」とか、そういった意味のことを言ったら、議論などせず僕はその通りにするだろう。

彼女が立ち去ると、僕はベルを鳴らしてジーヴスを呼び出し、知らせを伝えようとした。

「なあジーヴス」僕は言った。「クロード氏とユースタス氏が明日の晩ここに泊まることになった」

「大変結構でございます」

「そう思ってくれてよかった。僕にとっては暗い、嫌な話だ。あの二人のことは知っているだろう」

「きわめて意気軒昂なお若いご紳士でいらっしゃいます」

「疫病神だ、ジーヴス。疑問の余地ない疫病神だ。困ったことになった」

「まだ続きがございますのですか？　ご主人様」

この時、僕は少しばかり偉そうな顔をして見せた。同情を求めて冷たい態度を返されたとき、我々ウースター一族は凍りつくのだ。もちろんなぜかはわかっている。ここ数日というもの、我が家には一定量の冷たさが漂っている。それと言うのも僕がバーリントン・アーケードを散策中に掘り出してきた素敵なスパッツのせいなのだ。おそらくは色つきのシガレットケースを考案したのと同じ、ものすごく頭のさえ渡った奴が、同システムでスパッツを売り出そうという気の利いた着想を得たのだ。つまり、普通の灰色や白の代わりに、今や我々は自分の連隊や学校のカラーのスパッツを手に入れられるのだ。ショーウインドウの中から懐かしきイートン校色［明るい青］のスパッツが微笑みかけて来るとき、僕よりよほど強靭な精神の持ち主であったとしても、それに抗することはできなかったろう。僕は店内に入り、交渉を開始した。その時はジーヴスが認めてくれないなどと思いもしなかった。だがジーヴスはこれに対してやや強硬な態度をとった。つまり、ジーヴスは多くの点でロンドン中で最高の執事だが、保守的に過ぎるのだ。こう言っておわかり頂けるか、彼は融通が利かない、進歩の敵なのだ。

「これだけだ、ジーヴス」僕は静かな威厳をもってこう言った。

「大変結構でございます」

彼はスパッツに氷のような視線を送ると去って行った。なんて奴だ！

翌晩、僕がディナー服に着替えていると、双子たちがフラットにやって来て跳ね回った。彼らほど陽気で明るいものに出会ったことがない。僕はクロードとユースタスより半ダースくらいしか年上でないはずなのだが、奴らといると僕が十分に爺さんと呼ばれる身の上で、人生の終末を待つだけの人間だという気にさせられる。僕が到着に気づく前に、奴らは一番いい椅子に腰を下ろし、僕の特製タバコを数本つまみ上げ、勝手にウイスキー・アンド・ソーダをこしらえて、最悪の落馬に遭遇して流刑に処せられたというよりは、人生の野心を成し遂げた二人の男の陽気さと奔放さをもってべらべらと話し始めた。

「ハロー、バーティーの兄貴」クロードが言った。「僕らを泊めてくれるとはご親切なことだ」

「いや、とんでもない」僕は言った。「もっとずっと居られたらよかったんだが」

「聞いたか？　ユースタス。もっとずっと居られたらよかったたって言ってるぞ」

「ずいぶん長い時間に思えることだろうよ」ユースタスは言った。哲学的だ。

「あの大騒ぎのことは聞いてくれた？　バーティー。僕らにとってはちょっとした困りごとだったんだが」

「聞いたよ。アガサ伯母さんが話してくれた」

「我々は我らが祖国のために祖国を去るのさ」ユースタスは言った。

「われ海に出でし折には、砂洲に嘆きの声あらざらんことを［テニソン最晩年の詩「砂洲を越えて」より］」クロードは言った。

「アガサ伯母さんは何て言ったんだい？」

「お前たちが副寮長にレモネードをかけたって言ってたぞ」

「何てこった。民衆には事態をちゃんと正確に把握して欲しいな」クロードは気分を害して言った。

「副寮長じゃない。主事長だ」

「それにあれはレモネードじゃない」ユースタスは言った。「ソーダ・ウォーターだ。あの爺さんは、たまたま俺がサイフォンを持って、窓から身を乗り出してたときに窓の下に立ってたんだ。彼は上を見上げてね、――あの時目玉を狙って撃てないようじゃ、一生に一度の好機を無駄にするところだったんだ」

「ただ無駄にするなんてなあ」クロードが同意した。

「もう二度とないかもしれないんだ」ユースタスが言った。

「百対一でもうないな」クロードが言った。

「それで、だ」ユースタスが言った。「バーティー、僕らハンサムなゲストをもてなすのに、今夜はどんな提案をしてくれるんだい？」

「フラットでディナーを食べてもらおうと思ってる」僕は言った。「ジーヴスが用意してくれてるよ」

「それでその後は？」

「うーん、まああれこれ話をしようと思ってた。それから、十時かそこらの列車に乗らなきゃいけないんだから、君らは早く休みたいんじゃないかって気がついたんだ。そうだろ？」

　双子はさも心外げにお互いを見つめあった。

「パーティー」ユースタスは言った。「あんたのプログラムはまあまあ正しいんだが、全部正しいってわけじゃない。僕は今夜のイベントを次のように構想するんだ。ディナーの後はシーロスに出かける。今夜は延長日のはずだろ？　それで二時半か三時までは繋げる」

「その後は――」クロードが言った。

「君らはゆっくり眠りたいだろうって思ってたんだ」

「ゆっくり寝るだって！」ユースタスが叫んだ。「ねえ兄貴、よもや今夜僕らが眠るつもりだなんてまさか思ってるわけじゃないだろうな？」

　実のところ、僕はかつてそうだったような男ではない。つまり、何年か前ほどには、オールナイトの夜遊びにはわくわくしなくなった。オックスフォードの学生時代には、コベント・ガーデンで朝六時までの舞踏会、ハマンズで朝食、その後何人かの呼び売り商人との乱闘、というのが医者の処方箋に思えたものだった。しかし今では二時が僕の限界だ。ところが二時には双子たちはようやく落ち着いて、調子が出始めたところだった。

　僕の思い出せる限りでは、前に会ったことがあったか僕には思い出せない人たちとシーロスでシェマンドフール［バカラの一種］をやりに出かけ、ようやくフラットにたどり着いたときにはそろそろ九時になるところだった。その頃には僕に関する限り、初めの無防備なはつらつさは少々失われ始めていたと認めねばならない。実のところ、僕は双子たちにようやくさよならを言い、航海のつつがなきと南アフリカでのキャリアの成功を願うのがやっとで、ベッドにもぐり込んだのだった。僕に思い出せるのは奴らが冷たいシャワーを浴びながらヒバリのように歌うのと、ジーヴスにエッグス・アンド・ベーコンを運んでくるよう呼びつける声が間遠に聞こえたことだ。

　僕が起きたのは午後の一時頃だったはずだ。僕は多かれ少なかれ純粋食委員会が拒否した何かみたいな気分でいた。しかし、僕の心を明るくしてくれることがひとつあった。今や双子たちは汽船の手すりから身を乗り出して、愛する懐かしき祖国に最後の別れをしていることだろう、ということだ。したがってドアが開いてクロードが入ってきた時僕が受けた衝撃は大変なものだった。

「ハロー、バーティー！」クロードは言った。「気持ちよく眠れたかい？　どうだい、うまい昼食を頂こうじゃないか」

　その晩は眠りに落ちてからいくつもの悪夢に襲われたから、ほんの一瞬、これもそのうちのひとつに過ぎず、最悪の奴が来たにちがいないと思った。クロードが僕の足の上に座ったときようやく、僕はこれが厳然たる現実であるという事実を理解した。

「何てこった！　一体全体お前はここで何してるんだ！」僕の咽喉はガラガラ言った。

　クロードはとがめるように僕を見た。

「お客様をおもてなしする態度とは言えないなあ、バーティー」奴は僕をしかるように言った。「だってあんたが僕にもっと長いことといればいいのにって言ったのは昨日の晩だぜ。あんたの夢がかなったってわけだ。ほら、僕はここさ！」

「だがお前は南アフリカに行く途中だったろう！」

「いやね」クロードは言った。「その点については説明が必要だろうと思うんだ。こういうわけなんだ、兄貴。昨日の晩シーロスで僕に紹介してくれた女の子、覚えてる？」

「どの子だ？」

「一人きりだったよ」クロードは冷たく言った。「つまり勘定に入れられるのはってことだ。マリオン・ワードールって名前だよ。僕は彼女とずいぶんダンスしたんだ。あんたが覚えてればだけど」

朦朧《もうろう》とした中からだが、思い出してきた。マリオン・ワードールはここしばらく僕の友達だ。とてもいい娘だ。今はアポロのショーに出ている。そういえば昨晩彼女は仲間とシーロスにいた。双子たちは僕に紹介してくれとせがんだんだった。

「バーティー、心の友よ」クロードは言った。「夜もふけるずっと前から僕はそのことに気づいてたし、この問題をよく考えれば考えるほど僕の確信はますます強くなった。そういうことは間々起きるんだよ。つまり、二つのハートがひとつになって鼓動するって奴だ。早い話が僕はウォータールー駅でユースタスの奴をまいて、こっちに舞い戻ったってわけなんだ。南アフリカなんかに行ってあの素敵な娘をイングランドに残してくなんてちっとも楽しくないじゃないか。大英帝国のおんためにと、植民地支援をするのには大賛成だけど、そうするわけにはいかないんだ。つまるところ」クロードは訳知り顔で言った。「南アフリカは今まで僕なしでもやってこられたわけだろう。じゃあこれからだって僕なしで大丈夫だろう」

「でもあの、ヴァン・アルスティンだったっけ、彼のことはどうするんだ。お前が来るのを待ってるんだろ？」

「まあ、ユースタスが行くからいいだろ。ユースタスはとてもいい奴だ。いずれは何か大立者になるんじゃないか。彼の将来の進歩を強い興味を持って見守るよ。じゃあ、ちょっと失礼、バーティー。ジーヴスのところに行ってあの特製のおめざをこしらえてもらうんだ。どうしてだかわからんが、今朝は頭痛がするんだ」

それで信じて頂けるかどうか、ドアが閉まるか閉まらないかのうちに、ユースタスが気分が悪くなるくらい輝かしい朝の顔で入ってきた。

「ああ伯母さん！」僕は言った。

ユースタスは盛大に面白がった。

「してやったぞ、バーティー。まんまとしてやった」彼は言った。「クロードには悪いんだけど、他にしようがなかったんだ。ウォータールー駅であいつの監視を逃れてこっそりタクシーに乗り込んだんだ。あいつは今頃僕はどこかと心配してるはずだ。だけどしょうがない。もしあんたが本当に僕を南アフリカに送りつけたかったんなら、昨日の晩ワードドール嬢に紹介するべきじゃなかったんだ。みんな話してやるよ、バーティー。僕はね」ベッドに腰を下ろしながらユースタスは言った。「会った娘の誰にでも恋するような男じゃない。強靭で寡黙って形容が僕には一番ふさわしいと思うんだ。だがこれぞって女性に会えたときは、時間を無駄にしないんだ。僕は――」

「何てこった、お前もマリオン・ワードドールに恋してるのか？」

「お前も、だって？　もって言うのはどういうわけだ？」

僕がクロードについて話し始めようとしたとき、本人が入室してきた。巨人が再び活力を得たかのような様子だった。ジーヴスのおめざがエジプトのミイラ以外なら何にでも速やかな効果を現すことに間違いはない。秘密は中に入れる何かなのだ――ウースターソースか何かだ。クロードは水を得た花のように復活を遂げた。だがベッドの横板の向こうで目を丸くしている兄弟を見たとき、またもや威勢の良さを失いそうになった。

「一体全体お前ここで何してるんだ?」彼は言った。

「一体全体お前こそここで何してるんだ?」ユースタスが言った。

「舞い戻ってきてワードール嬢に無理やり近づこうっていうのか?」

「お前もそうなのか?」

彼らはさらに徹底して議論を深めようとした。

「てことは」とうとうクロードが言った。「しょうがないな、お前がここにいるってことは、ここにいるってことだ。最高の男が勝つってことだな!」

「そうだ、しかし、何てこった!」僕はやっとこの点に議論を進めることができた。「一体どうするんだ。お前らロンドンに居ようって言うなら、一体どこに泊まるつもりなんだ?」

「ここだろ?」ユースタスは言った。驚いていた。

「他のどこだよ?」クロードが言った。眉を上げている。

「僕らを泊めるのによもや反対ってわけじゃないだろ、バーティー?」ユースタスが言った。

「あんたほどのスポーツマンがさ」クロードが言った。

「だが、お前たち馬鹿だぞ、南アフリカに行ってるはずが僕のところに隠れてるなんてアガサ伯母さんが気づいたら、僕はどこに逃げたらいいんだ?」

「彼がどこに逃げたらいいかだって？」クロードがユースタスに聞いた。

「ああ、彼なら何とかするさ」ユースタスがクロードに言った。

「もちろんそうだ」陽気な調子でクロードが言った。「彼なら何とかするさ」

「そうだとも！」ユースタスが言った。「バーティーほどの知恵の回る男だ。もちろん何とかするさ」

「それで、と」クロードは言い、話題を転換した。「さっき話してた昼食のことはどうする、バーティー？ ジーヴスがこしらえてくれたあの飲み物のお陰で、何だか食欲が湧いてきた。ポーク・チョップを六切れにバター・プディングをひとつくらいで足りると思うんだが」

世界中のどんな男にでも、目を曇らせ、無言のうちに肩をすくめずには思い起こし得ない、彼の人生の暗黒の時代というものがあると思う。最近の小説などから判断すると、年から年中そういうこと続きの男もいる。しかし、ある程度の収入と旺盛な消化力を享受するお陰で、僕の人生がそんなにぺしゃんこになることはそれほど頻繁ではない。それ故この特定の一時期が、忘れようとしても忘れられない時代であるのだろう。あのとんでもない双子が予期せぬ復活を遂げた後の日々はあまりにもひどいもので、僕の神経は僕の身の丈を越えて頭からとび出した上、先っぽでとぐろを巻いていた。非常に興奮していた、という意味だ。僕の思うところ、つまりウースター一族というものは余りにも恐ろしいほど正直で裏表がなく、人を欺罔《ぎもう》しなければならないことが我々に不快を与えるのだ。

ポトマック河一帯は二十四時間異状なしだった［南北戦争中にアメリカの女流詩人エセル・リン・ビアーズが発表した詩］。それからアガサ伯母さんがおしゃべりをしに上がりこんできた。これがあと二十分早ければ、双子たちが陽気にベーコンと玉子をぱくついているところに出くわしたはずだ。彼女は椅子に深く腰掛けた。いつもの元気な様子とはちがっていると、僕にもわかった。

「バーティー」彼女は言った。「心配なんだよ」

僕もそうだ。彼女がいつまで居るつもりかわからなかったし、またいつ双子たちが戻ってくるかもわからなかった。

「思うんだけどね」彼女は言った。「もしや私はクロードとユースタスのことを悪く考えすぎてたんじゃないかねえ」

「あり得ません」

「どういう意味だい？」

「ええーっ、つまりアガサ伯母さん、貴女が誰かにそんなに厳しくあたるなんてあり得ないってことです」悪くない。僕は考えもせずに即答した。この答えは年とった親戚を喜ばせた。それで彼女はいつもより憎々しげでない様子で僕を見た。

「そんな風に言ってくれてありがとうよ、バーティー。だけどね、ずっと考えてるんだけどあの子たちは無事でいるかねえ？」

「何ですって？」

あの双子の毒のなさといったら二匹の陽気な若いタランチュラくらいだ。今のはあの二人を修飾するには余りにもふざけた形容であるように思われた。

「あの子たちは大丈夫だと思うかい？」

「どういう意味です」

アガサ伯母さんはまるで思い焦がれるかのように僕を見た。

「ねえバーティー、ジョージ伯父さんが超能力者だなんて思ったことはないかい？」彼女は言った。

僕は彼女が話題を変えているのだと思った。

「超能力者ですって？」

「通常人には見えないものが彼には見えるなんてことがありうると思うかい？」

それは蓋然的ではないにせよ可能だと僕は思った。ジョージ伯父さんに会ったことがおありかどうか知らないが、彼はご機嫌な老人で、他のご機嫌な老人とつるんではいつもクラブからクラブへと渡り歩いている。彼が見えてくるとウエイターはりきるしワイン給仕はコルク抜きをいじりだす。近代医学思想の進歩のはるか以前に、アルコールが食事であることを発見したのはわがジョージ伯父さんである。

「ジョージ伯父さんはね、昨日の晩私と食事したんだよ。あの人ったらまったく怖気づいちゃってね。デヴォンシャー・クラブからブードルに向かう途中で、突然ユースタスの亡霊に会ったんだっていうんだよ」

「ユースタスの何ですって？」

「亡霊だよ。死霊だよ。あまりにも鮮明だったんで伯父さんは最初はユースタス自身だって思ったんだそうだよ。それは角を曲がって消えて、ジョージ伯父さんがそこに行ったら何もいなかったんだって。まったく面妖だし、気になるじゃないか。かわいそうなジョージときたらすっかり様子がおかしくってね。夕食の間中、何ひとつ手をつけないで大麦湯を飲んだきりだよ。大分ショックを受けたんだね。ねえ、あの可哀そうな、可愛い子たちは無事かねえ、バーティー。恐ろしい事故にあったんじゃないかねえ」

口の中がカラカラだったが、僕はノーと言い、恐ろしい事故などにあってはいないと思うと言った。僕はユースタスこそ恐ろしい事故であると思ったし、クロードについてもほぼ同様に思ったが、そうは言わなかった。そして彼女は心配したまま立ち去った。

双子たちが戻ってきた時、僕はこの件を二人に話した。ジョージ伯父さんにショックを与えたくらいですんだのはよかったが、彼らはもう首都をふらふらうろつき回ってはいけない。

「だけどさ、兄貴」クロードは言った。「理屈で考えろよ。我々の動きが阻害されるなんて、そりゃできない相談だ」

「問題外だ」ユースタスが言った。

「事は要するにこうだ。わかってくれるかな」クロードは言った。「僕らはあちらこちらを自由に飛び回るべきなんだ」

「まさしくそうだ」ユースタスが言った。「あちら、こちらだ」

「だけど、畜生！――」

「バーティー！」ユースタスが非難するように言った。「年少者の前だぞ！」

「むろん彼の言い分はわからなくもない」クロードが言った。「この問題の解決策は変装道具を買うことだと思うな」

「ああ愛する兄弟！」ユースタスが賞賛を込めて彼を見ながら言った。「記録にある限り最高の名案だな。お前が考えたわけじゃないだろう？」

「ああ、実はさ、この考えが浮かんだのはバーティーのお陰なんだ」

「僕だって！」

「あんたが前にビンゴ・リトルの話をしたとき、彼が伯父さんに見つからないようにあごひげを買った話をしてくれただろう」

「僕が自分のフラットからあごひげの異常者が出入りするのを認めると思うのか——」

「一理ある」ユースタスが同意した。「じゃあ頬ひげにしよう」

「それと付け鼻だ」クロードが言った。

「それじゃあ付け鼻もだ。よーし、じゃあバーティー、兄貴、これであんたの肩の荷は降りたろ。ここに少しばかり逗留させてもらう間あんたに少しだって厄介をかけたくはないからな」

それでだ。僕がジーヴスのところに飛んで行って慰めを得ようとしたとき、彼が口にしたのは若い血が何とか、とかいったことだけだった。同情はなしだ。

「よし」僕は言った。「僕はこれからハイドパークを散歩して来る。頼むがあのイートン校色のスパッツを出してくれ」

「かしこまりました、ご主人様」


マリオン・ワードールが突然午後のお茶の時間に訪ねてきたのは、それから何日か過ぎた日のことだったと思う。彼女は腰掛ける前に室内を不安げに見回した。

「あなたの従兄弟たちはいないわね、バーティー？」彼女は言った。

「いない、有難いことに！」

「じゃあどこにいるか教えてあげる。私の家の居間の端と端に座って、お互いににらみ合ってるわ。私が帰ってくるのを待ってるのよ。バーティー、何とか止めさせて」

「あいつらにはずいぶん会ってるんだろ?」

ジーヴスがお茶を持って入ってきた。彼女はあまりにも興奮していたので、彼が下がるのを待たずに苦情を言い始めた。

「私、あの人たちのどっちかか両方かにつまずかなきゃ、一歩だって歩けやしないのよ」彼女は言った。「だいたいは二人共ね。いっしょにやって来て座り込んでお互いに相手を追い出そうとしてるの。私もううんざりして死にそうよ」

「わかるよ」僕は同情して言った。「わかるよ」

「ねえ、どうしたらいい?」

「思いついたんだけど、メイドに言って留守だって伝えてもらえないの?」

彼女は軽く肩をすくめた。

「もうやったわ。あの二人は階段のところでキャンプよ。私、午後じゅう出かけられなかったわ。その日は特別大事な約束がいくつもあったのよ。お願い、何とかしてあの人たちを説得して南アフリカに行かせて。あそこでなら人材として求められてるんでしょ」

「気がないってことをあいつらにわからせればいいのに」

「そうしたわよ。今度は私にプレゼントを始めたわ。少なくともクロードはね。彼ったら昨日の晩は自分のシガレット・ケースを受け取ってくれって言うのよ。劇場に来て私が受け取るまで帰らないの。まあ、悪くはないものだったけどね」

悪くはないだろう。そいつは純金製で真ん中にダイアモンドが入ってる立派なものだった。おかしなことに前にどこかでそれとよく似たものを見たことがあるような気がした。クロードがどこからそんなものを買う金を持ち出してきたのかは僕の想像できる範囲を超えている。

翌日は水曜で、彼らの献身の対象はマティネーに出演しており、したがって双子たちにはオフの日だった。クロードは頰ひげを付けてハースト・パークに向かい、ユースタスと僕はフラットにいて話をしていた。少なくとも彼は話をしていて、僕は彼が出て行ってくれるよう願っていた。

「素晴らしい女性の愛っていうのはさ、バーティー、それは素晴らしいものにちがいないよ。時として――おおっと、何だあれは！」

入り口のドアが開き、玄関ホールから僕がいるかを尋ねるアガサ伯母さんの声が聞こえてきた。アガサ伯母さんは高く、突き刺すような声をしているが、その日初めて僕はそのことを感謝した。彼女が案内されてくるまで二秒ほどの間があったが、ユースタスがソファの下に飛び込むにはそれで十分だった。彼女が入ってきたとき、彼の残りの一方の靴がちょうど隠れたところだった。

「バーティー」彼女は言った。「お前、予定はどうなってるかい？」

「どういうこと？　今夜の夕食の相手なら――」

「ちがう、ちがうよ。今夜のことじゃないよ。これから何日か忙しいかい？　だけどお前が忙しいわけはないいね」彼女は続けた。僕の返事など待ってはいない。「まったくお前に何かすることがあったためしはないんだから。お前の人生は怠惰のうちに費え――、まあ、この件については後回しにしとこうね。私が今日ここに来たのは、お前に頼みがあってのことだよ。かわいそうなジョージ伯父さんといっしょに何週間かハロゲートに行って欲しいんだよ。早けりゃ早いほどいいんだけどね」

これは僕の受忍限度を越えた話だと思えたので、僕は抗議の叫び声を上げた。ジョージ伯父さんはいい人物だ。だがだめだ。僕がそう言おうとすると伯母さんが手を振り上げて僕を制止した。

「もしお前に少しでも情があるなら、バーティー、私の言うとおりにしないといけないよ。かわいそうなジョージ伯父さんはひどいショックを受けてるんだよ」

「なんと、またですか！」

「完全な休養と十分な医療的措置によってしか、神経システムの正常のバランスを回復させる方法はないとあの人は考えてるんだよ。以前にハロゲートに湯治に行ってよかったことがあったんで、今度もまた行きたいって言っててね。あの人を一人にするべきじゃないと思うんだよ。だからお前にいっしょに行ってもらいたいと思ってね」

「だけど僕は！」

「バーティー！」

会話が途切れた。

「伯父さんはどんなショックに遭遇したんです？」僕は聞いた。

「ここだけの話だよ」アガサ伯母さんは声をひそめて言った。「結局過度の興奮による想像の産物だろうとは思うんだけどね、お前も一族の人間だからね、ここは正直に言えるんだよ。お前も知ってるとおり、かわいそうなジョージ伯父さんは何年も……えーとねえ、その何て言うかそういう傾向があるだろう、何て言ったもんかねえ」

「ちょっとイカれてるってこと？」

「何だって？」

「ある程度まで行っちゃってるってこと？」

「嫌だね、お前は大げさに言いすぎだよ。だけどあの人が多分普通より穏健じゃないってことは認めないといけないね。あの人はひどく興奮していてね——実はね、ショックを受けてるんだよ」

「わかった、だから何のショックさ?」

「あの人にちゃんと説明させようとしても無理なんだよ。いい人なんだけどね、ジョージ伯父さんは興奮すると言うことが支離滅裂になる傾向があるんだよ。私にわかった限りではね、強盗の被害に遭ったってことらしいんだよ」

「強盗ですって!」

「あの人が言うにはね、おかしな頬ひげと変な鼻の知らない男が、あの人の留守中にジャーミン街の部屋に侵入して何だか盗んで行ったんだって。帰ってきたら、そいつが居間にいたんだそうだよ。それですぐさま部屋を飛び出して消えてしまったんだって」

「ジョージ伯父さんが?」

「ちがうよ、その男さ。それでジョージ伯父さんが言うには、盗まれたのは高価なシガレット・ケースだってことなんだよ。だけどね、あたしゃ全部あの人の空想なんじゃないかと思うんだ。道でユースタスに逢ったたなんて言ってたあの日から様子がおかしいんだよ。それでね、お前に遅くとも土曜日までにはハロゲートに出発して欲しいんだよ」

　彼女は消え、ユースタスがソファの下から這い出してきた。強く心を動かされた様子だった。僕だってそうだ。ジョージ伯父さんとハロゲートで何週間も過ごすだなんて誰だって気が重くなる。

「そうか、あそこからシガレット・ケースを持ち出してきたんだな。何て奴だ!」ユースタスは苦々しげに言った。「何て汚い奴だ。血肉を分けた肉親から盗みを働くなんて!しばり首だな!」

「奴は南アフリカに行くべきなんだ」僕は言った。「お前もだ!」

それから自分でも驚いたほどの雄弁さで、僕は一族に対する彼の義務という問題についておそらくは十分ほど弁舌を振るった。僕は奴の良識に訴えかけた。情熱を込めて南アフリカのことを持ち上げた。思いつく限りのことは全て述べ、多くは二度繰り返した。しかし奴はシガレット・ケースの件で自分の兄弟がどんなに卑劣かを、気に入らぬげにくどくどしくしゃべっただけだった。立派な贈り物をされてクロードに先んじられたと、奴は考えているようだった。クロードがハースト・パークから帰ってくると、目を覆うような光景が繰り広げられた。奴らが一晩中、話し合っているのが僕には聞こえた。僕がベッドに入ってからも、ずっと後まではそれは続いていた。この二人くらい少ない睡眠時間でやっていける人間に会ったことがない。

それからというもの、クロードとユースタスが会話を交わす関係でなくなったことで、フラット内の空気はいささか緊張した。僕は家族円満には大賛成の人間だ。だからどちらも相手がまるで存在しないかのように振舞う二人の男と共に暮らすのは大分こたえた。

そんなことはいつまでも続かないとお思いだろうが、その通り、続かなかった。だがもし誰かがその前日に僕を訪れ、何がこれから起きるのかと訊ねたならば、僕は力なく微笑むだけだったろう。つまり、ダイナマイトの爆発ぐらいしかこの二人の居候《いそうろう》を家から追い出す手立てはないと僕は考えていたので、クロードが金曜の朝、僕のところににじり寄って来て小さなニュースを話してくれたとき、僕は自分の耳が信じられなかった。

「バーティー」奴は言った。「考え直したんだ」

「何をだい?」僕は聞いた。

「全部さ。南アフリカにいなきゃならないときにロンドンに留まっているってことについてだよ。よくないよな」クロードは温かく言った。「正しいことじゃない。つまりはっきり言うと、バーティー、僕は明日発つんだ」

　僕は頭がくらくらした。

「お前が？」僕はあえいだ。

　クロードは言った。「うん。もしあんたがジーヴスを僕のチケットを買いにやってくれるならなんだけど。悪いけど旅費はあんたに面倒見てもらわなきゃならないんだ。なあ兄貴、嫌かなあ？」

「嫌かだって！」奴の腕を熱烈につかみながら僕は言った。

「じゃあよかった。あ、ユースタスにはこのことは言わないでくれよ、いい？」

「奴も行くんじゃないのか？」

　クロードは肩をすくめた。

「ありがたいことに行かないんだ。あんな奴といっしょに船に閉じ込められるなんて考えただけでも胸が悪くなる。ユースタスには一言だって言わないでくれよ。こんなに急な話じゃ船室は押さえられないかなあ」

「大丈夫だとも！」この機会を逃さぬうちに、船ごとだって買ってやる。

「ジーヴス」台所に駆け込んで僕は言った。「大至急ユニオン・キャッスル・オフィスに行って、クロード氏の名前で明日の船の船室を予約してくれ。奴とはおさらばだ、ジーヴス」

「承知いたしました、ご主人様」

「クロード氏はこの件について一言たりともユースタス氏には話してもらいたくないそうだ」

「承知いたしました、ご主人様。ユースタス様もご自分の船室を確保して欲しいとわたくしにご要望なさりました際、同様の条件をお付けでいらっしゃいました」

僕は大口を開けてジーヴスを見た。

「奴も行くのか?」

「さようでございます、ご主人様」

「変だなあ」

「はい、ご主人様」

状況がちがったら、僕はこの時点でジーヴスに対して大いに心を開いたことだったろう。彼の周りをじゃれ回って歓声をあげるとかそんなことをしてだ。だが、例のスパッツの件は依然として我々の間に障壁を作っていた。言いにくいことだが、僕はこの機を捉えて彼にあてこすりを言ったのだ。つまり、わが若主人がスープに浸って困っており、その解決が全て彼の腕にかかっていることを完全に承知していながら、彼があまりにも冷淡で同情を見せてこなかったので、僕としては彼の手助けなしにハッピーエンディングが得られたことを指摘せずにはいられなかったのである。

「それじゃあこれでおしまいだな、ジーヴス」僕は言った。「これにて一巻の終わりだ。時間をかけて慌てふためかずにいれば、事は自然に解決するものだよ。なあ、ジーヴス」

「さようでございます」

「ばたばた慌てて他人に助けや助言を求めてまわるなんてなあ」

「まったくさようでございます」

「でも僕はちがうぞ、ジーヴス」

「おおせの通りでございます、ご主人様」
この件についてよく考えるよう、僕は彼を一人にした。

その週の土曜日、僕のフラットにもはやクロードとユースタスがいないことに気がついたとき、ジョージ伯父さんといっしょにハロゲートに行かなければならないという思いももう僕をめいらせはしなかった。彼らは朝食後すぐ、こっそりと、別々に出ていったのだった。ユースタスはウォータールー駅で臨港列車に乗るべく、クロードは僕の車の置いてあるガレージへと。僕としては奴らがウォータールーで鉢合わせして考えを変えるのはどうしても避けたかった。それでクロードには、サザンプトンまで車で行った方が気分がいいのではと提案しておいたのだ。

僕は愛用の長椅子に寝そべり、心静かに天井の蠅を見つめながら、なんとこの世は素晴らしき哉《かな》と心に感じていた。するとジーヴスが手紙を持って入ってきた。

「メッセンジャー・ボーイがこれを持ってまいりました」

僕が封筒を開けると、最初にこぼれ落ちてきたのは五ポンド札だった。

「なんだこりゃ！」僕は言った。「これは一体何だ?」

手紙は鉛筆で走り書きされた、ごく短いものだった。

親愛なるバーティー、あなたの執事に同封のお金を渡して、もっとあげたいんだけどって伝えてね。私の命の恩人よ。今週初めての幸せな日だわ。

かしこ

M・W

ジーヴスは床に落ちた五ポンド札を拾い上げて立っていた。

「それはとっておけ」僕は言った。「どうやら君のらしい」

「と、おっしゃいますと？」

「その五ポンド札は君のだと言ったんだ。ワードール嬢が送ってきたんだ」

「それは大変ご親切なことでございます」

「一体どういうわけで彼女が君に五ポンド送ってよこしたんだ？　命の恩人だと言ってるぞ」

ジーヴスは優しく微笑んだ。

「わたくしの助力を買いかぶりすぎでいらっしゃいます」

「だけど、君の助力って一体全体何なんだ？」

「クロード様とユースタス様の一件についてでございます。あの方がわたくしのことをおっしゃらないようにと願っておりましたが。と申しますのも、わたくしが勝手な真似をしたとご主人様がお考えになられるのではと恐れておりましたもので」

「どういうことだ？」

「クロード様とユースタス様がご親交を無理に求めてこられるなさりようについて、ワードール様が苦情をおっしゃっていらした折、わたくしはたまたまその部屋におりました。そのようなご事情ではお二方のご関心を逸らす些少の策略をご提案申し上げてもよろしいのではないかと感じましたものですから」

「なんと！　それじゃあ結局、奴らが出て行った陰には君の策略があったと言うのか？」

僕は自分が大まぬけだという気がした。彼の手助けなしに解決した気で、あんな当てこすりを言った後なのだから。

「ワードール様がお二方に別々に、劇場の契約のため南アフリカに出航する旨をお伝えなされば、良好な効果が得られるのではと思いついたのでございます。わたくしの予想は正しかったようでございます。お若いご紳士たちはそれを鵜《う》呑《の》みになさいました。このような言葉を用いてよろしければでございますが」

「ジーヴス」僕は言った。我々ウースター家の者はへまはするが、それを認めないほどのうぬぼれ屋ではない。「君は最高だ！」

「有難うございます、ご主人様」

「待てよ、だが」恐ろしい想像が僕を襲った。「奴らが船に乗って、彼女がいないことに気づいたら戻って来ちまうんじゃないのか？」

「その可能性については考慮済みでございます。わたくしの提案で、ワードール様はマデイラまで陸路で行って、向こうで合流なさるとお伝えになられました」

「マデイラの次はどこに泊まるんだ？」

「どこにも泊まりません」

しばらくの間僕は寝転んだままで、そのアイディアを頭に行き渡らせていた。欠点がただひとつあるように思われた。

僕は言った。「残念なのは、あんなに大きな船だと、お互いを避けて済ませるってことだ。クロードとユースタスがいやというほど顔をつき合わせて行くならいいのになあ」

「そうなるはずでございます。二寝台の個室を確保いたしました。クロード様が一方、ユースタス様がもう一方でございます」

僕は純粋なる快感にため息をついた。この喜ばしい時に、ジョージ伯父さんとハロゲートに行かなきゃならないとは、まったくいまいましいことだ。

「もう荷造りは始めたか、ジーヴス？」僕は聞いた。

「荷造りでございますか？」

「ハロゲート行きのだ。今日はジョージ伯父さんと出発しなきゃならない」

「そうでございました、ご主人様。お伝え申し上げるのを失念しておりました。今朝方ご主人様がまだお休みの間にサー・ジョージがお電話をお寄越しになられまして、計画は変更だとおっしゃられました。ハロゲートに行かれるおつもりはないとのことでございます」

「なんと、そりゃあご機嫌じゃないか！」

「お喜びになられることと存じておりました」

「何でまた気を変えたんだ？　何て言ってた？」

「おっしゃいませんでした。ですがわたくしが執事のスティーヴンスから聞きましたところでは、伯父上様はご気分がことのほかよろしく、静養はもはや不要とのことでございます。勝手ながらスティーヴンスに、あなた様からいつもお褒めに与かっておりますわたくしの気付け薬のレシピを送っておきました。スティーヴンスの申すところではサー・ジョージは今朝、新しい人間に生まれ変わったような気がするとおおせでいらしたそうでございます」

となると、なすべきことはあとひとつのみだ。僕はそれを決行した。それが苦痛でなかったとは言わないが、他にしようがなかったのだ。

「ジーヴス」僕は言った。「あのスパッツだが」

「はい、ご主人様」

「君は本当にあれが嫌いか?」

「激しく嫌悪いたしております、ご主人様」

「時間がたてば君の考えも変わるとは思わないか?」

「いいえ、ご主人様」

「よしわかった。結構。これ以上はなしだ。燃やしてくれ」

「有難うございます、ご主人様。今朝方朝食前にもう焼却いたしました。おとなしい灰色の方がずっとお似合いでございます。有難うございます、ご主人様」

17. ビンゴと細君

クロードとユースタスが出発してから一週間ほどした頃だったろうか、シニア・リベラル・クラブの喫煙室でビンゴとばったり会った。奴はアームチェアーに仰向けにふんぞり返って、口を開けて目には一種間の抜けた表情を浮かべていた。やや離れたところでは灰色のひげの人物が奴を強い嫌悪の念をもってにらみつけていたから、彼のお気に入りの席をビンゴがくすねたのだろうと僕は結論した。慣れないクラブに来て一番困るのがこれだ――まったく意図せぬうちに、そこの最古参の棲息者の既得権益を蹂躙《じゅうりん》しているということがあるのである。

「ハロー、バカ顔」僕は言った。

「チェーリオ、不細工」ビンゴは言い、昼食前に軽く一杯やろうと腰を落ち着けた。

年に一度、ドローンズの委員会は、古いクラブにも自浄努力ができると決議し、我々を追い出して数週間別施設に送りつけるのである。今回我々はシニア・リベラルに厄介になっており、僕個人としてはこの緊張をきわめて恐るべきものと感じている。つまり、何もかも素敵で陽気で、誰かの注意をこっちに向けようと思ったらパンを一切れ投げつけるようなクラブに慣れ親しんでいると、最年少会員が八十七歳で、イベリア半島戦争［一八〇八―一四年、イギリスがイベリア半島でナポレオン軍と戦った戦争］の戦友でなければ誰かに話しかけるのは無作法だとされるようなところに行くのは気が滅入るものだ。ビンゴに会ったのは救いだった。僕らは息せき切って話し始めた。

「このクラブは、限界だな」僕は言った。

「うなぎの眉毛だな」ビンゴが同意した。「あの窓のそばにいる男は死んで三日はたってるぞ。だが黙っていよう」

「ここでランチを食べたことはあるか?」

「ない。どうしてだ?」

「ここじゃウエイターの代わりにウエイトレスを置いてるんだ」

「何てこった！　休戦といっしょにそんなものは絶滅したと思ってたよ」ビンゴは一瞬面白がり、うわの空でネクタイの曲がりを直しながら言った。「で、可愛い娘かい?」

「いや」

奴はがっかりしたようだったが気を取り直して言った。

「うーん、ここの料理はロンドン一だって聞いたぞ」

「そうだってな。ここで食べるか?」

「そうしよう。ここじゃあ」ビンゴが言った。「食事の最後に――いや、はじめにかな――ウエイトレスが言うんだ。〈ごいっしょでよろしいですか?〉ってな。肯定で答えておいてくれ、俺は金欠だ」

「伯父さんはまだ許してくれないのか?」

「まだだ。まったくな」

いさかいが継続中だとは残念だ。かわいそうな親友に陽気なご馳走をしてやろうと決めて念入りにメニューを覗き込んでいると、その女の子が現れた。

「これでどうだ、ビンゴ?」僕は長々と言った。「チドリの玉子を少しとスープを一カップ、コールド・サーモンを少々、冷たいカレーを少々、それとスグリのタルトのクリーム添えを少しとチーズを一口」

奴が喜びのあまり叫び出すのを期待していたというわけではないが、僕の知る限り奴の好きな料理から何品も選んでやったつもりだ。奴が何かを言うものと思っていた。僕が顔を上げて見ると、奴の関心は他所《よそ》に行っているのに気がついた。奴はウエイトレスを、どこに骨を埋めたか思い出したばかりの犬みたいな顔つきで見つめていた。

彼女は背の高い娘で、よく澄んだ深い感情を湛えた茶色い目をしていた。顔立ちも美しい。なかなかきれいな手だ。彼女を前に見たことがあったかどうか思い出せないが、彼女のお陰でこのクラブの水準も上がったと言わねばならない。

「なあ、これでどうだい?」早く注文を済ませてナイフとフォークの真剣な仕事に入りたいと思いながら僕は言った。

「ええ?」ビンゴは心ここにない様子で言った。

僕は同じ言葉を繰り返した。

「ああ、結構!」ビンゴは言った。「何でもいい、何でもいいよ」女の子は消え、ビンゴは突き刺すような目をして僕のほうに向き直った。「お前確かここの娘は可愛くないって言ってたな、バーティー」非難を込めて奴は言った。

「ああ何てこった!」僕は言った。「お前まさかまた恋をしたんじゃないだろうな。今会ったばっかりの娘に?」

「バーティー、時にはな」ビンゴは言った。「見るだけで十分だってこともあるんだ。人込みを通り抜けながら、誰かと目が合う。そのとき何かがささやきかけるんだ……」

このときチドリの玉子が到着した。奴は言葉を止め元気よくそいつに襲いかかった。


「ジーヴス」その晩僕は帰宅すると言った。「スタンバイだ」

「はい、ご主人様?」

「その脳みそを研ぎ澄まして警戒と用心だ。リトル氏がまもなく同情と援助を求めて電話してくるはずだ」

「リトル様は何かお困りでいらっしゃるのでしょうか?」

「うん、そういう言い方もできる。恋をしてるんだ。だいたい五十三回目かのな。ジーヴス。一対一の男としてジーヴス、質問がある。こんな男に今まで会ったことがあるか?」

「リトル様は本当に熱いお心の方でいらっしゃいます」

「熱い心の、か! あいつは石綿のチョッキでも着ないといけないな。じゃあいいな、スタンバイだぞ、ジーヴス」

「かしこまりました、ご主人様」

やはり確かにそれから十日もしないうちに、このお馴染みの親友は手助けに進み出てくれるボランティアを求めては僕のところに泣き言を言いに来た。

「バーティー」奴は言った。「俺の友達ならそれを証明するのは今だぞ」

「続けてくれ、ガーゴイル野郎」僕は答えた。「僕の耳ならお前が持ってるだろ」

「シニア・リベラルで何日か前に昼食をご馳走してくれたことがあったろう。そのときのウエイトレスなんだが……」

「憶えてる。背の高い、ひょろっとした女性だな」

奴は少し肩をすくめた。

「彼女のことをそんな風に言わないでもらいたいな。まったく。彼女は天使だ!」

「わかった、続けてくれ」

「愛してるんだ」

「そうか! わかった。どんどん続けてくれ」

「頼むから茶化さないでくれ。俺のペースで話させろよ。彼女を愛してるってことは言ったな。それでパーティー、お前に伯父貴のところに行って外交の仕事をしてもらいたいんだ。前にもらってた小遣いをまたもらえないかってことなんだ、それも至急だ。それでもっと言えば、額を増やしてもらいたい」

「待てよ」そんな仕事は金輪際《こんりんざい》ご免だと思いながら僕は言った。「少し待てないのか?」

「待つだって? 待って何のいいことがある?」

「うーん、お前が恋をするといつもどうなるかってわかるだろう? 何かがうまくいかなくて、お前は振られるってわけだ。全部うまくいって落ち着いてから伯父さんの問題をやっつけたっていいんじゃないか?」

「もううまくいって落ち着いてるんだよ。今朝、彼女は僕の求婚を受け入れてくれた」

「何てこった！　そりゃあ仕事が速い。知り合ってまだ二週間もたってないだろ？」

「今生《こんじょう》においてはノーだ」ビンゴは言った。「だが彼女は俺たちは前世のどこかで会ってたにちがいないって言うんだ。俺がバビロンの王様で彼女はキリスト教徒の奴隷だったにちがいないってな。自分では憶えちゃいないが、そんなこともあるかなあとは思ってるんだ」

「何てこった！」僕は言った。「ウエイトレスてものはほんとにそんな言い方をするのか？」

「ウエイトレスがどんな話し方をするかなんて俺は知らん」

「もうわかっててもいいだろうに。僕がお前の伯父さんにはじめて会ったのは、ピカディリーの軽食堂のメイベルって女の子と結婚させてくれるよう頼むためだったんだぞ」

　ビンゴは暴力的にとびあがった。野性的なひらめきが彼の目に浮かんだ。奴がどうするつもりかわからないでいるうちに、奴は僕の夏のズボンに恐ろしい勢いで腕を叩きつけてきた。僕は若い牡羊みたいに飛び上がった。

「おい！」僕は言った。

「すまない」ビンゴは言った。「興奮し過ぎた。お前のお陰でいいアイディアが浮かんだんだ、バーティー」僕が足をさすり終えるまで待って、奴はまた話し始めた。「バーティー、お前あの時のこと憶えてないか？　俺が考えたあの、恐ろしく巧妙な計画のこと、憶えてるか？　伯父貴にお前があの本を書いた、何て名前だったか、あの女性だって言ったことさ」

　僕にとっては忘れられることではなかった。あの恐るべき一件は、僕の記憶に焼きごてで押したように焼きついている。

「攻撃はあれで行こう」ビンゴは言った。「あの計画だ。ロージー・M・バンクス再び登場だ」

「だめだ。悪いが問題外だ。あんなことは二度とご免だ」

「俺のためでもか?」

「お前がもう一ダースいたってだめだ」

「そんな言葉をお前から聞くとはな、バーティー・ウースター」ビンゴは悲しげに言った。

「今聞いたろう」僕は言った。「帽子になすり込んでおいてくれ」

「バーティー、俺たちはいっしょに学校に通った仲じゃないか」

「僕のせいじゃない」

「十五年来の友達だぞ」

「わかってる。それを償《つぐな》うのに残りの一生はかかる」

「バーティー、なあ友達よ」椅子を引き寄せて僕の肩を揉みながらビンゴは言った。「聞けよ。物分りよくなってもらいたいな」

それでもちろん十分後には、僕は奴に言いくるめられてしまっていた。いつだってそうなのだ。誰だって僕を言いくるめるのだ。もし僕がトラピスト修道院にいたとしたって、誰か調子のいい奴が手話か何かで僕をたぶらかして、僕の賢明な判断に反する何かひどく馬鹿なことをさせるにちがいないのだ。

「うーん、それじゃあ僕はどうすればいいんだ?」抵抗しても無駄だとわかって僕は言った。

「まずはボーイを遣ってお前のサイン入り最新刊に、何か気の利いた献詞をつけて送ろう。それで伯父貴は死ぬほど気持ちをくすぐられるぞ。そこにお前が登場して、一仕事するってわけだ」

「僕の最新刊って何だ?」

『何ものも顧みない女』だ」ビンゴは言った。「そこら中で見かけるぞ。本屋のウインドウや棚なんかそればっかりだ。表紙の挿絵から察するに、あいつを書いたとしたら誰だって誇りに思うような本だ。むろん、伯父貴はお前とあの本について語り合いたがるだろうな」

「ああ」僕は言った。気分がよくなった。「それで計画は終わりか。一体どうなることかと思ったよ」

「当然お前はそいつを読まなきゃならない」

「読むだって！　駄目だ。僕は……」

「バーティー、俺たちはいっしょに学校に通った仲だぞ」

「わかったよ。ああわかった」僕は言った。

「お前は頼りになるってわかってたよ。お前のハートは金でできてるな。ああ、ジーヴス」忠実なる執事が部屋に入ってくると、ビンゴは言った。「ウースター氏のハートは金でできているぞ」

「おおせの通りでございます」ジーヴスは言った。

週刊新聞と毎週格闘しているのと、競馬新聞をときおり見る他は、僕は読書を愛好するものではない。それで『何ものも顧みない女』（クソッ！）を読破するのにはたいそう苦労した。とはいえ何とかそれを読了し、やっとのことで間に合った。つまり、彼らの唇と唇がふれ合って、長くゆっくりとしたキスに差しかかり、ただキングサリの花房を通り抜けるそよ風の優しいため息以外、すべては静止したままだった、というところでメッセンジャー・ボーイが老ビトルシャム氏からの昼食の招待状を届けて来たのだ。

老人は、とろけるようなとしか形容しようのない様子だった。彼は脇のテーブルに例の本を置き、アスピック寄せの何とかいうものをもてあそぶ合間に、何かというとそいつのページをめくり続けていた。

「ウースターさん」鱒を一切れ飲み込みながら彼は言った。「ご祝辞を申し上げたく存じますぞ。感謝を申し上げたいと存じます。貴君は一段の進境を示していらっしゃる。私は『すべては愛のために』を拝読いたしました。『ただの女工』も拝読いたしました。『むこうみずなミルテ』はそらんじております。だがしかし、この、この作品は貴君の最高傑作です。心の琴線を打ち鳴らして私に滂《ぼう》沱《だ》の涙を流させるのです」

「そうですか?」

「実にまったくそうですとも! 貴君にご恵送いただいたご本を私は三回読みました。素晴らしいご献詞を頂いて感謝いたしますぞ。私は前よりも善良で、より優しく、より心の深い人間になったのではと思っております。人間同朋に対する慈善の心、優しさに今の私は溢れております」

「本当ですか?」

「本当に、本当ですとも」

「全人類に対してですか?」

「全人類に対してです」

「ビンゴに対してもですか?」僕は彼を試すつもりで言った。

「私の甥の? リチャードですか?」彼は少々考えていたが、男として曖昧な返事はできないと心に決めたようだ。「さよう、リチャードに対してすらです。ええ、そうですな…… いや、リチャードに対してすらもです」

「それはよかった。実は彼について話があるんです。彼はとても困ってるんですよ」

「窮乏しておるのですか?」

「ガチガチです。あなたが一肌脱いで四半期に一度、小遣いをやってくれれば、それで何とかなるんですが」

彼はしばらく逡巡し、答える前にホロホロチョウの冷製を一切れ口に運んだ。彼が本をいじっているると、ぱたんと二一五ページが開いた。二一五ページに何が書いてあったか僕には思い出せないが、きっと何か気の利いたことが書いてあったのだろう。彼の表情が変わり、まるでさっき食べたハムのマスタードが多すぎたかのように目をうるませて僕を見上げた。

「わかりました、ウースターさん」彼は言った。「貴君のご高著を熟読したばかりでは、いつまでも心をかたくなにしたままでいるわけには参りません。リチャードには小遣いをやることにしましょう」

「いよっ! 太っ腹」僕は言った。言った後で体重が一〇〇キロを超える人物にこういう言い方は、中傷ととられてはいけないと思った。「本当にいい方だ。これで彼も心の重荷がなくなるというものです。彼は結婚したがっているんです」

「それは知らなかった。認めるかどうかは、まだわかりませんがな。どういう女性です?」

「実は、彼女はウエイトレスなんです」

「何とおっしゃる、ウースターさん! それは実にめでたい。あいつがそれほどねばり強い男だとは思わなかった。私は気がつかなかったが、素晴らしい美質ではありませんか。私が貴君との知己を得る光栄に与かったのは十八カ月ほど前のことでしたか。リチャードは同じウエイトレスと結婚したがっておったのですぞ」

僕は話に割り込まねばならなかった。

「えー、実は、まったく同じウエイトレスというわけではないんです。実は、まったく別のウエイトレスなんです。でもウエイトレスはウエイトレスです」

伯父としての愛情に満ちたまなざしは消えていった。

「フン！」胡散《うさん》臭げに彼は言った。「リチャードが今の若い者にはまれな、一途さという美質を持っているものかと思ってしまいましたぞ。考え直さねばなりませんかな」

そこで話はしまいにして、僕は家路につきビンゴに現時点での状況を説明した。

「小遣いはＯＫだ」僕は言った。「承諾のほうはちょっと未定だな」

「ウエディングベルを鳴らしたくはないようだったか？」

「その点についてはまた考えてもらうってことにしてきた。僕が胴元なら、駄目な方に百対八だな」

「お前伯父貴にちゃんと話したのか。お前が全部めちゃめちゃにしちまうって、わかってなきゃいけなかったんだ」ビンゴは言った。僕が奴によかれと思ってしたことを考えると、その言葉は蛇の牙よりも鋭く僕を突き刺した。

「ひどいじゃないか」ビンゴは言った。「悪魔のごときひどさだ。詳しくは言えないが、それにしてもひどい」

心ここにない様子で僕の葉巻を一握り勝手に取ると、奴は去って行った。

奴には三日会わなかった。三日目の午後早く、奴はボタンホールに花を挿してやって来た。奴の表情は、まるで誰かが耳のうしろを、詰め物をしたうなぎの皮で打ちのめしたような様子だった。

「ハロー、バーティー」

「ハロー、蕪野郎。ここのとこどこに居たんだ?」

「ああ、いろんな所さ!　いい天気だなあ、バーティー」

「悪くはないな」

「銀行の金利はまた下がったぞ」

「本当か?」

「シレジア低地から悪いニュースだな、どうだ?」

「ああ、嫌だな」

奴は部屋の中をしばらくうろついて、ときおりぶつぶつ言った。カッコーのようだった。

「ああ、バーティー、そうだ」マントルピースから手にとっていじっていた花瓶を置くと、奴は突然言った。「言いたいことがあるんだ。俺は結婚したんだ」

18. 大団円

僕は奴をまじまじと見た。ボタンホールの花……あの茫然とした表情……確かに症状はその通りだ。だが、僕には信じられないことに思えた。つまり僕は、ビンゴが大騒ぎで恋愛を始め、直線半ばで突然自滅するのをあまりに多く見てきているから、とうとう本当にゴールインできたとは信じられなかったのだ。

「結婚しただって!」

「ああ、今朝、ホルボーンの登録所でな。結婚の日の朝食を終えたばかりだ」

僕は椅子に座りなおした。警戒せよだ。実務家たれだ。この問題は各側面から十分に検討する必要があると思われた。

「はっきりさせておこう」僕は言った。「お前は本当に結婚したのか?」

「ああ」

「おととい恋してたのと同じ女性か?」

「どういう意味だ?」

「うーん、お前がどんな男かわかってるだろう。この突然の行為にお前を駆り立てたのは何だ?

話してくれよ」

「お前の言い方は気に入らないな。俺が彼女と結婚したのは彼女を愛してるからだ。世界一の女性だ」ビンゴは言った。

「それはよかった。信頼できる話だ。だがお前は伯父さんが何て言うか考えたのか？　僕がこの前会ったときには、とてもコンフェッティを撒いてくれるようなムードじゃなかったぞ」

「バーティー」ビンゴは言った。「お前には正直に言うよ。妻は僕に任せるって言うんだ。わかるか？　伯父貴がどう思ってるかを彼女に話したら、老人の怒りをも顧みず今すぐ結婚するほど自分を愛しているのでなけりゃ、別れなきゃいけないって言うんだ。だからどうしようもなかったのさ。それでボタンホールを買って出かけたってわけさ」

「これからどうするつもりだ？」

「ちゃんと計画してある。お前が伯父貴と会って、報告してくれたら……」

「何だって！」

「だからお前が……」

「まさかお前は僕を巻き込むつもりじゃないだろうな？」

奴は卒倒から目覚めたリリアン・ギッシュ［米国の映画・舞台女優］みたいな目で僕を見た。

「それがバーティー・ウースターの言うことか？」奴は言った。腹を立てている。

「そうだ、その通りだ」

「バーティー、なあ親友よ」ビンゴは優しげに僕の身体をあちこち叩きながら言った。

「思い出せ、俺たちはいっしょに学校に……」

「ああ、わかった」

「いいぞ、お前は頼りになるってわかってたよ。彼女は下のホールで待ってる。彼女を連れてパウンスビー・ガーデンズに急行だ」

　彼女とはウエイトレス姿を見たことがあるきりだったから、きっと結婚式の日にはだいぶひらひらした装飾に身を包むものと思っていた。だが、この暗鬱な仕事に着手して以来、初めての希望の曙光を僕は感じた。ベルベットやら香水やら花の付いた帽子やらの代わりに、ものすごく趣味のいいドレスを彼女は身にまとっていたのだ。落ち着いた、何一つやかましいところのない。服装に関する限り、彼女はバークレー・スクエア〔ロンドンの高級住宅地〕からお出まししたところだと言いきれた。

「こいつが古い親友のバーティー・ウースターだよ、ダーリン」ビンゴは言った。「俺たちはいっしょに学校に通った仲なんだ。なあそうだな、バーティー」

「そうだとも！」僕は言った。「はじめまして、以前ランチのときお目にかかりましたね」

「ええ、そうですわ。はじめまして」

「伯父貴はバーティーの手からなら飯だって食うんだ」ビンゴが説明した。「それでこいつがいっしょに行って話を切り出して、ある意味道を整えてくれるってわけなんだ。はい、タクシー！」

　道すがらあまり話はしなかった。緊張していた。ビトルシャム家に着いて車から降りたときは、ほっとしたくらいだ。僕はビンゴと夫人を階下のホールに置いて、二階の客間に上がった。執事がご主人様に来意を伝えにとことこと部屋を出て行った。

　彼が来るまで僕は部屋の中をうろついていたのだが、そのとき突然あのいまいましい『何ものも顧みない女』がテーブルに置かれているのが目に入った。二一五ページが開かれていた。鉛筆で強く下線が引かれた一節が目に留まった。読むとそれがまさにぴったり、僕の仕事の役に立ってくれることがわかった。

その一節とはこうだ。

「何が敵いまして?」頑迷な老人に顔を向け、ミリセントの目は光り輝いた。「純粋で、全てを犠牲にする愛に何が敵いまして? 君主の地位や権力だって、閣下、後見人や両親のつまらない禁止だって駄目ですわ。私、あなたのご子息を愛しております、ウインダミア閣下。私たちを引き離せるものは何もございません。私たちのこの愛はこの世のはじめから決まっていたこと、運命の命令に逆らおうとなさるあなたは何者ですの?」

伯爵はぼさぼさした眉毛の下から彼女を鋭く見つめた。

「フンッ!」彼は言った。

ミリセントがこのせりふを言いに戻ってきたのはどうしてだったか記憶を回復する間もなく、ドアが開き老ビトルシャムが入ってきた。いつものように全身で僕を歓迎している。

「これは親愛なるウースターさん。思いがけない光栄ですぞ。どうぞおかけになってください。どうなさいましたかな?」

「えー、実は、今日の僕はある意味幸福の大使なんです。ビンゴの代わりに参りました」

彼の愛想のよさに少し陰りが生じたように感じた。しかし彼は僕を放り出したりはしなかったから、僕はさらに続けた。

「僕の考えるところでは」僕は言った。「いわゆる純粋かつ全てを顧みない愛に敵うものはありません。そんなものがあり得ましょうか。僕には疑問です」

頑強な老人を見つめる僕の顔は、必ずしも光り輝きはしなかったが、何とか眉毛を上げることはできた。彼は少しあえぎ、疑い深げな顔をした。

「その件については、先日お会いした際に話し合ったはずです、ウースターさん。その際に……」

「ええ、でもあれから状況に進展があったんです。実は、」ここが佳境だ、僕は言った。「今朝、ビンゴは岸壁から飛び降りたんです」

「何だって！」彼は口を開けて飛び上がった。「どうして？　どこで？　どの岸壁です？」

僕は彼が大きく勘違いしていることに気づいた。

「これは比喩的な言い方です」僕は説明した。「言葉が適切でなかったかもしれません。つまり、彼は結婚したんですよ」

「結婚ですって！」

「完全にひっつきました。怒っていらっしゃらないといいんですが、どうでしょう？　若き血潮が、二つの愛する心が、というわけなんですよ」

彼は気持ちの高ぶった様子であえぎ声を上げた。

「私はこの知らせを聞いて大いに立腹しましたぞ。私は、あー、反対、さよう、反対したはずじゃが」

「だけど運命の命令に逆らおうとなさるあなたは誰なんです？」本をちらちら盗み見しながら僕は言った。

「はあ?」

「おわかりでしょう。彼らの愛は運命の定めるところなのです。この世のはじめから」

ここで彼が「フンッ」と言ったら、僕は窮地に追い込まれるところだった。幸運にも彼はそんなことはしなかった。沈黙があり、その間彼はじっと考え込んでいるようだった。そして彼の目が本に向けられ、それから彼は話し始めた。

「何てことだ、ウースターさん。貴君は引用をなさっているのですな!」

「まあそんなところです」

「聞き覚えのあるせりふだと思いました」彼の全身は変化し、のどをゴロゴロさせて含み笑いをした。「いやまったく、まったく、貴君は私の弱点を心得ていらっしゃる」彼は本を手に取るとその世界にしばし浸りきっていた。僕がここにいることなど忘れてしまったのではと僕は思い始めたくらいだ。だが少しすると彼はその本を置き、目頭をぬぐった。「いやはや!」彼は言った。

僕は足を組み替えて最善を願った。

「いやはや」彼はもう一度言った。「ウインダミア卿のような人物であってはいけませんな、ウースターさん。あの偉ぶった老人にはモデルが実在するのですかな?」

「いえ、全然。ただ思いついて書いただけです」

「天才だ」老ビトルシャムはつぶやいた。「天才ですぞ! ウースターさん。貴君の勝ちです。貴君のおっしゃる通りだ。運命の定めに逆らう私は一体何者なのです。今晩リチャードに手紙を書いて、結婚の承諾を伝えてやりますよ」

「嬉しい知らせは直接伝えられますよ」僕は言った。「階下で待っています。令夫人といっしょにね。

ちょっと行って連れてきます。チェーリオ！　ありがとうございます！　ビンゴの奴、ものすごく喜びますよ」

僕は部屋を飛び出すと階下に向かった。ビンゴと夫人は歯医者の待合室の患者みたいに並んで座っていた。

「どうだった？」ビンゴがもどかしげに聞いた。

「拍手以外全部終了だ」頭の後ろを小突いてやりながら僕は言った。「出動だ、仲直りして来い。それいけ、この野郎。用があったら僕の居場所はわかってるな？　じゃあな、おめでとうを千回だ」

それで僕はその場を立ち去った。もうまとわり付かれるのは終わりにしてもらいたかった。

世の中のことはわからない。何事かが試みられ、成し遂げられ、一夜の休息という褒賞を手にしたと僕が感じたときがあるとしたら、フラットに戻って足を伸ばし、ジーヴスが入れてくれた紅茶を飲んでいた時がまさにそれだった。生涯の友が最後の直線で爆発して着外に終わるのを見るのには慣れきっていたが、今回のビンゴの件には何ら警鐘を鳴らすべき理由は見出せなかった。パウンスビー・ガーデンズに奴を置いてきたときには、奴は可愛い細君と二階に上がって、祝福を受ければいいだけだった。僕はそうなると確信していたし、だから三十分ほどして奴が居間に駆け込んできたときは、ろれつの回らない口調で僕に感謝をし、なんていい奴なんだと僕に言いに来たのだとばかり思っていた。実際、奴は何か固いもので太陽神経叢を強打されたような顔つきだった。

「心の友よ」僕は言った。「どうしたんだ？」

ビンゴは部屋中を突進して回った。

「落ち着くからな！」奴は補助テーブルを叩きながら言った。「落ち着くさ、畜生！」奴は椅子をひっくり返した。

「大丈夫だったんだろう？」

ビンゴは陰気な、かん高い叫び声を発した。

「ありとあらゆるいまいましい大丈夫じゃないことが起こったんだ。お前が出て行った後何が起きたと思う？　お前が伯父貴に送れって言い張ったあのクソいまいましい本のことを憶えてるだろ？」

僕ならそんな言い方はしないところだが、とにかくこのかわいそうな男が何らかの理由で慌てふためいているのはわかったから、奴の言い方を訂正はしなかった。

「『何ものも顧みない女』のことだな？」僕は言った。「あれのお陰でずいぶん助かったよ。彼を何とか懐柔できたのはあれから少しばかり引用したお陰なんだ」

「ところが俺たちが部屋に入ったときには助からなかったんだ。そいつがテーブルに載っていて、俺たちが少し話し始めて、全てがうまい具合に進んでいたときに、妻がそいつを見つけて言ったんだ。〈まあ、これをお読みになられましたの？　ビトルシャム卿〉〈もう三回読みましたぞ〉伯父貴が言った。〈嬉しいですわ〉妻が言った。〈どうしてです、あなたもロージー・M・バンクスの崇拝者ですかな？〉にこやかに笑いながら伯父貴は言ったよ。するとさ、〈私がロージー・M・バンクスなんですの〉と、妻が言ったんだ」

「何だって！　うそだろう！」

「本当だ」

「だけどそんなことがあるか？　だって彼女はシニア・リベラル・クラブのウエイトレスをしてた

んだろうに」

ビンゴは不機嫌そうに長椅子に蹴りを入れた。

「妻は今執筆中の『クラブマン、マーヴィン・キーン』って本の材料集めにあそこで働いてたんだ」

「そう言ってくれればよかったのに」

「俺が彼女を、卑しい身の上にもかかわらず、彼女のままで愛してるってところが彼女の気に入ったんだ。それで秘密にし続けてたってわけだ。後で話すつもりだったって彼女は言ってた」

「で、それでどうなったんだ?」

「痛ましい場面がめちゃめちゃあったよ。伯父貴はもうちょっとで脳卒中を起こすところだった。彼女のことをペテン師って呼んでな。二人とも頭のてっぺんで声を張り上げて話し出した。それで事態は妻が版元に行って校正刷りを持ってきて、伯父貴から詫び状を取るって飛び出したところで終わりだ。これからどうなるのか俺にはわからん。今までだまされてたって知ったら伯父貴が濡れた雌鳥みたいに怒りまくるっていう事実は措くとしても、別の誰かと結婚するためにロージー・M・バンクスの策を使ったなんてことが妻に知れたらそれこそ大変なことになる。彼女が俺を好きになった理由のひとつは、俺が前に恋をしたことがないっていう事実なんだ」

「お前彼女にそう言ったのか?」

「そうだ」

「そりゃあすごい」

「うーん、俺は……本当の意味では恋をしたことは……なかったんだ。だってまったくちがうことだぞ……まあそのことはいいとして、これからどうする? それが問題なんだ」

「わからん」

「ありがとう」ビンゴは言った。「頼りになるな」

翌朝、奴が電話してきたのは、僕が消化器官にベーコン・アンド・エッグスを取り込んだまさにその後だった。——つまり、端的に言って、人が一日のうち完全に邪魔されずに人生について思索をめぐらせたい、その瞬間にである。

「バーティー！」

「ハロー？」

「事態は急迫してきた」

「今度は何が起こったんだ？」

「妻が持ってきた校正刷りを何度も見返して、伯父貴は彼女の主張を認めたんだ。今たっぷり五分間電話口でとっちめられたところだ。伯父貴はお前と俺にだまされたって言うんだ。ものすごく怒っていて話もできないくらいだった。それでも俺の小遣いがまたパーになることだけははっきりさせてくれたよ」

「それは残念だ」

「残念がって時間を無駄にするのはやめてくれ」ビンゴは冷酷に言った。「伯父貴は今日お前を訪ねて、直接説明をしてもらいたいと言ってる」

「何てこった！」

「それと妻もお前を訪ねて、直接説明をしてもらいたいと言ってる」

「何だって！」

「お前の未来の行く末を、大いに興味を持って見守らせてもらうぞ」ビンゴは言った。

僕は大声でジーヴスを呼んだ。

「ジーヴス！」

「はい、ご主人様？」

「僕はスープ浸けだ」

「さようでございますか、ご主人様」

僕はこのシナリオを簡単に説明した。

「君の助言が聞きたい」

「わたくしがご主人様のお立場でしたらば、ピット・ウェーレイ様のご招待を今すぐお受けいたします。ご記憶でいらっしゃいますでしょうか、ウェーレイ様は今週ノーフォークで狩をごいっしょにとお招きでいらっしゃいます」

「そうだった。そうだった、ジーヴス。君はいつも正しいな。昼食後最初の汽車に乗るから荷物をまとめてくれ、駅で会おう。午前中はクラブに潜伏する」

「わたくしもお供いたしますか」

「いっしょに来るか？」

「ご提言をお許し頂けますならば、わたくしはこちらに留まってリトル様と連絡を取った方がよろしいかと存じます。もしかしたら関係当事者の和解策を考案できるやもしれません」

「承知した。だがそんなことができたら、君は驚異だ」

ノーフォークではあまり楽しめなかった。ほとんど雨が降り通しだったし、雨が降っていないときにはそわそわして何も撃てなかった。週末までに僕はもう我慢がならなくなった。まったくいまいましい、馬鹿げたことだ。ビンゴの伯父さんと細君が僕と二言三言話がしたいというだけで何キロも離れた田舎に島流しになるなんてことはだ。僕は戻って強く、男らしくことを運ぼうと決心した。すなわちフラットの床に低く伏せて、僕を訪ねてきた人にはジーヴスに留守だと言ってもらう、ということだ。

僕はジーヴスに電報を送って帰ると告げた。町に着くと車で直接ビンゴの家に行った。事態がおよそどうなっているのか知りたかったのだ。だが奴はいないようだった。僕は何度かベルを鳴らしたが、応答はなかった。立ち去ろうとしたところで、中から足音がしてドアが開いた。ビトルシャム卿の球型の顔を自分が見つめていると気づいた時、それが我が生涯の最も愉快な瞬間だとは、言い難かった。

「あっ、どうも、こんにちは」僕は言った。しばらく沈黙があった。

不運にも再びあいまみえることがあるとして、この老人がどう振舞うものと僕が期待していたものか、よくはわからないが、だが大体のところを察するに、彼は顔を紫色にして、すぐさま僕を不快な気持ちにさせるはずだと考えていた。したがって、彼が弱々しく微笑んだだけだったのはいささか不可解な気がした。一種の凍りついた微笑だった。彼の目は突き出し、それから彼は一、二度、ぐっとつばを飲みこんだ。

「あー……」彼は言った。

僕は彼が続けて何か言うのを待ったが、明らかにそれで全部だった。

「ビンゴはいますか?」間の悪い沈黙の後、僕は言った。

彼は首を振り再び笑った。それから突然、会話の流れが再び遅くなったのと同時に、何と彼は重たく跳躍してフラットに入ると、ドアをバタンと閉めた。

理解できない。ともあれ、あれが会見であったとするともう終了したようだ。では帰ろうかと僕は考えた。階段を下りようとしたところで丁度、階段を三段ずつ上がってくるビンゴに会った。

「ハロー、バーティー」奴は言った。「どこから出てきたんだ? お前は街にいないものと思ってたが」

「今戻ってきたんだ。国家の情勢はいかがなものかとお前に聞きに来たんだ」

「どういう意味だ?」

「だからあの件全部だよ、わかるだろうが」

「ああ、あれか!」ビンゴは軽やかに言った。「何日も前に全部片づいた。平和の鳩が翼をはばたいて飛んでいるんだ。全部丸く収まった。奴は驚嘆すべき人物だな、バーティー。俺はいつもそう言ってきたがな。素晴らしい着想で全て一分もしないで落ち着いた」

「そりゃあ、すごい」

「お前は喜んでくれるって思ってたよ」

「おめでとう」

「有難う」

「ジーヴスは何をしたんだ? あれを解決するなんて僕にはとても思いつかないよ」

「いや、彼は問題を手にした瞬間に解決したぞ。伯父貴と妻は今じゃ大の親友だ。文学とやらについて何時間でもしゃべくってる。伯父貴は話をしにいつも立ち寄るんだ」

それを聞いて思い出した。

「今、来てるぞ」僕は言った。「なあ、ビンゴ、伯父さんの調子は最近どうだ?」

「いつもどおりだ。どういう意味だ?」

「いや、物事に緊張を感じなくなったのかと思ってさ。今の態度、おかしかったぞ」

「どうして、伯父貴に会ったのか?」

「ベルを鳴らしたら伯父さんが出たんだ。僕をまじまじと見たかと思うと、突然僕の鼻先でドアをバタンと閉めたんだ。僕にはわけがわからないよ。怒って僕を追い出すならわかるんだ。だが、あの老人は完全におびえてるみたいだったぞ」

ビンゴは晴れ晴れと笑った。

「ああ、それならいいんだ」彼は言った。「言い忘れてた。手紙を書くつもりだったが先送りにしてたんだ。伯父貴はお前をキチガイだと思ってる」

「彼が、何だって!」

「そうだ。ジーヴスのアイディアなんだ。おかげで問題が全部、見事に解決したんだ。お前がロージー・M・バンクスだって伯父貴に紹介した俺にまったく悪気はなかったんだって言えってジーヴスが言ったんだ。つまりお前の口から繰り返しそうだって聞かされてきたし、疑う理由は何もなかったからってな。お前は妄想が出てて、全体にいかれてる、ってわけだ。それから俺たちはサー・ロデリック・グロソップを捕まえてきた。――憶えてるだろ、お前ディタレッジ・ホールでそいつの息子を湖に突き落としたことがあったろう――ご老人はお前と昼食をいっしょにしたとき、お前のベッドルームが猫と魚で一杯だったのを見たこととか、お前がタクシーで彼の車の横を通り過ぎざまに帽子をくすねたこととか、全部話してくれたよ。それで全てはうまく収まったんだ。今までも言ってきたことだが、これからもずっと言い続ける。お前はただジーヴスのみを頼るがよい、さすれば宿命はお前に指一本触れはしない」

僕はずいぶん我慢強い方だが、ものには限界がある。

「いや、一体全体どういう神経で……僕は……」

ビンゴは驚いた様子で僕を見た。

「お前、気を悪くしてないよな?」奴は言った。

「悪くしたとも! ロンドンの半分が僕の頭がどうかしてるって思ってるんだぞ。まったく何てこった!」

「バーティー」ビンゴは言った。「俺は驚いたし、傷ついたよ。十五年間も友達で来た男に、ほんの少しいいことをしてやるのにお前が反対するなんて、俺は夢にも思わなかったぞ……」

「ああ、だがな、いいか……」

「忘れたのか?」ビンゴは言った。「俺たちはいっしょに学校に通った仲じゃないか」

僕は激しく動揺しながら、なつかしの我が家にたどり着いた。確かなのは、これで僕とジーヴスの間もおしまいだということだ。むろん最高の執事だ。ロンドン一だ。だが僕は屈するわけにはいかない。僕は東の風のようにフラットに飛び込んだ。……すると、小テーブルにはタバコの箱があり、大テーブルには写真入りの週刊誌があり、僕のスリッパは床に置いてあり、何もかもがいまいましいくらいに正しいのだ。こう言っておわかり頂けるだろうか。それで僕は最初の二秒で落ち着き始めた。それは劇の中で、今まさに悪事に手を染めようとする男が、突然柔らかく、魅惑的な、母の膝の上で聴いた懐かしのメロディーを耳にする、という瞬間のようなものだ。和らぎ、それだ。僕が言いたいのはそれだ。僕の心は和らいだ。

それからドアの向こうから、さざめき現れたのは懐かしき善きジーヴスだ。必要な材料を一杯に載せたトレイを持っている。その男の表情には何かが見えている。

しかし、僕は心を鋼鉄にしてそいつを突きにかかった。

「今リトル氏に会ってきた、ジーヴス」僕は言った。

「さようでございますか？」

「か、彼は、君が助けてくれたと言っていたぞ」

「最善を尽くしましてございます、ご主人様。喜ばしいことに事態は円滑に進んでいるようでございます。ウイスキーでよろしゅうございますか、ご主人様」

「有難う、あー、ジーヴス」

「はい」

「今度は……」

「はい、ご主人様？」

「いや、何でもない……ソーダは入れすぎるなよ、ジーヴス」

「かしこまりました、ご主人様」

彼は出て行こうとした。

「あ、ジーヴス」

「はい、ご主人様」

「思うんだが……つまり、こうだ……だから……いや、何でもない！」

「かしこまりました、ご主人様。お煙草はお肘のところにございます。夕食は八時十五分前にご用意ができます。それともお外で召し上がられますか？」

「いや、うちで食べる」

「かしこまりました」

「ジーヴス！」

「はい、ご主人様」

「いや、なんでもない」僕は言った。

「かしこまりました、ご主人様」ジーヴスは言った。

訳者あとがき――P・G・ウッドハウス礼賛

ジョージ・オーウェルがウッドハウスについて書いた文章に、ウッドハウスのことをイギリス貴族階級を批判的に笑いものにする反英国的作家として崇拝しているというインド人のことが出てくる。こんな面白いことを実に面白くもなんともなくオーウェルは書くのだが、ともかくも、無論ウッドハウスがそんなものではないことはイギリス人には自明だ、とオーウェルは言う。ユーモアというものが自国の背景的文脈を越えて理解されるのは困難であるという話だった。

私はイギリスの美形俳優ヒュー・グラントが好きで、『モーリス』、『幻の城』をはじめとする初期文芸作品から、最近のロマンティック・コメディーまでずっと見ている。後者のほうは『フォー・ウエディング』や『ノッティングヒルの恋人』など、日本でも大いに人気になったのだが、こういうものを見ながら「世の中にウッドハウスが知られていたら皆もっと笑えるのに」と、私は思っていたのだ。友人に「ヒュー・グラントの映画って日本人やアメリカ人をバカにしてるから嫌い」と言った人がいて、これはこれで慧眼なのだが、だが何も、そこでバカにされているのは日本人やアメリカ人ばかりではなくて、イギリス人だって笑われている。マルチカルチャリズムやPCを揶揄した笑いは今日的なものだし、一種の国威高揚映画的側面は確かにあるが、意識的にちりばめられたイギリス的笑いは、「ウッドハウスを知っていたら」もっと楽しめるはずなのだ。

他にも『モンティ・パイソン』だって「ウッドハウスを知っていたら」もっと面白がれるはずだし、サラ・コードウェルのテイマー教授もののミステリーだってウッドハウスを読んでいたほうがもっとおかしい。セイヤーズのピーター卿とバンターの関係を面白がるなら、教養としてバーティーとジーヴスの関係を踏まえていた方がいい。シャーロット・マクラウドのコージー・ミステリーを愛好する人ならばそこに登場する伯父さんやら伯母さんやら従兄弟やらの世界をバーティーの周囲のそれと重ねるだろう（と書きながら彼女の訃報に接した。私は一度彼女に会って猫の話などしたことがある。ご冥福を祈る）。

国書刊行会から出たグラディス・ミッチェルの『ソルトマーシュの殺人』の中にも、無愛想な探偵役の老女がウッドハウスを引用するのに接した語り手が、「ウッドハウスを読んでいる。……当代最高の作家を読んでいるばかりか、臨機応変にその一節を引用することまでできる女性が、ただの変人奇人であるはずがない」と、彼女を見直す箇所がある。こういう場面に出会うたび、私は「世の中にウッドハウスがもっと知られているべきだ」と、胸苦しく思ってきた。

私は英米文学を体系的に勉強した者ではないが、だがそれがギリシャ、ローマの古典とシェークスピアとを核となる共有財産としていることはわかる。英米の大学で教育を受けた者なら誰でも、古典とシェークスピアの教養は当然持つものとみなされる。パブリック・スクールで学んだが経済的事情のためオックスフォード大学進学を断念せざるを得なかったというウッドハウスだが（とはいえ一九三九年にオックスフォードから名誉文学博士号を贈られている）、ジーヴスものもそうした英米知識人の教養を前提として書かれている。バーティーが豊富に引用、言及するキーツやワーズワースやらの詩、ギリシャ神話のエピソード、シェークスピアの箴言は、読書人ならば周知のものであるらしい。残念ながら訳者の教養はバーティーのそれに及ばず、明らかに何かの引用と思われるが本歌がわからない箇所が幾つもあった。慙愧《ざんき》に堪えない。

しかし言いたいのはそれもあるが違う点だったので、つまり前に挙げたような、多々ある「ウッドハウスを知っていれば」もっと面白いであろう読み物やらコントやら映画やらにおいては、英米の知的文化においてシェークスピアが占めるような位置をウッドハウスが占めている、ということなのだ。英米のユーモア文学を愛好するなら、ウッドハウスは当然知っていなければならない絶対の古典、必須の教養なのだ。少なくとも上に挙げた作家、製作者らは間違いなくウッドハウスを読んでいる。絶対に間違いなくである。

多作で手軽なウッドハウスの読み物は、大学で講義される文学というよりは、「書評家に黙殺されながらも広く大衆に愛読されている本がたくさんございます」とジーヴスが言うほうの大衆文学に属するのだろうが、名だたる作家、文学者、哲学者は多くウッドハウスを愛読した。吉田健一はウッドハウスの本を四、五十冊はもっているが「併しウッドハウスの全著作からすればまだ読まないのがその位はある筈でこれが揃ったときは内祝ひをしてもいい」と書いた。オーウェルも約五十冊の著作を所有しているがまだ全著作の四分の一か三分の一は未読であろうかと述べている。イヴリン・ウォーは父親兄弟揃って、幼少のみぎりよりウッドハウスの熱烈な愛読者だった。T・S・エリオットもバートランド・ラッセルもハロルド・ラスキも、オリヴァー・W・ホームズ判事も、トニー・ブレアだってウッドハウスを愛読した。

一九八〇年代に創土社から出版された『スミスにおまかせ』と『ゴルきちの心情』を訳した古賀正義氏は、ジェローム・フランク著『裁かれる裁判所』の訳書もあり、第二東京弁護士会の会長も務めた法律家であるが、訳者解説に書かれたウッドハウスへの傾倒ぶりは凄い。大して自慢にはならないが、と前置きして「ほぼ全著作を、それも平均二、三回読み通した。ロンドンに旅行したときは寸暇を割いて古本屋に通い、初版本を二十冊くらい買い求めた」と記している。

文学者でもない私のような末端の法学徒が、錚々たる当代の知性から手放しの礼賛を集めるウッドハウスの、それも代表作であるジーヴスものを訳出するという身に余る光栄に与れたのはひとえに僥倖《ぎょうこう》以外の何物でもない。私はマニアでもコレクターでもないから、恥ずかしながら全著作はもとよりジーヴスものですら全作品を通読してはいない。とはいえ都合のいいことを言うようだが、ウッドハウスの作品というのは、一部が全部であって全部が一部であるような大いなるマンネリの世界だから、しゃかりきになって全巻読破するような性格のものでもないようにも思う。折にふれて手にとって楽しみ、読み終えて満足する、あるいは買ってみたら既読であったので重複して持っている、というような付き合い方もいいのではないか。

ジーヴスとは、結婚後まもなく配偶者に奨められて読んだ、集英社『世界文学全集37』（一九六六）収録の「ジーヴス乗りだす」で出会った。予備知識なしでとっつきは悪かったが、貴族趣味のおかしみと春風駘蕩おおらかなエドワード朝の気分が気に入り、白水社Uブックス『笑いの遊歩道』（一九九〇）所収の「ちょっとした芸術」を続けて読んだ。もっと読みたかったが翻訳がない。それからすぐ配偶者の留学で二年間アメリカに暮らしたが、東部の名門ハーヴァード大学に「外国人配偶者」の身分で出入りし、名だたる教授陣の授業を拝聴させてもらう日々の傍ら、ハーヴァード・スクエアの本屋でペンギン・ブックの *Life with Jeeves* を買った。その後も目に付けば買い求め、ロンドンのヒースロー空港でまとめ買いしたこともあった。今回ここに訳出した *The Inimitable Jeeves* (1923) は、最初に入手したペンギン版からの翻訳である。

私のジーヴス好きは、アメリカ時代に接したイギリスのコレッジ趣味というか、クラッシーな格式を愛好するエリート大学文化に触発されたところもあったのだと、今にして思い至る。ギルバート・アンド・サリヴァンのオペレッタ『ペンザンスの海賊』、『陪審裁判』(これまた残念ながらウッドハウスと同じく英米で広く愛されながらも日本では周知でない) を初めて観たのもハーヴァードでだった。キャストもオーケストラも学生たちによって上演されたのを何度かラドクリフに観に行ったのだ。当時のことなどが好ましく思い出される。

ウッドハウスの生い立ちについて簡単に記しておこう。ペラム・グレンヴィル・ウッドハウス (Pelham Grenville Wodehouse) が正式名だが、普通はP・G・ウッドハウスで通っている。一八八一年十月十五日サレー州のギルフォードに生まれた。父親は香港に裁判官として赴任していたため、少年時代のウッドハウスは伯母たちの厄介になることが多かったらしい。ダルウィッチ校に学び、オックスフォード大学に進むところを、父親が退官したため経済的事情から進学を断念した。その後香港上海銀行のロンドン支店に勤務しながら、その傍らに文筆に勤しみ、一九〇二年には処女小説『賞金ハンター』を上梓した。

ウッドハウスは一九七五年に九十三歳で没するまで現役で執筆を続け、実に作家生活は六十年以上の長きにわたる。生前に発表された長編小説は六十九冊、短編集が十九冊。本書のような、本来短編小説として書かれたものに編集、加筆して長編小説の体裁にしたものが二冊。さらに児童書、自伝が何冊かあって共著の著書もある、さらに戯曲が共作も併せて十九本ある。さらにまたウッドハウスの死後出版された本も何冊かある。未完のまま絶筆となった『ブランディングス城の日暮れ』は死後の加筆を経て刊行された。学校生活もので小説家としてのキャリアを開始したウッドハウスだが、他の代表作としては、『スミスにおまかせ』をはじめとするスミス氏もの、バクスターとエムズワース伯爵の登場するブランディングス城ものがある。とはいえウッドハウスの造型した作中人物で最も有名かつ最も広く愛されているのが、やはりジーヴスとバーティー・ウースターであるのは、まず間違いない。

ウッドハウスの生涯には汚点がある。この点にも触れておくべきだろう。第二次大戦中フランスの別荘にいたウッドハウスはドイツ軍の捕虜になった。一年ほどの抑留生活の後、彼はナチスドイツの求めで海外向けラジオ番組に出演し、捕虜生活の不平やらを面白おかしく話した。また捕虜生活中に出会ったドイツ人将校のことなどを好意的に語りもしたらしい。ナチスはそれを録音して繰り返し放送した。政治的にはまったくナイーヴであったといわれるウッドハウスには、ナチのために人気有名作家が海外向け放送をすることの意味が深くわかってはいなかったようだ。結果、彼は国を挙げての轟々たる非難に曝《さら》されることとなった。BBCはウッドハウスの作品の放送を中止し、さらに国会では彼を国家反逆罪で訴追すべしとの要求がなされた。

冒頭に言及したオーウェルの文章は、この件に関して「P・G・ウッドハウス弁護」と題されて書かれたものである（岩波文庫『オーウェル評論集』に翻訳がある）。オーウェルは、放送の内容が政治的にはまるで罪のない、他愛のない話であったこと、ウッドハウスには自分のしていることの意味が判っていなかったし、捕虜生活中の戦況の変化やイギリス国内での反独意識の高まりを知らずにいたことなどを理由に挙げて、彼が親独でも反英でもファシストでもなく、その罪は「せいぜい愚劣という程度を出ない」のだと、彼を擁護した。イヴリン・ウォーもウッドハウスの生誕八十周年を祝った文章で、「我々は彼に謝らなければならない」と、大戦中のこの一件に対する英国民の対応をすまながっている。

ウッドハウスは大戦後イギリスに戻らず、一九五五年にはアメリカの市民権を得た。彼の妻はアメリカ育ちであり、また、人気劇作家としてアメリカ＝イギリス間を往復し、両国に家も持っていた彼は、二重課税問題もあって既に戦前から帰化を考えてはいたらしい。とはいえ、母国に帰国もままならないまま、齢七十四にしてアメリカに帰化した老ウッドハウスの心中を推し測るに、同情の思いを禁じえないものがある。ドタバタ事件の末にアメリカに渡り、アガサ伯母さんの怒りが鎮まるのをひたすら願いつつ、ほとぼりの冷めるのを待ちわびる本編のバーティーに、傷心のウッドハウスの姿をつい重ねてしまいたくなるが、それはやはり不謹慎というものだろうか。

オーウェルらのウッドハウス擁護の論陣が功を奏し、さいわい彼の名誉は次第に回復した。一九七五年二月十四日、ヴァレンタインデーに彼は九十三歳の生涯を閉じたが、その死に先立つこと数週前に、英国女王は彼にサーの称号を与えた。故国に許されたという安息と名誉の喜びのうちの大往生であったろうと思えるのは安堵である。

ジーヴスはテレビにもなっている。イギリスBBC放送がジーヴスものをドラマ化しており、ヴィデオも発売されている。アメリカ滞在時代に一度だけテレビ放映を見たことがあるのだが、いかんせんバーティーがあまりにもバカに見えすぎて私にはつまらなかった。バーティーは確かに周囲も本人も認めるバカだが、ジーヴスものの魅力はバーティーの巧みな語りにある。弁舌さわやかに手際よくエピソードを語りおろす芸当はまったくのバカにはできないはずである。オックスフォード大学だって卒業しているのだ。詩だって引用できるのだ。しかし、テレビのバーティーはどうしようもないバカにしか見えず、私は幻滅した。それでは金持ち貴族は愚かで本当に賢いのは使用人、という陳腐な道徳劇になってしまうのだ。個人的な趣味を述べさせてもらうなら、私はバーティーは愛するヒュー・グラント君にもっと格調高く演じて欲しかった。しかし今の彼には少々年齢的に苦しいだろうか。かえすがえすも残念である。

訳語の選択についても記しておきたい。ジーヴスの職業名には、「執事」を選んだ。とはいえ、ジーヴスは butler ではなく、gentleman's personal gentleman を名乗っており、すなわち邸宅にあって家事一切を取り仕切る執事とは区別される、「紳士の身の回りの世話をする紳士」である。彼を指しては valet という語が使われており、これに「家僕」「従僕」をあてる訳があるが、いかにも軽々しい。研究社のリーダース英和辞典に valet は、《貴人の身の回りの世話をする男性の》近侍、従者、召使、と出ている。この、《貴人の…》のニュアンスの出る言葉を探したのだが難しい。だがもちろん、ジーヴスはいわゆる英国執事として想起される典型の、まさに典型たる人物でありその道の第一人者であるのだから、ここは執事の語を用いるのが順当と思いそうすることにした。

先に述べたように本書は本来短編として発表された小説を何篇か集めて加筆した上、一篇の長編として体裁を整えたものである。加筆編集にしては大きな矛盾や齟齬は目に付かないが、唯一、第2章の衝撃の結末について本書中でその後の消息を知らされることがない点が不満と言えば不満だろうか。ジーヴスのプライベート・ライフは職業人としての彼の経歴と比べて明らかにされるところが少なく、この結末の衝撃が大きいだけに、メイベル嬢のその後が気になるところである。男爵の令夫人におさまったワトソン嬢に負けない幸福な日々を送っていてもらいたいものだ。

途中引用される詩や成句の類については、配偶者の博識とインターネットの威力とをフルに利用させてもらって作者と作品名を記すことができた。記して感謝したい。訳書も参照したが、多くは拙訳のままである。詩に関するパーティーの教養は驚くほど高く、まだまだ見逃したものは数多くあるはずである。また、誤訳、不適訳の類も必ずや免れ得ないものと覚悟している。冒頭のインド人の例もあるし、岩波文庫の小野寺健編訳『20世紀イギリス短篇選（上）』の訳者解説によると、英国独特の、社会構造に由来する感覚を前提としたウッドハウスの笑いは国境を越えにくく、「ほんとうの翻訳はまず不可能である」というから、不可能と格闘した蛮勇に免じて、ご海容を頂きたい。

蛮勇といえば、本書の13章「説教大ハンデ（The Great Sermon Handicap）」は、言語学研究の素材として古今東西の五十九の言語に翻訳され、全六巻の『ウッドハウス翻訳集』（*Wodehouse in Translation*, 1982）としてハイネマンより出版されている。日本語はその中に含まれていないから、拙訳が言語学上の興味深いサンプルとなろう。時間と関心のある方は、アルメニア語版やコプト語版などと並べて訳の優劣を引き比べつつ、お楽しみいただければ幸いである。

最後にジーヴスものの翻訳出版をお引き受け下さった国書刊行会の礒崎純一氏に感謝を捧げたい。氏の英断がなければ本書は世に問われることなく、したがってわが国の教養史は正格の針路をとり得ないまま暗闇に揺らいでいたはずである。心からの感謝を捧げたい。

なお、本作に続けて『よしきた、ジーヴス』、『それゆけ、ジーヴス』が国書刊行会より刊行される予定である。各々本作をしのぐ面白さとなるはずなので、どうぞご期待を願うものである。

P・G・ウッドハウス（Pelham Grenville Wodehouse）

1881年イギリスに生まれる。1902年の処女作『賞金ハンター』以後、数多くの長篇・短篇ユーモア小説を発表して、幅広い読者に愛読された。ウッドハウスが創造した作中人物の中では、完璧な執事のジーヴス、中年の英国人マリナー氏、遊び人のスミスの三人が名高い。とりわけ、ジーヴスとバーティーの名コンビは、英国にあってはシャーロック・ホームズと並び称されるほど人気があり、テレビドラマ化もされている。第二次世界大戦後、米国に定住し、1955年に帰化。1975年、サーの称号を受け、同年93歳の高齢で死去した。

＊

森村たまき（もりむらたまき）

1964年生まれ。中央大学法学研究科博士後期課程修了。国士舘大学法学部講師。専攻は犯罪学・刑事政策。共訳書に、ウルフ『ノージック』、ロスバート『自由の倫理学』（共に勁草書房）、ウォーカー『民衆司法』（中央大学出版局）などがある。

ウッドハウス・コレクション
比類なきジーヴス

2005年2月14日　　初版第1刷発行
2018年10月20日　　初版第9刷発行

著者　P・G・ウッドハウス

訳者　森村たまき

発行者　佐藤今朝夫

発行　株式会社国書刊行会
東京都板橋区志村1-13-15
電話03(5970)7421　FAX03(5970)7427
http://www.kokusho.co.jp

装幀　妹尾浩也

印刷　明和印刷株式会社

製本　村上製本所

ISBN978-4-336-04675-8